白く塗りたる墓・もう一つの絆

――高橋和巳未完作品集

KazuMi TakaHashi

高橋和巳

P+D BOOKS
小学館

目次

白く塗りたる墓 ―――――― 5
第一章 ―――――― 7
第二章 ―――――― 28
第三章 ―――――― 51
第四章 ―――――― 76
第五章 ―――――― 97
第六章 ―――――― 117
第七章 ―――――― 139
第八章 ―――――― 163
第九章 ―――――― 185
第十章 ―――――― 217
第十一章 ―――――― 231

もうひとつの絆 ──── 255
第一章 ──── 257
第二章 ──── 275
第三章 ──── 294
第四章 ──── 311
第五章 ──── 338

白く塗りたる墓

禍害なるかな、偽善なる学者、パリサイ人よ、汝らは白く塗りたる墓に似たり、外は美しく見ゆれども、内は死人の骨とさまざまの穢れとにて満つ。斯くのごとく汝らも外は人に正しく見ゆれども、内は偽善と不法とにて満つるなり。——マタイ伝——

第一章

突如、声を失ってしまったのだった。

人々はおそらく複雑な電気回路のどこかが故障したのだと思ったにちがいなかった。スタジオにいた者よりも、防音ガラスに距てられた調整室《オーディオ・ルーム》の人々の方が先に気付いたようだった。年輩の音量調節の係員が身をのり出して、窓ガラスに頰をすりつけるようにしてスタジオを見おろすのがみえ、人影がもつれてプロデューサーと音量調節係とが耳うちしあう影が映った。ついでテレビカメラを卓子《テーブル》すれすれに接近させていたカメラマンが、無精鬚ののびた顔をカメラの横からつき出して不思議そうに彼の目を覗き込んだ。反応は連鎖的にひろがり、「あと何分」と時刻を知らせる紙きれをさげていた助手が、狐につままれたように眼をしばたたいた。そしてレシーバーを耳にあて、ゴム底のつっかけを穿いてスタジオの真中あたりを行き戻りしていたディレクターが、タイム・ウォッチを持ちあげて何か呟き、上の調整室の方をみあげ、困惑した——いや困惑というよりは、ほとんど滑稽な狼狽ぶりで、彼の方を振りかえった。

頭はなお冴えていた。彼はその日、医師や牧師がその職業上知りえた個人的な秘密を、もし何らかの圧力に屈して他人に洩らしたとすればどうなるかという問題を話していた。はじめ、彼はあるアメリカ映画から説き起していった。その内容は、ある犯罪者が教会に逃げこんで、犯してきたばかりの殺人の罪を牧師に告解するのだが、牧師の自首のすすめにもかかわらず、窓の外にたたずむ人影におびえた犯人は急に態度をかえて逃亡してしまうというサスペンス劇だった。犯人は腹をすかしており、金を持っていない。放置すれば再度犯罪を犯すことは目に見えている。牧師は警察に通報しようとし、そして懺悔の内容を俗人に洩らしてはならぬ戒律の前に立ちどまる。牧師は知ってしまったこと自体を苦悩し、犯人が再度罪を重ねれば当然自分にかかってくる社会的責任と人を裁いてはならぬ宗教の掟との矛盾にひきさかれる。

問題の中心はなにも映画などにはなく、課題はむしろアクチュアルな言論の自由と報道機関の使命ということにあったのだが、彼はこれまでも直接法よりも、間接的な話法をこのんで用いていた。わずか十五分の時事解説番組にすぎないながら、いつも意識的にそうしていた。衒学的だという批判もあったけれども、ともすれば無味乾燥なものになりがちな番組に、一種のうるおいをあたえ、また比喩的に挙げる事例の暗示性が、めまぐるしく移り変る時事問題にある本質的な照射を与えるのに役立っているという好意的な評価もあった。ともあれ、彼は番組自体を少しでも面白くしようと努力はしていた。

彼はまくらの寓話を語りおえ、それとの関連から日本には世俗の掟を超越しうる教会の自律性といった観念はないが、健全な近代社会は、複数の価値軸を含まねばならないはずだという形で話をすすめていった。たとえば新聞記者にはこれまでもニュース・ソースはあかさないという不文律がある。ヨーロッパにおいて教会の牧師や司祭が持っている教権ほどの強い背景も形而上学もないけれども、一つの事実を知った時点から、ジャーナリストは事実の責任を表現することの責任に転換し、組織的にもその責任を共有することによって、全体として報道の権利を守ろうと努めてきた。場合によっては、あのアメリカ映画に描かれた牧師のような窮地にはまり込むことはあっても、ジャーナリストは甘んじてそれをひき受ける覚悟をもたねばならない。たとえば学生運動のリーダーが公務執行妨害その他の罪によって当局の追究を受けていたとして、新聞記者が潜行中のその人物との会見に成功したとする。その場合、彼は、人々の知りたいという欲望の人格的代弁者であることに徹すべきであって、捜査したり人を裁いたりすることの代理人であってはならない。もし国家の法と価値だけが唯一のものであれば、その行為はたしかに不法への荷担を意味するであろう。しかし、少なくともまだ容疑にすぎぬ段階においては、一つの事件、一人の人物に対する見方を、一つに限定することなく、あえて価値判断は排除《エポケー》しても、当事者の行為と意見を即事実的に伝達することに努めるべきである。そういう判断停止が、結果的には、複数の視点をこの社会に対して提示し続けることになり、多中心主義を基礎とする民主制なるものに情報面からの寄与をすることになるであろう。むろんこれは危い一種の綱わたりであって、そうした判断停止は、取材される側、多くは相対的に無力な人々である、その人々の意志や希願の黙殺ともなり、報道人の人間としての責任性を無言のうちに逆に厳しく問われつづけることにもなるはずである。

たとえば、いまベトナム戦争取材を命ぜられた一人のカメラマンが、まさに銃殺されようとする解放戦線の兵士にカメラを向けたとして……。

頭が混乱していたわけでは決してなかった。語り継ぐべき内容、その起承転結も整理されて脳裡にあった。そして大学の自治や裁判の独立など、最近その権威を失墜しつつある複数価値の提示者であるはずの機構の内部矛盾と関連させて報道の自由の問題を反省しようとする問題意識も決して間違ってはいないはずだった。話がうまく進捗している時、スタジオ内の模様も冷静に観察できるものだ。事実そのとき、ディレクターの顔やカメラマンの動作、高い天井から吊されたライトの輝き、机の上に据えられたマイクの薄い影もはっきりと視野におさまっていたのだ。宿酔のためか蒼白い顔をしていたディレクターがひそかに欠伸を嚙み殺したのもみえていたし、交錯するようにしてゆっくりと動く二台のテレビカメラの、どちらに、採録表示の赤ランプがついているかも見てとれていた。にもかかわらず、唇が動き舌は震えておりながら、声が突然とぎれて出なくなってしまったのだった。

旅客機が急上昇するとき、瞬間的に耳鳴りがしてなにも聞えなくなることがある。彼は最初、自分の聴覚がおかしくなったのかと疑った。街全体に流感がはやっていて、彼自身も風邪気味で多量に抗生物質をのんでいた。抗生物質の副作用だろうか……。だが、ついで全身に予期せぬ冷汗が流れ、そして喉がいがらっぽく渇いているのを意識した。声が出ていないと自分で気付いたのは、その時だった。脚下には彼の方にむけて、いま録画されている情景が小型のテレビに映っている。画面の人物は胃の痛みにでも耐えるように顔を歪めながら、それでも水面に浮び出た金魚のように口を動かしている。彼はその映像に対して、一瞬理由のない憎しみをおぼえた。なんだ、そのざまは。いい齢をして気取った蝶ネクタイをしめ、目尻の皺を隠そうとして、伊達眼鏡などかけている。自分の年齢を意識すまいとして、若いタレントとボーリングやゴーゴーに行ってみたり、かと思えば一かどの名士振って婦人団体に講演にいったりする。恥かしくないのか。一瞬の自己嫌悪に踵を接して、把えどころのない自己憐愍がやってきた。二十代の半ばから、時間に追われ、自己の欲求とは関係のない外界の事件ばかりを追いまわし、しかも寸秒の単位で神経をすりへらしながら報道の枠の中に事件をはめこもうとする。それで一体お前は何を得たのか。

しかし一方では、仕事への責任感は変らずあり、彼は予定通り脳裡の小抽斗から一枚一枚カードをとり出していた。

ことをベトナムにまで伸長させるまでもなく、たとえば、最近、検察庁および裁判所から報道写真の提出命令が報道機関に下されるという事態が発生しましたが、これも報道の自由とは何かを、その関係者に強く反省せしめる具体的事例であり、そして理念の正否は常にこうして個別的、具体的な事件によって問われるものなのであります。

……例えばライターがある問題に関してルポルタージュを書いたとして、その内容の一端が、次元のことなる目的、つまり脅迫や告発の材料として他の団体に利用されうることとなったとして、一体言論の自由は守られうるでしょうか。……

彼の意識はたしかになお動いており、考えてきた問題を人々に訴えたがっていた。この問題は、ただトピックを、他国の類例や古人の警句によって潤飾するのとは問題がちがっていた。彼自身の身にもふりかかる思想上の問題だった。それゆえに、日頃にも増して力をこめて準備もしたはずだった。だが、どうしたのか、それが声にならないのだった。

実際の時間としては、おそらく四、五十秒、ながくて一、二分程度にすぎなかったろう。脚下のやや蒼みがかったブラウン管に、衝立に貼られた紙がうつり、報道の中立性と時代証言性云々という表題が彼の映像と入れかわった。しばらく沈黙のまま時がすぎ、ディレクターが手をあげてストップをかけた。

創業期のように生放送ではなく、ビデオどりだったのが、まだしも幸せだった。もしそうなら大椿事になるところだった。しかし短時間の番組とはいえ、最低三十人の作業員が一つの番組制作のために働いている。スケジュールはぎっしりと詰っており、やりなおしは、他の番組にたちまち影響する。時間においても経費においても馬鹿にならぬ損害だった。

「どうなすったんですか、三崎さん」ディレクターがレシーバーをはずして近寄ってきた。

三崎省吾は額の汗を拭い、そして咳こんだ。水圧のさがった水道の蛇口のように咽喉がごろごろと音を立て、痰がひっかかっているようで、しかも出るのは空咳だけだった。

どうしたんだろう。声にならぬ呟きを彼はもらし、ディレクターの顔を茫然と見あげた。そのとき再度、どっと全身に汗がふき出した。

調整室の扉があき、鉄製の細い階段をプロデューサーが音を立てて駆けおりてきた。それと同時に、三崎に集中していた強烈な照明の一部が消えた。

「どうなすったんですか」降りてきたプロデューサーの望月達郎も同じことを言った。長い髪が垂れて望月の片目をおおい、片方の目だけが三崎の方に注がれている。三崎の失策を皆が訝っており、プロデューサーはとりわけ面倒なやりなおしに不機嫌だった。だが三崎省吾が報道部の解説室長であり、入社当時は実際に報道番組も作っていて、ここのスタッフ全員に対していわば先輩だったから、口調だけは鄭寧だった。

「なんや、えろう疲れてはるみたいやな。ちょい、休憩しまひょか」ディレクターの服部博がわざとらしく関西弁で言い、視線をそらせて、調整室と連絡するマイクで、このスタジオは何時まで使えるのかを問いあわせた。もっとも、それは形式的な所作にすぎず、十数分の間隔をおいて、次の番組のための大道具方の仕事がはじまることは、服部も三崎も知っていたことだった。

「ともかく、ちょっと次の番組の準備を遅らせるように連絡してくれよ」

調整室から、オーケイという声がスタジオに帰ってきた。だが、すぐにもう一度声がかかった。「それはやはり、望月さんに行ってもらわんと、具合わるいな」

「実際、役に立たんな、どいつもこいつも」

「いやいや、なんと言ったって、こういうことは管理職の責任です、管理職の」誰の声か、調整室の笑い声までが、スタジオに響きわたった。

望月は大仰に肩を聳かしてみせ、灰色のコールテンの上衣をなんとなくはたいてから仕方なさそうに扉の方へ歩いていった。途中、カメラとつらなった太い電線チューブに躓いたように体をのめらせてみせ、長い髪を掻きあげて三崎の方を振返った。三崎は感謝の微笑を返した。もっとも故意に日常的な失策をしてみせたりして出演者を落着かせる技術は、三崎に対しては効果はなかった。彼は初出演で緊張しているのではなかった。時間の枠組を至上命令として、自転しはじめた思考を無残に切断する芸当すら、彼にとってはほとんど日常茶飯事だったのだ。

ディレクターの服部博が、空いている椅子を三崎のそばまでひきずってきて、どすんとそれに腰をかけた。

「いつだったかな、落雷があって、撮りなおしをしたのは。もう半歳も前でしたっけ」

「…………」

三崎の失われた声はまだ戻らなかった。

「あの時は往生したな。全部停電してしまってね。切換えの自家発電はあっても、三つも四つものスタジオの電力はまかないきれない。教養部や解説室の仕事は、まさかの時にはいつも虐待されるしね」

誰にともなくディレクターは喋り、ほとんど寝そべるような姿勢で体を椅子に埋めた。今の事故は、不可抗力のものではなく、あきらかに三崎のミスだった。だが、三崎の疲労を知っているディレクターは、事故あつかいにして三崎をなぐさめようとしていた。現場の者にだけ通ずる感情の交流というものだ。だが三崎の心はなごまなかった。なぜ不意に声を失ったのか、失策の理由が、彼自身にも納得できなかったからだ。

なぜだろう。一体どうしたのか。

カメラマンがいたずらをして、ディレクターの顔を脚もとのテレビに写し出していた。

「ディレクターのカメラ・フェイスはなかなかいいじゃないですか」カメラマンが言った。

「癖毛が一見上品そうなウェーブにみえるし、浅黒い顔色が妙に冴えて……宿酔にはみえませんな」

「わかっとるよ、わかっとるよ。もうそんなことはあきあきした」

「しかし、テレビも時にはハプニングが起らなきゃ面白くないや」カメラマンが言った。

「そう言えば近頃、故障ですのでしばらくお待ち下さいという断り書きが画面に出ることはなくなったな。懐しいようなもんだ」服部が胸のポケットから煙草をとり出し、三崎にもすすめ、自分から先に火をつけた。ただ宿酔のせいだけではなく、彼の顔色はあきらかに胃か十二指腸をおかされている人の無気力さだった。

「洋画の吹きかえ番組で、途中で映像と音が食い違っちゃってね。哀願している女が男の声で怒鳴りあげていて、憤怒の形相すさまじく、大の男が細い声ですすり泣いているなんてこともなくなった」カメラマンが言った。「いつだったかな、面白かったですよ。このライトがまだもの凄く熱い頃で、洗濯物なんかすぐ乾いてしまう。道具方の者で、褌をスタジオの隅につるしてライトで乾かしてた奴がいて、ちょっと用事ができて仕舞い忘れたまま、次のレヴュー番組に入ってしまったんだな。数人、気付いた人はいるんだが、皆なんとなくその白い布切れにも意味があるんだろうと思ってたんだな。はは」

「本当かね。それ」

「本当ですよ。もっとも、もう時効になってる。一昔も前の話ですがね」

「しかし待てよ。人が考え込んで、言葉が途中でとぎれるというのも、人間にとってむしろ自然なことだろう？　それをなぜずっと写し続けていていけないのかな。そうすりゃ聴視者もブラウン管の映像と一緒に考える。いや少なくとも、ニュース・キャラクターが何を言おうとして躓いたのか、次になにを言うつもりなのか、はらはらしながら待つだろう。そうだ、その方がむしろテレビ本来の機能のはずだ。三崎さんには悪いけれど、なにも中止することはなかったんだな」服部は、俯いている三崎の顔を覗き込むようにして言った。三崎は黙っていた。まだ喉が発熱したようにいがらっぽく、返事をする自信がなかったからだった。

ことが自分にかかわるゆえに、声が出たとしても急には賛同しがたかったが、ディレクターの旺盛な職業意識には賛成だった。酒を飲みすぎるのが欠点で、いつも蒼白い顔をしており、態度もなげやりだが、ともかく彼はいつもテレビのことを考えている。

「どなたか、水を持ってきてくれないかな」やっとの思いで三崎は言った。選挙運動で喉をつぶした政治家のように嗄れた声だった。

一瞬、ぎょっとしたように助手が振りかえり、しかし気軽にスタジオを出ていった。

広いスタジオに三崎と服部だけが取り残された。憂鬱な重い時間が流れる。このディレクターは一年前まで、社の花形番組である社会派的な連続ドラマの演出をやっていた。その番組は視聴率も高く、脚本家や俳優との息も合って、ドラマとしての質も高かった。だが、何度かスポンサーからストーリーが暗すぎるとクレームがつき、また局長から台本の訂正を命ぜられたりして、かえって彼は態度を硬化させ、タブーになっている南北朝鮮の問題や未解放部落の問題を、ことさらにドラマの背景にとり入れて、その番組そのものが中止になってしまった。以来、彼はしばらく休息せよという形でホサれていた。むろん組合は会社側と一度団交をもち、一度糾弾の文書を出したが、会社はゆずらず、それっきりになった。テレビ局にはよくあることで、誰も特に不思議がりもしなかった。配置転換されたわけでもなく、公的な懲罰を受けたわけではなかった。スポンサーがおりて、番組そのものが消え、次の仕事を命ぜられるまでの間に、不定期の空白が空く。ディレクターの仕事は恐ろしい神経の消耗をともなうから、時にそういう〈休養〉の期間がなくては、体がもたず本を読む時間もない。要はその〈休養〉の生かし方……というわけだった。

仕事が時事解説番組では、才能の生かしようはなかったろうが、半歳前、時事解説役として報道部長と交替で三崎がカメラの前に立つことになったとき、彼と組むことを三崎の方からも ち出したのだった。同じ大学の後輩という古風な誼みもあり、長すぎる無為がこの有能な青年の感覚を荒廃させることを憂えたからだった。

だが、ふと気付いてみれば、お鉢は三崎の方に廻りつつあった。先日彼は局長に呼びつけられ、「この前の大学立法に関して解説した時の、あの喩え話はどういう意味かね」と詰問を受けたのだった。

「投書でもありましたか」と三崎は言った。

「いや投書じゃないんだが、社長のところへある人物から電話があって、どういう意味かと問いあわせがあった。いや、なにも釈明要求というんではなくて、わし自身、あの時事解説は面白いと思ったんだが、どういう意味かと問われると代返にも窮してね。わしの解釈が合ってるかどうか、自信はないし」

たしか三崎は大学紛争に関して解説する前置きにこういう寓話を喋ったのだった。

「昔、中国の蜀の国に恐ろしい力もちの五人の力士がいたわけであります。ところで秦の国の恵王という王様が蜀の国とよしみを通ずべく五人の娘を蜀に嫁がせることになり、蜀の方では道中の護衛にとその五力士を迎えに派遣しました。ところがその帰途、梓潼のあたりまで来ましたところ、一匹の大蛇が穴の中に入るのがみえたんですね。そっと避けて通るという方法もあったでしょうが、前途に蛇が横たわるとはけしからんと言うわけで、一人の力士が穴から出ている蛇の尻尾を把ってひっぱった。だが、どうにもひきずり出せない。それではと五人がかりで大声をあげながら蛇をひっぱりましたところ、蛇は出ずに、山そのものがどうと崩れてしまってですね、その五人の力士も、秦から蜀にとつぐはずだった五人の娘もともに土に埋まって死んだといいます。さて、ところで……」

およそ無理なこじつけだったが、一種コミックなイメージを喚起する要素があったからか、話している時、スタジオの中にも小声で笑い声が起り、ディレクターは大きな眼をむいておいて、三崎の方にウィンクしてみせたものだった。

「あの寓話の蛇というのは何の喩えで、五人の力士というのは、何を意味するのかな」局長は真剣な、しかも何処か屈辱的な表情で言った。「わしははじめ蛇というのが医学部の封建性とか大学の骨がらみになった矛盾の喩えかと思った。それで三派の学生が強引にそれをひきずり出そうとして大学全体を解体させてしまう。あまり性急に矛盾をひきずり出そうとすると全破壊をきたすということかなと思った。しかし、五人の力士というのは機動隊のことかもしれんという気もするんだな。全共闘を力ずくで排除しようとして、大学そのもの、大学の自治も学問の自由も全部踏みつぶすという風にもとれる。君のつもりとしては、どうなんだ？」

「さあ、どうですかね」三崎は薄笑いした。

「ま、君は大人だし、わしも君の批評精神には賛同もし、応援もしてるんだが、できるだけ気をつけてくれたまえ」

「御忠告感謝します」

「このことは、社長には適当に言っとくが、君の時事解説の諷刺には、相当癇をたてているむいきもいるらしいから」

そのときは、解説室に戻ってから、部下の者たちと、誰がクレームをつけてきたのか、ひとき揣摩臆測に時間を費し、それが誰であるにせよ、低級な頭脳だと嘲笑したものだった。だが、そのことがあって暫くしてから、他のテレビ局でのことながらベトナム問題について評判のいい報道解説をしていた人物が不意に番組をおろされ、ある新聞社では報道局長が不意に左遷され、三崎も原稿を寄せたことのある雑誌の編集長が辞職するといった事件があいついで起った。曖昧模糊、なにを言ってるのかわけが解らず、しかも幾分ユーモアがなくもない三崎の番組は、無傷で残っていたが、ＮＨＫはむろんのこと、他のテレビ局においても、政治に対して批判的な番組は急速に姿を消していた。明治百年をドラマ形式でたどるはずだった番組は、アジアに対して侵した日本の罪科を蔽いえない昭和の時代に入るまえに雲散霧消し、ニヒリスティックな流浪の浪人たちが活躍していたはずの時代劇は、あっと気付いてみると主役達の役柄がいつの間にか幕府の隠密に転じて威張りかえっていた。

とりわけ競争者だった他局の報道解説者の更迭は、三崎にはショックだった。マスコミ関係は情報も早く、他社の内部事情ながらその人の最終放送の時は、すでにその理由もある程度伝わっていて、三崎は報道部や解説室の部員たちとともに、その最後の放映を見た。解説者は額の広い冷徹な顔を、思いなしか日頃より無表情にこわばらせて、しかし解説そのものは冷静に語り、あくまで冷静に語りつづけ、そして最後にただ一言、「それでは皆さん、さようなら」と挨拶した。それだけだった。すでにその人の姿の消えてしまったブラウン管に、三崎は独り拍手を送り、そして自分が何も反応のないブラウン管にむけて拍手した滑稽さに、赤面した。

局ではしばらくの間、退社する際に、戸口のところで振返り、「それでは皆さん、さようなら」と挨拶するのが流行した。何でもちゃかしてしまう若い世代のやり方に、三崎は内心腹を立てたものだったが、彼は何も言わなかった。立場や地位が似ているために、必要以上に感情移入をしているととられるのが業腹だったからだ。だが、考えてみると、あの頃にひいた風邪が、その後も全然治っていないのだった。最初、鼻がつまり、頭が痛み、微熱が続き、一週間ほど気管支を病み、それがなおってからも、喉がしょっちゅういらいらした。

「ちょっと眼鏡をはずして下さいますか」

我に返ると化粧係の女性が小さな手鏡を持って椅子のそばに立っていた。何という名だったか、美人の化粧係は、意識的に片えくぼを作ってほほえみかけ、三崎に手鏡を預けた。べったりと額に汗をかき、薄く塗ったドーランが、まだらになって流れていた。目を閉ざすと、快くパフが彼の皮膚に触れ、香料の香りが漂い、そして若い女性の息吹きが、彼の頸のあたりをくすぐった。

目を閉じたのが、よくなかった。本当に疲労していたのか、頭がゆらゆらと揺れる悪寒があり、その一瞬、不意に彼は別れた妻のことを思った。狭い家の中に引き籠ってばかりいる女性だったが、成長しつつある娘のためには、産みの親がそばにいた方がよかったのかもしれない。離婚せねばならぬほどの手落ちは、少なくとも彼女の方にはなかったのだった。

目を開けると、化粧係の女性が小型の櫛をさし出していた。自分では意識しなかったが、何度か髪に手をやったのだろう。番組に入るまえ、化粧室でこの同じ女性がなでつけてくれたはずの髪が、寝起きの髪のように乱れていた。三崎は、ディレクターやカメラマンの視線が、危惧するように自分に注がれているのを意識しながら、髪の手入れをした。

「それじゃ、よろしいですか。マイクの試験を、もう一度やりますから」

音量調節係の事務的な声が、マイクを通じて調整室から響いた。試験されるのはマイクではなくて、三崎の声帯だろう。彼は姿勢を正し、試験的に声を出した。

「日本国憲法が国民の権利として保障しているもののうち最も大切なものは何でしょうか。それは言うまでもなく、信教、言論、結社の自由で……」

「は、それで結構です」と音量調節係が言った。

ディレクターの服部はけだるげに立ちあがり、自分の坐っていた椅子をカメラの視座から遠ざけた。

助手が、いつもは置かない水差しを持ってきてテーブルの上に据えた。ただ水をコップに一杯くんできてくれるだけでよかったのだが、むろん飲めさえすれば何でもいい。三崎は水差しの蓋をとり、実際に水を飲んだ。風呂あがりのように喉が乾いていた。

いつの間にかプロデューサーの望月は調整室に戻っていて、ガラス越しに下を覗いていた。服部博がタイム・ウォッチを確かめ、「じゃ、よろしいですね」と念をおした。三崎は背広のポケットのハンカチをさしなおして、うなずいた。

「それでは、やり直します。×月×日、八時四十五分放送、時事解説です。……では本番、三分前」ディレクターが言った。

カメラの一台が急いで衝立ての前に移動し、解説番組の短いテーマ・ミュージックが流れはじめた。

また失敗するのではないか。これまで感じたことのない不安感が、内臓を蝕む虫のように内部にうごめくのを三崎は感じた。先程の失策の、理由が納得いかないゆえに、ひとたび意識に浮んだその不安は消しようがなかった。口腔の中に唾があふれるように溜り、その唾を飲む音が大きく響いたように彼は思った。

「二分前」とディレクターが言った。

同じことを二度喋るのか、憂鬱だな、と三崎は思った。しかし考えてみれば、局外から人を呼ぶ番組には、全部ではないにせよ、打合わせや、リハーサルを必ずやる。スタッフもそういうことにはなれており、誰も、話の内容になど、それほどの注意をはらってはいないのだ。カメラマンはカメラ・アイに、音量調節係は音の響きに、ライト係は光線の加減に注意を集中している。それでいいのだ。

「一分前」とディレクターが言い、右手を挙げた。

もう一杯、目の前の水を飲みたいと、三崎は思った。飲みたいと思いながら我慢しているよりは、一分の余裕を生かして、さっと飲んだ方がいいのではないだろうか。

「三十秒前」ディレクターがゴム草履をひきずりながら、薄暗りに後退していった。

さっき声が出なくなった部分は、すっ飛ばしてしまおう。不吉だからな、と三崎は思った。

ディレクターが無言のまま、挙げていた手を彼の方に向けて振りおろした。

彼は軽く頭を下げ、カメラの赤いランプを直視して喋り出した。特に声が震えているというわけでもなかった。

「自由というものは本来、自分が自由であるばかりでなく、他者もまた自由であるという確認のもとでしかなり立たないものなのであります。仮りにここに一人の皇帝がいたとして、彼だけが自由であり、他の家臣や人民のすべてが彼の意志に隷属する状態にあったとして、その皇帝は自由でありうるでしょうか。放逸であり得、勝手気儘であり得、神のごとく孤独ではありえても、彼は自由ではありえません。なぜかならば、自由というものは、自由なる実存の他の自由な存在への働きかけと、そこに起る抵抗、協賛、反撥、批判等を通してしか、ありえないものだからです。本日は、最近、様々の具体的な事件を契機に問題の俎上にのぼせられている報道の自由というものについて考えてみたいと思うのでありますが、まず報道人であるわれわれが肝に銘じておかねばなりませんことは、伝達することの自由は、情報の受け取り手、すなわち聴視者の方々の精神の自由なしにはありえないということでありまして、もし万が一、報道が受け手の精神を束縛し操縦しようとするものであるならば、それは報道する側にとってもただちに自由の放棄、自由の死滅を意味するわけであります。……」

枕に寓話をおかず、ストレートに問題に入ってしまったのを、三崎は一瞬、脳の片隅で後悔した。こういう調子で喋ってはいけない。ただ一度の自己満足のために、抑制すれば維持しうる自由の場を放擲するのは愚かだ。失うためには僅かな無思慮と性急さだけで充分にもせよ、それを取り戻すためには、多くの汗と涙そして恐らくは血すら必要なのだから。わかっておりながら、自分の声とも思えぬ甲高い声で、彼は抽象論を続けていった。

「報道の自由、報道の中立、いったい、それは何を意味するのでありましょうか。それは単なる特権、さもなくば大衆社会の楼閣の上に咲いた幻影の花にすぎないのでしょうか。それとも、何らかの価値を充填すべき器、外枠として、なお現在においても意味をもつものなのでしょうか。……」

第二章

革製のミニスカートから惜しみなく脚を出して二人の少女が向いあってゴーゴーを踊ってい
た。目に見えぬ毛糸の糸繰りが腕にかかっているように激しく手を回転させ、幼い顔をのけぞらせる。そして時折り兵士のように股をあげて足踏みする時、肉に食いこむような小さなパンティがちらちらと覗いた。

長く髪をのばした歌手は、マイクに唇をつきつけるようにして自分の歌に自己陶酔し、シンバルの音が天井の低いレストラン全体を震撼させる。赤い絨毯の敷きつめられた深夜のレストランには椅子はなく、照明のやや暗いテーブル・サイドには黒い革製のクッションが配置されていて、客は思い思いに脚を投げだしていた。換気が悪くて部屋全体に紫煙が渦巻き、騒音は拡散する窓もなく埃のように虚空に籠った。

三崎は飲物を注文するために手を挙げ、そして腕時計の針にちらりと視線をそそいだ。もう午前二時だった。いや、まだ二時だというべきだろうか。床の絨毯と対照して黒い防音幕のはりめぐらされた壁に背を凭せていたボーイが、リズムに合わせてステップを踏みながらテーブルに近づいてきた。黒いチョッキに赤い薔薇の造花を飾っている。太陽光線のもとでは、およそみられたものではないだろう、それが店の制服らしかった。

「ハイボールを三つ」三崎は伴ってきた三人の部下のために言った。

「三崎さん御自身は何になさるの」と解説室員の城よし子が大声で言った。若い世代にはこの耳をつんざく騒音も快いのか、彼女は小刻みに首をゆすっている。

「さあ、どうするかな？」三崎は言った。

「じゃ、ハイボール三つに、どうするかな一つ」と城よし子がボーイに言った。

吸っていた煙草を小刻みに噴き出しながら、解説室員の田中良夫が笑った。

肩が凝り、背中にひきつりまであって立っているのも辛いぐらいだったのだから、まっすぐアパートに帰って寝るべきだった。だが、ビデオどりの最中に声を失って哀れに口を開閉しながら額に汗を流した三崎の失策は、その日のうちに局内に伝播して、三崎は感情的に傷ついていた。人々は面白半分に同情して、大丈夫か、大丈夫かと声をかけ、地方公演中に舞台で声を失い、そのまま埋れていった女性歌手の例まで出して、病院ゆきをすすめた。人間ドックに入り給えとある人はいい、ある人は一種のノイローゼ症状だろうから、咽喉科ではなくて精神科がいいと言った。そしてこともあろうに仕事をともにしている解説室員が早くもそれを遊びにとり入れて、机を距てて声を出さずにものをいう〈啞遊び〉を案出した。録画が終って彼が外気にあたるために街に出、報道部員が時おり原稿書きなどに利用する近くの旅館で少し休憩をとり、解説室に帰ってきたときだった。部屋に入ったときから既に日頃と違った雰囲気の漂いを彼は感じとってはいた。部屋に流れている暖房の気流が、なぜか逆流しているような、しかし無視すれば無視できる気配のようなものだった。彼はロッカーをあけてコートをかけ、うがいをするために部屋隅の洗面器の前に立った。解説室員の机は四つ、三崎の机は窓を背にしてその四つの机に向いあっている。二方の壁は、資料や参考文献を並べた書架になっていて、部屋の飾りといえば部員たちが貼りつけた取材写真と、三崎の海外旅行の記念である安価なタピスリだけだった。自分の椅子にまっすぐ行かず、洗面器の前で躊躇したりしたのは、実際に喉がいらいらしていたためというよりは、年齢にはふさわしくない一種の羞恥心のためだった。噂は尾鰭をはやして局中にひろまり、当然部下たちにも知れわたっているにちがいない。彼はことさらに音を立ててうがいをし、そして洗面台の上に吊された短冊鏡をちらっとみた。覗き込んだ瞬間はなにが起っているのかは解らなかった。鏡に城よし子の襟の広いブラウスと下ぶくれした頰が斜めにうつっていて、彼女は前にいる五十嵐顕に何か話しかけていた。声をひそめているという様子ではなく、むしろ口を故意に大きくあけるようにして何か言っている。にもかかわらず、声はでていないのだった。三崎は一瞬、怪訝な思いにとらわれ、手拭で口許を拭いながら鏡に顔を近よせた。自分をみるためではなく、城よし子の表情をより詳しく観察するために――。そして三崎は奈落に転落するような屈辱感を味わった。部下が自分を笑いものにしている！　一瞬おそく城よし子は、鏡を介して三崎の視線が自分に注がれているのに気付き、そして、ぺろっと長い舌を出した。

「もう一ぺんやってみろ」振りかえりざまに手にしていた手拭を三崎は城よし子に投げつけて言った。手拭は机と机との間に立てられた夥しいファイルに遮られてとどかなかった。

「今やっていたことを、私の目の前でもう一ぺんやってみたまえ」

城よし子は真蒼になって立ちあがり、そして机にうつぶせてしまった。

時刻は既に午後八時はすぎていたろうか。普通の会社なら社員はすでに家路につき、あるいは一家が夕餉の食卓を囲みながら、テレビに視線をそそいでいる頃だ。だがその当のテレビ局では、業務はたけなわであり、とりわけ芸能部ではこれからが仕事だった。報道部関係でも三割近い社員が残っている。解説室でも、これから次のテーマを決める会議をもたねばならなかった。

報道部との間の内扉が開き、衝立から顔を覗かせて「何かありましたか」と若い報道部員が言った。

「いや、いや、別に」と田中良夫が言った。

「いったい、どういうつもりなんだ」報道部との内扉が閉まってから、三崎は声をおとして言った。

「別段、悪気があったわけじゃないですよ」五十嵐顕が間に入って言った。彼は去年入社したばかりで解説室の最年少者だったが、チームワークにはひどく気を配り、急進的な意見をはくわりに気立ては優しい青年だった。

「城さんだけを叱るのは気の毒ですよ。僕もやってたんだから」

「じゃ、どういうつもりだったのか、言ってみろ」と三崎は五十嵐につめ寄った。

「………」

「人の欠陥や失策を笑いものにするのは、一番下卑なことじゃないのか！」

「そんなつもりじゃないんだがな」五十嵐は田中良夫の方を振りかえって言った。「そうじゃないんですよ。わかんないんだなア」

賛同をもとめられた田中良夫の方は、目を細めて窓の外を見ていた。狭い道路一つはさんで商事会社のビルがあり、いまその窓明りはほとんど消えて、一階のスナックや喫茶のネオンだけが明滅する。

「感覚の相違とか世代の差とか、そんなところへ逃げ込むつもりか」

「そんな大げさなことじゃないですよ」五十嵐顕は言った。

「室長は比較的ユーモアを解する人のはずじゃないですか。人を貶めようとか侮辱しようなんて、そんな悪意があったわけじゃないですよ。室長がビデオどりの最中に声が一時的に出なくなったという知らせがあって、我々はみんな心配してスタジオへかけつけたんですよ。しかし、三崎さんは一時外出されてもう局内にいなかった。どうしたんだろうと心配しながら、待っていて、そして声を失うってのは、どういうことだろう、そのとき精神はどういう影響を受けるのかなと話しあっていて自然に話題が、沈黙論みたいなことになっていった。声がなくて意志が疎通できるかどうか、論じあっているうちになんとなく、唖の真似をしてみることになっちゃったわけですよ。もし唖の真似をするのがいけないのなら、NHKのジェスチュアだって、不具者を愚弄する番組ということになるはずでしょう」

なんだジェスチュア遊びか！　三崎は拍子ぬけした。あの番組はいつからはじまったのだったか、もう記憶にはないが、城よし子や五十嵐顕の世代にとっては、ものごころついたころから見慣れた番組だったのだろう。読書や自然観察よりも先に、映像言語に馴れ染んだ世代の若者たち……。彼らは、その世代のもっとも優秀な青年たちのはずだったが、それでも、何度かどうにもならない発想や感性の断絶を感じさせられてきたものだった。

しかし、それにしても無邪気な残酷さというものもある。意識していないゆえに、意識的におかす悪よりもまだわるい悪というものもある。子供が蝶の羽をもぎ、蛙の足を裂くように三崎は誇りをもぎとられたようなものだった。

「君たちは、ともかく礼儀を知らなさすぎる」一般論に転嫁して三崎は言った。もっとも、その時には憤激は、すでにとりとめのない悲哀に変っていた。いや、悲哀というよりは、自分にだけ足場がなく宙に浮いているような不安感だった。

いつだったたか、会議中に五十嵐顕がチューインガムを噛んでいて三崎は怒鳴りつけたものだったが、多勢に無勢、いつしか会議中に飴玉を頬張る程度のことは、むしろ常態になってしまっていた。

「よし坊、ちょっと化粧をなおしてくるといいや」憂鬱そうに窓の外に目をそそいでいた田中良夫が城よし子に言った。そして彼は三崎のために茶をくみ、「どうもすみませんでした」と低い声で代表して謝った。

城よし子は目頭をおさえて手洗に立った。特別、悪気があっての上のことではないことは、顔のつくろいをして戻ってきた城よし子が、ぺこんと頭を下げた時の微笑でも逆に証明されたようなものだった。

「会議にして下さい」と田中良夫が冷静に言った。

「それじゃ……」と三崎は言った。

だが、むしろ三崎の方が、部下をしかも女性を怒鳴りつけてしまったことにこだわって、少し体が発熱しかけているのを意識しながら、会議のあとで部員を夜食に誘ったのだった。些細なしこりにもせよ、しこりはその日のうちに解消しておかねばならなかった。解説室にはもうひとり狩野学という次長格の部員がいるのだが、彼は一週間ほどまえから病気で欠勤していた。

ボーイが金属性の盆にハイボールとつまみを三つのせてきて、テーブルにおき、そして「もう御注文はお決まりになりましたか」と言った。

曲は変ったが歌い手は、やはりマイクに頬を寄せ音量いっぱいに声を増幅させて自己陶酔にひたっていた。電気ギターの金属性の音が加わり、小太鼓とシンバルは一層激しく神経を刺戟する。人々はしかし、その音にも踊りにも無関心に酒を飲み、夜食をとっている。何をして生活しているのか、おおむねは若い客の表情に疲労の翳はなかった。

メニューを三崎に代ってみていた城よし子が、向いの席からなにか話しかけた。だが、歌は絶叫調でリズムは激しすぎ、城よし子の声はとどかなかった。

「え？」と首をかしげ三崎は城よし子の口もとをみた。

「室長サンハ日本酒ノ方ガイインデショ」

声は伝わらぬままに、言おうとすることは通じ、三崎はうなずいた。城よし子はメニューを指さしてボーイに注文の品を命じ、そして、何かを思い出して首をすくめ、ぺろっと舌を出した。

なにを思い出したのか、それは次の瞬間、三崎にも通じていた。彼は曖昧に微笑し、その微笑をみて城よし子は、手をあげて、拇指と人差指で小さな環を作ってみせた。

完全な三崎のがわの敗北だった。

視線をそらせたとき、一つおいた次のテーブルに顔見知りの週刊誌の編集長の顔がみえた。いやに化粧の濃い若い女性を伴っている。目礼して、フロアの踊りの方を彼は見た。若い客の中に不協和に混っている同年輩の顔見知りの姿は、あまり見よいものではなく、その印象が忘れかけていた自分を自覚させた。

彼はもともとこういう場所はあまり好まない。それは年齢の問題というよりは、彼が農村の出身であるということと関係するかもしれない。現に、怪しく電光を浴び恍惚として踊っている二人の少女の顔付は、三崎にははっきりとわかる農民の顔だった。大都会、虚栄の市の一見もっとも華やかな場所に流行の先端を切る装いをして快楽を追う、過疎地帯から出てきた農民の子弟たち。いまはそういうことにもあまりこだわらなくなったが、若いころには何度か、そういう雰囲気に苛立って悪酔したものだった。仕事が深夜に及ぶことが珍らしくない職務であり、こういう場所も一種の必需物であってみれば、いちいち些細なことに苛立っていては身がもたない。人々の服装が派手で振舞いが気障なのなら、彼自身も派手で気障に振舞うのが、結局はもっとも疲れないですむ方法なのだった。

楽団の演奏時間が終り、曲はレコードに変った。音量もおち、彼はほっとする。

「今日、結論のでなかった公害の問題ですけどね」田中良夫が会議室そのままの落着いた声で言った。「ぼくはやはり、はっきりと〈公害〉は、本当は一部の私企業が流している〈私害〉にすぎないという態度を打ち出した方がいいと思うんですがね。いやむろん、最終的な表現の問題は、三崎さんにまかせますけれども、われわれのとりくむ態度としてですね」

酒の席を仕事に連結させるには三崎は疲れすぎていた。しかし趣味や年代の差を埋める話題が他にあるわけでもなかった。それに考えてみれば、若い頃は彼自身も、のべつまくなしに仕事の話をしていたものだった。

「それに今ふと思ったんだが、解説室だけじゃなしに、ニュース部や報道部にも、同じ基本的な態度をとらせるように説得すべきだと思うんだな」田中良夫は五十嵐顕の方を向いて言った。五十嵐はうなずいた。

会議が結論を持ちこしたのは、次のテーマである公害問題そのものに異議が出たのではない。一度使用禁止の決定された人工甘味料が、業界の働きかけで回収時期が政治的に延期されそうな現在、時事番組として公害問題の選択は適切だった。すでに数年前、地方大学の研究者がその有害性を証明している。企業はそれを知って作っていたのだ。そしてこの事例にも端的にあられているように、有機水銀で河川を穢し、亜硫酸ガスを都会の空に拡散させているのは、なにも〈公〉ではなくて、利潤追求のみを優先する私企業の〈私〉心であるという田中良夫の指摘にもみな賛成だった。ただ、恐らく何かヨーロッパかアメリカの語彙の訳語に違いない〈公害〉の原語を、誰も知らなかったという技術的な問題が残ったにすぎなかった。新しい言葉だとみえて手ごろな和英、和独にもこの言葉はのっていないのだった。若い部下に指摘されてみれば、その〈公害〉という言葉遣いにも、敗戦を終戦といいかえた日本人の悪しき知慧が、そのまま貫流している。ただ、三崎にとっては、原語は何かという検索は、技術上の問題だけではなく、時事解説番組でそれを新しい視点からとりあげるための不可欠の前提だった。表現が暗喩的であればこそ、調査段階では強く実証的でなければならなかった。

そのうえ事は、指摘者が思っている以上に重大なことだった。かつて中国大陸の政権を、中国というか中共とよぶかで、報道関係各社が、そしてその組合までがすったもんだしたものだ。三崎たちの社が、もし公害を私害と呼ぶと決定したとすれば、それは社会的にも一つのセンセイションをまきおこすはずだった。

「明日、報道部の連中と話しあってみますよ」五十嵐は気軽にいった。

「黒江君の意見もきかなきゃいかんね」三崎は言った。彼は憂鬱だった。解説番組は報道部長の黒江保次との一日交替だったが、黒江が容易に賛成するとは思えなかった。そして三崎も行動を起すまえに、はやくもその困難さと、はるかなる終末まで予測してしまう悪しき知性に毒されている。三崎には、石油会社や肥料会社、自動車メーカーから食品業界にいたるまで、スポンサーからかかってくるだろう圧力と局内の混乱が目に見えた。

「このことはまずわれわれの番組で問題提起しておいてから、局内の意見統一にのり出す方がいいんじゃないかな」三崎は田中良夫に言った。

目を細め、耳を近づけて聞いていた田中良夫は一瞬、きらっと突き射すような目で三崎を見、「どうしてですか」と言った。

「いや単に手順の問題にすぎないんだがね。局内の意見統一からはじめるのは正攻法にはちがいないが、砂漠の中の死水みたいに、どこかで立ち消えになってしまう恐れもあるんじゃないかと思ってね。これまでも、正論があまりに正論であるゆえに却ってたち消えになったことも少なくないしね。たとえば……」

煙草の煙を静かに吐き出している田中良夫の思慮深げな表情は、レストランの不自然な光に蒼ざめてみえる。賛同とも抵抗ともみえる首のふり方を田中はした。彼は五十嵐たちよりは数年先輩で、局内の事情にもそれだけあかるい。それだけ苦労もしている。三崎がなにを危惧しているのか、彼には言外に通ずるはずだった。

「有耶無耶にされるよりはだね、解説室の自由裁量の範囲内でまず、問題を提起しておいてから、いわば一つの既成事実を作っておいて……」

「ほかに相談せずに突然、喋るわけですか」

「結局、そういうことになるね」

「しかし、それは無理でしょう。時事解説もビデオどりでしょう。それに個人プレーのようになるのには、僕は賛成じゃないな」

「いや心配はいらんさ。喋り方があるから」

三崎の提案が個人のスタンド・プレーのようにみなされたことに、彼は少しむっとした。しかし田中良夫は容赦しなかった。

「しかしですね。それでは、ちょっと機智にとむ観点の提出、皮肉な発言ということで終っちゃうんじゃないですか。ただ、言ってみただけという自己満足にしかならないんじゃないですか」

「いや、やりようによっては、報道部全体の持続的なキャンペインにも持っていけると思うよ。ただ、うまくやらないとね」

「キャンペイン?」田中良夫はしばらくグラスの酒をじっと見つめ、そしてぐっと一気に飲みほした。「それもいいけど、ぼくが言い出したのはそういう方向に持っていくつもりではなかったんですけどね。それもいいですよ、やっても。しかし、自分を無辜の地点においてですね、他の企業の悪を鬼の首でもとったように正義面して攻撃するというキャンペインには、ぼくはあまり興味はないですね。そりゃ人々は具体的に公害いや私害には悩まされているから、打ち出せれば聴視者も支持するでしょう。イタイイタイ病、排気ガス、河川の魚の全滅、交通災害、いやというほど、人々は苦しめられている。市民団体も拍手するだろうし会社も報道機関のメンツと良心を満足させられるかもしれない。しかし、やらなきゃならんのは、そういうことじゃないんですよ。そういうことじゃないとぼくは思う。公害を私害と言いかえる。それを社のものに納得させる。その事だけでも、三崎さんが予想されてるようにしんどい、い事ですよ。しんどいなあとまず思う。語りかければ組合の連中も、なるほどなるほどとは言うでしょうよ。しかし、別段どうにもならない。そのことですよ。その『しんどいな』からどうにもならない事にいたる連鎖を断ち切ることが、公害を私害といいかえることの意味なんですよ」

「解るような気がするがね」

「いや、簡単に解ってくださらなくってもいいんですよ。三崎さんが従来のマス・コミ方式でキャンペインを組もうとされるんなら、そっちでいかれてもいいんですよ。ただ、どんなテーマを選ぶにせよ、いつでも同じ態度の分岐はついてまわるわけです。その態度の選択から逃れることは出来ない。そっちの方のことをまず解ってください」

別段言い争っているわけではないのだが、田中良夫の重い口調と、そのあと、考え込んでしまった二人を気遣って城よし子が、不安そうに二人を見較べていた。

三崎は行き詰った思弁から逃れ、過去の追憶にひたる自分を許した。

若いけれども重みのある田中の態度は、三崎の入社当時、同僚であり、親友だった梶哲也に酷似していた。梶はいつも、三崎に圧迫感を与えていたものだったが、彼はいまどうしているのだろうか。入社して十五年、目まぐるしい社会の変化を追っているうちに三崎もいつしか管理職につき、仕事と日常を分離したがる年齢になったが、同期あるいは二、三年の差で入社した草分け期の同僚の運命にも、その間にいろいろの差ができた。ある者は出世街道を歩み、ある者は些細なことで言い争って職を転じ、ある者は自立してフリーのタレントや評論家になり、ある者は下積みのまま酒におぼれ、ある者は挫折した。そしてなぜか三崎の親しかった者は、ほとんど挫折するか転職するかした。常時、内訌があったわけではないのだが、まるで自ら求めて窮地に立ち、自ら罰することを欲してでもいるように、友人たちは挫折していった。今は部下である田中良夫も、かつての親友たちに気質や思念が似ている以上は、彼に安楽な未来がおとずれるとは期待できない。三崎が管理職につき、部下をもつようになった以上は、田中の運命に関しては友人の場合のように傍観はできない。しかし適切な助言によって、あちこちにあいている陥穽におちこませないですむ自信は三崎にはないのだった。いつぞやディレクターの服部博が、「もうテレビ局はがたがただなあ」と吐きすてるように言った。それは感覚的な述懐にすぎなかったが、間違っているわけではなかった。虚業にもせよ、この企業にもかつて勃興期にはあった混沌とした活気はなくなっていた。三崎自身、煤煙のように迫ってくる息苦しさを感じておりながら、何をどうすればよいのかは解っていなかった。待遇は徐々ながら改善され、娯楽施設にもことかかず、忙しさはまし、テレビの影響力は増している。がたがただと嘆いてみても人は信用すまい。カラー技術も導入され、宇宙中継にも成功し、テレビ台数は世界第二位、企業としても安定性がないわけではない。だが、たしかに、三崎はわけもなく不安で、苛立っていた。

「なに、考えてるんですか？」と五十嵐が三崎の顔を覗き込んで言った。

「ひょいと昔のことをね、思い出していた」と三崎は言った。「昔のことと言っても、二十年も三十年も前のことじゃないがね」

「俺たちの若い頃は自由だったたって、おっしゃりたいんでしょう。テレビ局は出来たばかりで、みんなが未経験者、五里霧中だったけれども何を発案しても、全部通った。アナーキーだけれども活気があり、幻想にすぎなかったけれども解放感もあった。……室長の口ぐせ」城よし子は言った。

「いや、いま考えてたのはそうじゃなくてね。君たちに話したかな、同期で入社した男に梶哲也という人がいてね」

「いや、聞いてませんよ」五十嵐は言った。「同期で入ったのは、室長と報道局次長と総務局次長、それからラジオの方の編成部長の四人じゃなかったんですか？　そう聞いてたけど」

「いま残っているのはね。梶君はやめてしまった。一緒に報道部の仕事をしていて、一番親しかったんだが」

「なにかあったんですか」

「いや、別に、局内でいざこざがあったというわけじゃない。彼個人の都合で一種の蒸発みたいなかたちで、やめていった」

「へえ、蒸発ですか」

「あの当時、僕は梶の行動をほとんど理解できなかったんだが、今日、会議で、取材者の態度の問題を君たちと論じあってるうちに、ふと、彼のことを思い出してね。それに少し吃り気味の重い口調が田中君に似ている」

田中が三崎の方は見ないまま薄笑いした。

「どういう人なのかしら。ちょっと興味があるわね。第一、蒸発だなんてロマンティクじゃない」

「何年前だったか、石油産業が急に擡頭して石炭産業が没落し、中小炭鉱がばたばたと閉山した時期があった。大手の鉱山では大量の人員整理をめぐって、激烈な争議がおこった」

「僕はまだ中学生だったかな、その頃は」五十嵐が言った。

「若いね、君は」

「そんなこと、どうだっていいですよ」

「その時、梶君は、炭鉱の争議を取材にいってね。そして、そのまま帰ってこなかった。あの頃、僕は、彼がふっといなくなったことの方にこだわっていてね。机も隣あわせだったしね。机の上にはメモや雑誌が散らかったままだし、ピースの空罐には、彼が脂手でもみ消した煙草の吸殻がそのまま残ってるんだからね、気にかかるさ。彼は辞表もなにも出したわけじゃないんだ。いつもの通り、録音機を肩にかけて、ハンチングを斜めにかぶってね、『じゃ、行ってくる』と出張していったんでね。そしてふっと蒸発して消えてしまった。特に政党と関係があったわけでもない。どちらかといえば、独りで仕事をしたがる芸術派だった。彼の行動の理由がわからなくてね。社でもあつかいに困ったらしくて、『君一度様子をみにいってくれ』ということで、僕が同じ鉱山《やま》に派遣されたりした。御承知の通り一カ月無断欠勤が続くと会社は自動的に馘になる仕組みになっている。部長としては――いまの局長だけどね、梶を認めていて、そうはさせたくなかったようだったし、それに辞《や》めるにしても、僅かの額ながら退職金も出るわけで、その送り先もわからないというのでは困る。でともかく、三日間の出張で、梶君のあとを追うことになった」

「その方には恋人はいたのかしら」城よし子が言った。

「通俗的だな」五十嵐は城よし子の肩をつついた。

「その恋人といっしょに、失踪した人のあとを追っていくってのはどう？　いいじゃない」

「君は疑似イベントに毒されすぎとるよ」と五十嵐は言った。


むろん三崎の出張に同伴者などはいなかったが、しかし城よし子の質問は実に的をえていた。三崎はそのことに触れるつもりはないが、梶哲也のことがいつまでも気に掛かるのは、単に彼が親友であり同僚だったからというだけではなかった。三崎が一応成功し梶が挫折したことからくる心理の陰翳でもない。その梶の当時の恋人が、たしかに彼のこだわりには関係している。だがむろん、そんなことは人に言うべきことではなかった。

「その当時、学生運動家で、炭鉱の争議を支援にいったり、オルグするつもりで出向いていって、ミイラとりがミイラになったケースは少なくなかった。しかし、梶君の場合はそうではないんだ。いや、ないらしいんだ。結局は会えなかったんでね、はっきりとはわからない。しかし、彼は最初の目的だったある大手炭鉱での仕事はちゃんとすましていた。労務から組合幹部、第一組合や第二組合の坑夫や炭住の主婦など、いろんな立場の人に会って、精力的に取材していた。同じことをまた聞きにきたのかと思われて僕の方が困ったものだ。ともかく彼は大威張りで帰れたはずだし、少し休息をとるために道草したとしても、誰も怒りはしないはずだった。

失踪せねばならぬ理由はない。ところが、彼は取材目的は達しているのに、大企業から中企業、中企業から小企業、そして狸掘りの鉱山へと、まるで尻割りしておちぶれてゆく坑夫のように、より絶望的な状態より絶望的な状態へと踏み込んでいって、そして、最後には何処へいったのか、消えてしまうんだね」

「それで、いまは三崎さんは、その梶さんとかの気持が解ってるんですか?」

「むろん誤解かもしれないが、ある程度ね」

「どういう、気持なんですか」

「…………」

音楽がふたたび楽団演奏にかわり、こみいった話はできなくなった。客の中の数人がテーブルを離れ、一段低いフロアで踊りはじめた。はじめしばらくは向いあって微笑したりうなずきあったりしていながら、やがて皆ひとりひとりに分離し、夢遊病者のように手を舞い足を踏する孤独な踊り。

「なんだ、お話はおあずけなの」城よし子は言った。

「ではまた明後日のこの時間に」と五十嵐は三崎の口調を真似て言った。

「なんだ、つまんない」城よし子は、コンパクトをひらいて、唇をなおし、そしてさっと髪をゆすって「じゃ、室長、一緒におどりましょうよ」と言った。

「君たち、どうぞ。老人はここで飲んでますから」

「自意識過剰だなあ相変らず。そんなこと言ってるから、駄目なのよ。さあ、何もかも忘れて踊りましょうよ」

田中良夫も微笑して三崎を促した。

「よし、やってみるか」

城よし子の巧みな勧誘のためでもあった。しかし、体を動かすことで急速に酔いのまわるのを意識しながら、三崎は自分にまともな家庭があれば夜明け近くまで若者たちと酒を飲み、踊りに我を忘れようとしたりはしないだろうとふと思った。娘の真澄を老いた父母にあずけたまま、交通の便を理由に彼は市中にひとりアパート住いをしている。時おり母が洗濯や片付けに立ちよったが、コンクリートに囲まれた2DKのアパートは、心くじけた時の休息の場としては寒々としすぎていた。いつ帰っても文句を言う者のいない自由さと、慌てて帰ってみても誰が待っているわけでもない寂寥感が、彼の健康や感覚を目にみえず荒廃させていた。その夜も、一、二度テーブルからフロアに往復したあたりから、前後不覚に酔いはじめ、そして、同じ方向に向う城よし子と五十嵐顕が、タクシーに同乗したのを覚えているが、翌朝昼すぎに肘の痛みに目覚めたとき、どこで肘をすりむいたのかは記憶になかった。なにかひどく悪夢にうなされていて、夢の中で彼は何度も黒衣のような表情のない人物とわたりあい、声をからして怒鳴り散らしていたようだった。だが、夢の中にもあった、自分がそのように追いつめられるにいたる経緯と原因についてはさっぱり覚えていなかった。そしてあとから考えてみれば、めずらしく寝床の中で幾度かあげそうになり、びっしょり汗をかき、悪夢にうなされながらも、ともかくも昏睡できたその夜が、いわば彼が不眠症におちいる境目だったのだ。その悪夢が、安らかな眠りとのいわば別離の儀式のようなものだった。

朝、パジャマ姿のまま鉄の扉のところまで、新聞をとりに行き、ついでに牛乳を飲んだ。手洗に入り、再び寝床に戻ろうとして彼は乱雑なはずの部屋が妙に整頓されているのに気付いた。不在中、鍵をわたしてある母が来ていたのかもしれないと彼は思った。だが、しばらくしてガス焜炉《こんろ》に点火しようとして、彼は畳の上に小さな黒い革手袋が落ちているのに気付いた。

局から各自の家までの遠近から言って、彼は泥酔しながらも、まず城よし子を送り、そして、次に少しまわり道して五十嵐顕をおろしたはずだった。そもそも酒席に誘ったのは彼の方だったし、自動車代も若者に負担させるのは可哀そうだ。だが、どうやら彼の方が送られてしまったらしかった。三崎は手帳をくり、城か五十嵐に電話してみようとした。しかし、ダイヤルを廻しかけて三崎はふとそれを思いとどまった。わざわざ確かめるまでもないことだった。片方だけ置き忘れられた小さな手袋、どことなくぎこちない台所の片付け方、そして枕許に置いてある水差しは、あきらかに三崎が昏睡したあと、城よし子が世話をやいてくれたことを物語っていた。

第三章

「困ったことをしてくれた」報道局次長はにがり切って言った。ダブルの背広のよく似合う肥満体の佐々木次長の血色のよい顔には本来、苦渋の入り込む隙などはないようにみえる。だが、その日は、彼の大きな目の眼球が内斜視のように内側に縮こまってみえた。

連絡のあった電話で、ことのあらましは三崎もすでに心得てはいたが、彼には目下のところ疲労しきっている自分の肉体の方が気がかりだった。時事解説は報道部の黒江部長と一日交替とはいえ、非番の日は解説室員と次にとりあげる課題の討議をせねばならず、テーマが決定すれば資料調査、必要な場合は独自な取材のためにほとんど一日を費す。むろんそれは解説室員の協同作業とはいえ、三崎の場合は原稿用紙にして十三、四枚分の解説内容の整理と下書きも必要だった。時間はあっと言うまにすぎさり、神経的な疲労は酒の酔いにも濾過されずに、徐々に確実に五臓に鬱積する。そして中間管理職の悲しさ、最終的な責任は負えないのに、出席せねばならぬ会議はやたらに多く、要領をえない報告と要請事項の聞きおきに貴重な時間を費す。現場を離れている重役たちには、会議を楽しんでいる者もいたが、三崎には迷惑だった。しかも彼には、数年来、局外のジャーナリストたちと開いている研究会もあって、これは自発的な参加だったから誰を非難することもできぬとはいえ、目まぐるしく多忙だったのだ。

通常の職務以外にこれ以上負担が加わることは、それがどんな重大な問題をはらむものであれ、三崎にとっては、結局のところ多忙のニヒリズムを昂進させるにすぎない。

「君がすぐ現場へ行ってくれないかな」と佐々木次長は言った。彼は三崎と同期の入社だったが、職制からいえば、なるほど局次長はニュース部・報道部・報道管理課・運動部・解説室・調査室等の全体を局長とともにとりしきるには違いない。だが、会議の決定を経ずに直接彼に命令されるのには抵抗があった。もっとも、同期に入社してのち長年の歳月のうちに格差のついていった人事のもつれを今もち出すつもりはなかった。

「局長はどうしてる？」と三崎は言った。

局長室によびつけておいて、局長はおらず、次長が餌をさがす鳩のようにきょときょと、部屋を歩きまわっていること自体が不自然だった。

「高木さんは会議中だ」佐々木次長は言った。「しかし馬鹿なことをしてくれる。こんな企画をもともと通したことが間違ってたんだ。君には責任があるよ。君が企画会議で強力にあとおししたんだからな」

こんなことを考えていたのかと三崎はうんざりした。もっとも、彼はこれまでも何度かそういう失望感を味わわさせられていて、直接、感情を表には出さない訓練は積んでいた。

「企画は会議でいったん通れば、全体の責任ですよ。もし責任ということを言い出すんならですね」

「ま、それはそうだが」と相手は言った。「しかし大学紛争は、ニュース部でも、もう最小限にしかとりあげないことになっている。早く打ち切っておけばよかったんだ。二番煎じなドキュメンタリー構成に固執するいわれはなかった。大学紛争はもう全国的に収拾段階に入ってるんだからね。世間の関心も急速に遠のいている。ただ女子大だからというので、そのまま継続していたわけだが、一杯くわされたようなもんだ」

「なにを言ってるんですか。女子大紛争を三十分のドキュメンタリー番組に仕組もうと決定したことと、今度の問題の処理とは直接は関係ないでしょう。どんなテーマで番組を組むにせよ、その取材の過程でトラブルが起ることはありうることですよ。それはテーマのよしあしに関係はない。それに一つの課題に執拗に食いさがることは、褒めるべきでこそあれ、文句を言ういわれはないですよ」

「同じトラブルにしても、機材をこわされたとか、記者が殴られたといったことならまだしもよかった。TBSの成田事件のほとぼりもまださめていない。あの時でも、事件を起した部員だけじゃなく、局長から報道部長までが処分されている。しかも成田事件はどちらかといえば偶発的な事件だった。うちの今度の事件は、義理にも不幸な偶然の重なりとはいえないんだからな」

三崎が電話連絡で受けた事件の大要はこうだった。

全国的な大学紛争のあおりを受けて××女子大でも行なわれた本部占拠事件を、その事件の当初から報道部第二班長木村秀人、同部員新田洋子、女性カメラマン加地光代、記者庄野幸吉の四名が、随時出張をくりかえしては女子大近くの旅館に陣取って取材していた。封鎖中には新田洋子、加地光代の二名が内部にも入り、録音、撮影を行なって相当な成果をあげていた。この部分だけでも、すでに編集は可能だったろう。

だが周知のように大学臨時措置法が施行されて、大学紛争の様相は一変した。広島大学をはじめいわゆる重症紛争校はばたばたと機動隊を導入して収拾にのりだした。この女子大でも、そうした動きに呼応するように臨時雇の警備員を動員して封鎖されていた事務所をふくむ本部旧館から封鎖学生を排除した。その際の経過だけは部分的にニュースとして放送されている。そのときは、封鎖解除したのが機動隊ではなく警備員だったし、女子大のこととて火焔瓶が飛ぶほどのことはなく大新聞は無視したが、持続的に取材してきた功あって教員を罵る女子大生の嬌声や、昂奮して泣きわめく一般学生の表情などよく把えられていた。

その時点で取材を打ち切ることもできた。だが担当者たちは、大学問題自体が何ら解決したわけではないし、封鎖解除後の学生や教授会の動きを追いつづけねば、このドキュメンタリーは、その意味の大半を失うと主張した。

事実、その女子大は封鎖解除後、外に向けて門塀を強化しただけではなく、学内にも寮と校舎の間に厳重な鉄柵をもうけ、受講同意書を発行し、誓約書署名を押しつけ、それに応じない学生は完全にしめだすという挙に出た。それだけではない。さらに規定の受講日数の切れる日をメドに、受講登録に応じない学生は除籍処分に処する旨、文書を本人および父兄宛に郵送した。除籍処分は退学処分がともかくも教授会の議を経るのと違って、その理事会決定が直接事務的な処理に結びつく仕組みであり、しかもこれまで取得した単位や修了した学年もまったく帳消しになってしまう処分だという。もともとその女子大はミッション・スクールだったから、誓約書署名、受講登録を契機に〈踏み絵〉を強いるものとして一時は全校生の半ばをこえる反対運動が再燃し、教職員にもはじめて批判派が登場したのだが、いつしか学生の大半は屈服し、そして理事会の方針に批判的な教員は容赦なく排除退職させられていった。この段階——つまり二週間ばかりまえ、再度報道部第二班は取材におもむいたのだったが、今回は局外者の構内立入りは一切認めないということで、取材班の入校を頑強に拒否した。このドキュメントの取材活動は今回で打切ることになっていて、最後の仕上げをあせったのか、他に考えあってか、一学生の登録証を借りうけて、報道部員新田洋子が校内に侵入した。こういう形で講義を受けることの意味や気持を、一般学生にきこうとしたのである。そして忽ち警備員や職員に包囲され、一種の軟禁状態でとめおかれたうえ、文書偽造の科で彼女と登録証を彼女に貸与した寮生種村達子とが××警察署に告発されたのである。同時に、以前、本館封鎖中に第二班の連中が取材におもむいた際、報道車のなかに時に封鎖派の学生を同乗させ、あるいは食糧や資材などの搬入の便をあたえた事実があると、学校は抗議書を局宛に送付してきたのである。その抗議書はタイプ印刷されたものだというから、当然、他の報道機関や保守系の政党人などにも送付されたものと思われる。

くわしい事情は、班長の木村秀人もまだ取材先から帰ってきておらず、よくは解らなかった。タイプ印刷の抗議書というものも、まだ三崎省吾は見てはいない。

たしかに困った事件にはちがいなかった。なによりも文書偽造で告発されるような行為は、思慮深いものとはいえない。現地取材には特別な心理が働くものとはいえ、録音するだけなら校門前でもできなくはない。しかし一方私立の大学とはいえ、学校が用件あって訪れる者を暴力団を追っぱらうように遇するというのも尋常ではない。佐々木局次長のように、詳しい事情調査をせぬまえから手落ちが取材班にあると決めてかかるのもおかしい。告発が、逮捕裁判にまで進展するとは限っておらず、また学校全体が本気で局に抗議しているというよりも、学校の理事者の誰かが、なにかの理由で嫌がらせをしているという印象もなくはない。ともかく、まだいくらも対処の余地のあることだった。

ドアがノックなしに開き、高木局長が帰ってきた。局長はもともとテレビ畑の人間ではなく、十年ほどまえ同系列の新聞社からその時は報道部長に横すべりしてきた人物だった。素人でも彼の高血圧は一回で診断できるだろう。髪は薄く、前頭部が精悍に禿げあがり、赧ら顔の額に太い静脈が走っていた。もっとも風貌に似ず、声は細く、しばしば目玉をむいて人を睨みすえながらも、めったに怒声を発することはなかった。保守的な考え方の持主だったが、しかし〈古きよき時代〉の新聞記者魂のようなものも温存させていて、彼の立場なりに筋は通す人物だった。

「報道部の黒江君は？」黒い模造革のソファーに腰かけると高木局長は言った。

「別に論説委員との会議があるらしくて」と佐々木次長は言った。

「それは弱ったな。しかし、ちょっとこちらへ来てもらえないかね」

広い額に掌をあて、しばらく考え込んでから、高木局長は、内扉に向けて、「おーい、小島君、お茶をくんでくれんかなあ」と言った。

わしは下品でなというのが局長の日頃の口癖だったが、それが魁偉な風貌と相乗して一種の風格をかもし出していて、こういう風に茶を頼まれれば給仕でなくとも、腰をあげてしまうだろう。

佐々木次長は、受話器をとり報道部に電話して黒江部長を探すように命じた。三崎は窓際に立ち、半ば高木局長に視線を向けながら、半ば窓外に視線をそそいでいた。局長室は四階にあったが、向いのビルがこちらより高いために、やはり眺望はない。ただ、ビルとビルの谷間を駆けすぎる自動車、駐車している自動車が高みから瞰下すと玩具のように見えるのが、多少の取柄といえた。

「最初、聞いていたのと、いくらか事情がちがっていてね。いつぞや機動隊の導入、いや封鎖学生の排除の時の模様をうちが放送していらい、女子大がわは相当神経をとがらせていたらしい。酒の五、六本も持って、現地で若いもんが適当に挨拶まわりすればすむさと思ってたが、どうも、そうでもないらしい」

高木局長は細い葉巻きに火をつけ、美味そうにすった。

「どうも宗教関係の人たちは、いったん事が起るとかたくなだからね。昔、新聞社にいたころ、ある事件の取材で宗教団体と対立してしまって往生したことがあった。対立がこじれて、こちらは意地になって矛盾をあばきたてるし向うは不買運動までやった。もっとも、今度のは組織と組織が対立してしのぎをけずるほどの問題じゃないが……」

相手が宗教法人経営の学校だからかたくなだといった問題ではないのじゃないかと三崎は思

ったが、特に口ははさまなかった。

しばらく本題からずれて、高木局長は思い出話にふけった。豊富な経験に根ざした話だったから、面白味もあり、教訓にとむエピソードにもことかかなかったが、どこか感覚がずれているという印象はぬぐえなかった。報道機関が確かに一体となって他の組織と〈報道の自由〉や〈社会正義〉をめぐって確執するのは大事件にはちがいない。その先端で取材活動に挺身するのは相当な勇気もいるだろう。だが、殊勲打をうてば金一封が出て、外の苦労を内でむくわれるという事件と、内側からも白い眼を向けられかねない行動に出てしまった事件の意味は同じではない。どうも局長の感覚はずれている、と三崎は思った。もっとも偉そうにはいえないのであって、そう感じている三崎自身、若い世代からみればやはりその感覚はどうしようもなく、ずれているのだ。

「それはそうと、あの軟禁されたという児、新田君といったかな。どういう児なのかね」高木局長は言った。

「私は知りません」と三崎は言った。

「新田産業の社長の娘ですよ。御存知なかったですか」佐々木次長が横あいから言った。

新田産業といえばセメント企業では日本有数の会社だった。もっとも三崎の知識はそこまでで、創立がいつ、資本金がいくら、本社がどこにあるのかも知らなかった。

「ふーん、セメント屋の娘か」と局長は言った。

入社試験の際は、解説室長も監督と論文審査にかり出されるが、最終的な面接や人事とは関係がないから、新田産業の娘の入社についてコネが働いたかどうかは、三崎にはわからない。

忙しそうな足どりで黒江報道部長が入ってきて、佐々木と三崎もそれぞれ椅子についた。黒江はもともと髪も黒く顔の造作も整った美男子だったが、時事解説番組を三崎と交互に担当するようになってから、妙に皮膚の色が黒ずんだようだった。ドーランが彼の肌にはあわないのかもしれない。いまはレンズも進歩して初期の頃のようにドーランを塗りたくらなくてもすむのだが、彼はひどく汗かきらしかった。

額の汗を拭いながら、黒江は「どうも部下が……、申し訳ありません」と言った。

「いや、君がそんな風に言うことはない」高木局長は大きな目をむいた。「そんな弱腰じゃいかんよ。ともかく新田君は一生懸命取材しようとしてたんだからね。わしに言わせりゃ、新聞記者も放送記者も近頃はお上品になりすぎてる。外国語ができて海外にも取材にいけるのも結構だが、記者もカメラマンもまず根性だからね。わしが記者だったころは、事件とあれば人の家でもなんでも、どやどやと入っていったもんだ。こむつかしく言えば、不法侵入や不退去罪など、なんども犯しとるわけだよ。局全体がどういう態度を決めるかはこれから重役諸公と相談の上のことだが、君はともかく部下をかばってやらなきゃいかん」

「しかしですね、局長」佐々木次長が言った。「今度のことは、記者魂がどうということではすまんですよ。女子大の抗議文にもあるように、第二班の連中は、報道の中立、記者の公正な立場というものを自分の方から放棄していた節がみえます。そういうことがなけりゃ、若い記者の勇み足ということですむし、他社もスキャンダルあつかいはせんでしょう。しかし、これはたたかれますよ。学校側との交渉よりも、そっちを先に手を打たなきゃいかんのじゃないですかね」

「それはおかしいんじゃないのかな」三崎は言った。「佐々木君の言い方を聞いてると、ほかの社に事件としてとりあげられさえしなけりゃ、この事はなかったこととしてすませられるという風にきこえる。そりゃ、現実の問題としてわれわれの立場とすれば、多少、若い者の尻ぬぐい役もせねばならんだろうし、飲みたくもないのに酒席をしつらえんならんかもしれん。しかし、当事者、第二班の連中が、一体なにを考えてたのかということを聞きもせずに、定石通り手をまわせばすむと考えるのはおかしいんじゃないのかな」

「意見はむろんききますよ。いや詰問してやりますよ、帰ってくれれば。しかし、その気持をきき、その情状を酌量することと、犯してしまった行為が報道人の基準から逸脱してるってことは別でしょ。社全体の不名誉ということにならないように私は気を配っている、そのどこがいかんのですか」

「報道人の基準を犯したかどうか、まだはっきりしてないわけでしょう。ありもせんことをでっちあげたとか、でっちあげようとしたとか、いうんじゃないんだから」

「犯してますよ」

「どういう基準をですか」

「たとえば民放連の放送基準を犯してますよ。法律の権威を尊重する。それを軽視するような取扱いはしない。法律に反したり、その執行を妨げる言動を是認するような取り扱いはしない、とちゃんと基準をもうけている。それはなにも放送の内容だけじゃなくて、番組を作ってゆく過程での報道人の行動にも当然あてはまります。そういうところをきっぱりしておかないと、政府に対してにせよ、国民に対してにせよ、主張すべきことを主張する根拠を失うじゃないですか」

「あの基準には、私は……」

「まあ、まあ、そう殺気立つな」局長は反論しようとした三崎の方を制した。「討論は大いに結構だけれども、それほどの大事件じゃない。次長の心配も分るけれども、大新聞は大丈夫だよ」と局長は自信ありげに言った。「しかし地方紙や非新聞社系の週刊誌にはスクープされるかもしれんね。それはそうと、三崎君、もし仮りに君が何処かの新聞社の社会部にいたとして、君なら廻ってきた学校の抗議書をみて、この事件を取材に行くかね」

「抗議書というのはまだ私は見てないんですが、ものになるかどうかは別にして多分、調査に行くでしょうね」

「ははは」と高木局長は笑った。

「それはどういう意味ですか」佐々木次長が血相を変えて言った。

「事件は無数に起るわけだけれども、記者のがわの問題意識のもちようによって、取材対象の重要性のランクは変るわけですよ。そして私はこの事件を重大な問題だと考えるということですよ」

「じゃ、面白半分にせよ重大なことだとは思ってるわけなんですね」

「面白半分とはなんですか」

「面白半分じゃないんなら、君がやはり現地へ飛んで解決してくるべきですよ。さっき君は、一たん企画会議で了承されたものに関しては共同責任だと言った。言いましたね？」

この男は、なぜこう俺を敵視するのだろう？　売り言葉に買い言葉、いいですよと言いかけて、三崎は思いとどまった。それは佐々木のかけた罠にはまるに等しかった。佐々木は要するに自分にふりかかってきそうな責任を他に転嫁したがっているだけなのだ。第一、三崎の場合は出張していたりしては隔日ごとの時事解説番組に穴があく。この番組が続いている限り、三崎はいま病気すらできないのだ。

高木局長は首をねじまげて恐縮している黒江報道部長の方をみた。職務の責任範囲から言えば、当然、黒江が、現地でとまどっている第二班のために出張すべきだった。だが彼も解説番組をもっているという条件では三崎と同じだった。いや黒江の場合は、時事解説のブレインは局内および同系列新聞の論説委員諸公であって、テーマを選び、それに肉付けしてゆく過程は三崎の場合とまったく性格を異にしている。そして局の重視度は彼の側にある。

もし梶哲也ならどうするだろうか、と三崎は思った。多分、一日徹夜をしてでも、ビデオどりをとりだめし、自らすすんで第二班の者を支援にゆくだろう。いや梶哲也の残像をあまり理想化するのは間違っている。もし彼をこの事件の枠の中で考えるなら、おそらく〈困った事〉をしでかした新田洋子に重ねるのが客観的だ。そう、彼が今も局におれば、彼自身が事件を起していた。

「報道部の副部長は誰だっけ」高木局長は言った。

「岩淵君ですが、ちょうど民放祭の打ちあわせがありまして、出張してるんですが」黒江が言った。

「ああ、そうだったな。皆、忙しいからねえ」と途中で局長は慨嘆した。「あの、女性で、古参の人がいたな、あの人は教養部だったたっけ」各部の副部長や課長クラスの名前をこう度忘れするようでは局長は老いたといわねばなるまい。

「調査室長の白鳥勝君をわずらわせたらどうですか」と三崎は言った。

「うん」と高木局長はうなずいた。いうまでもなく、調査室は、こういうことを調査するためにあるのではない。いわば局の書庫であり百科辞典係だった。調査室長は解説室長と同格だが、どの社でもそうであるように、どちらかといえば日の当らない部門であり、室員も少ない。ただ調査室長の白鳥勝は、いまは調査カードに埋れて現実感覚を幾分磨耗させているかもしれぬとはいえ、ものの解る人物だった。

「誰が行ってもいいわけだが」高木局長は迷っているようだった。紛糾を解きほぐす対外的な交渉には、第一着手が大切だからだ。

「やはり、黒江君、君の部のことだ、君か副部長に行ってもらうのが穏当だ。副部長にすぐ連絡をとって、直接現地にまわらせるか、君自身、時間にせかされてるのなら、社のヘリコプターを使ってもいいし、そこのところは君にまかせる」

黒江はふたたび額の汗を拭い、軽く頭を下げて立ちあがった。三崎もそれに促されて立ちあがり、気まずい思いを残したまま扉の方に向った。何のために集まったのか、公式の部局会議というわけではないにせよ、全く要領を得ないままだった。誰を派遣するかということだけなら、局長が直接指名すればいいわけだから。狭いエレベーターの中で、三崎は黒江と何気ない会話を二、三交わし、そして同じ階に降り、軽く手を挙げてそれぞれの部屋に別れてから、黒江に相談せねばならぬことのあったのを、はじめて思い出した。

解説室に入ると、しばらく欠勤していた狩野学の顔がみえた。風邪で休んでいたはずだったが、自動車事故にでもあったのか首から顎にかけていかにも苦しそうな固定具をはめていた。そうでなくてもずんぐりしている風采が緩慢な動作とあいまって一層野暮ったくうつる。

「どうしたんだね」と三崎は驚いて言った。

「風邪で病院へ通っていて、その帰りにタクシーが、どんと後からやられましてね」彼は右手の拳で左手の掌を激しく打って、いまいましげに舌うちした。

部屋には三崎の机とそれと方向を違えながらも接触している狩野の机との間に電熱器が据えられ、しゅんしゅんと湯が沸いていた。マスクははずしているものの狩野の風邪はまだ治ってはいないのだろう。

「何と言うのかな、座席の後に頭をあてるクッションはついていなかったの？」

「いや、ついていてこれなんですよ」

「交通戦争という言い方はいやな言葉だが、われわれの番組でもこの問題もとりあげなきゃいかんな」

「ああ、そうしてもらいたいですね。頭にくるよ、実際」狩野学は言った。

「体を無理してもいかんけど、下調べをしといてくれますか。自動車メーカーの生産台数の伸びや生産コスト、加害者側の職種別統計、そして被害者への補償が実際上は、どういう風になってるのか、そういうことをね。死傷者の数の増加だけじゃ説得力はないし、要するに事故に気をつけろということしかでてこないから」

「ええ調べますよ。人ごとじゃないんだから。しかし、ここ二、三日は、ちょっと組合の方のこともあって……」

狩野は労組の副委員長でもあったが、どうやら静養期間を切りつめて出てきたのも、解説室の仕事への配慮よりも、組合にせっつかれてのことらしかった。

「報道部の第二班の問題はどうなりました？」五十嵐顕が言った。情報の伝播は早く、事件の大要はすでに組合側にも伝わっているようだった。

「うん、いまはともかく正確な事情を究めることが大事だから、報道部から誰かが現地へ調査に行くだろう。第二班の人たちが全部とどまってる必要もないし、半数は戻ってくるんじゃないかな、今日中には。それからのことだな、万事」

おそらくこの問題は紛糾するだろう。若い部員の表情、しかも一様な反応ではなく、同じ組合員でも青年部に属している田中良夫や五十嵐顕と狩野学の反応が微妙に違っている気配を三崎は直観した。佐々木次長が取越苦労している対外的な局の体面といった問題ではなく、処理をあやまれば、むしろ内部で重大な紛糾を生むだろう。どこまで第二班の人たちの行動を支持するか、報道というものをどういうものと考えるのか、職制、労組の双方に、事件が一つの試金石としてのしかかってくる可能性もあった。

「例の公害＝私害問題、黒江部長にお話して下さいましたか」田中良夫が言った。

「忘れてたわけじゃないがね、いま持ち出せる雰囲気じゃなかった。もう少ししてから黒江君のところへは行ってくる」

ちょっと失望したような、そして初めから三崎のその答えを予想していたような身振りだった。だが田中は深くはこだわらなかった。

「新田洋子さんてのは、城君と同期ぐらいじゃなかったかな」三崎は言った。

「あの方のほうが、入社は一年はやいんだけど、齢は同じのはずです」

「つきあいはあるの」

「それほど親しくはないけど……。気さくな人なんだけど、育ちがいいから、なんか時々圧倒されるなァ」

「なぜ」五十嵐が言った。

「いつだったか、一緒に買物にいったことがあるのよ。その買いっぷりがなんとなく、堂々としてるのよ。女ってヒスを起して、むちゃくちゃ買物をしてしまうこともあるけど、普段は、わりとちまちまと計算してるものなのよ。それがないのね、あの人には。育ちだなア、やっぱり」

「よし坊はそんなに育ちが悪かったんだっけな」田中良夫が口をはさんだ。

城よし子は目の前にあった紙きれをまるめて、田中良夫の方に投げつけた。

「あっ、そうそう」田中良夫が机の上に散乱している株式市況や物価指数の表を横におしゃって狩野学の方をむいた。

「狩野さんの休んでる間の会議で、いわゆる公害問題をとりあげることに決ったんだけどさ。了解しておいてほしいことがあるんですよ。カドミウム被害にせよ亜硫酸ガス被害にせよ、それは要するに大企業が公然と流している害毒だという観点を解説室ではとるということですね。〈公然たる犯罪としての私害〉を、要約して〈公害〉と表現するのはおかしいし、我々までがそれを流用するのは欺瞞ですから」

「どういうことかな。もう少し説明してもらわないと……」

「つまりこういうことですね。昔はですね。企業体はその生産過程で発生する諸矛盾を全部その企業内労働者におしつけていた。たとえば紡績工場の綿屑、石灰工場の細塵、そういうもので女工は結核になり工員は喘息を病んだ。労働者の犠牲の上に原的資本の蓄積をやったわけだが、今はさすがに直接の働き手を消耗品としてはあつかえなくなった。労働市場もいつまでも供給過多じゃないから、設備をよくしないと人も集らないからね。しかしそれも人道主義的な観点からの設備や労働環境の改善とは限らない。残念ながらそれはむしろみせかけで、工場に籠っては困る毒物を薄めて外に吐き出しているにすぎないわけです。言ってみれば、資本主義勃興期の単純な搾取構造や労務災害を、いまは地域住民や製品使用者にも、いわゆる公害として転嫁しているというのが、ことの真相なわけです。石油化学工業を例にとりましょうか。まず原油が世界のあちこちに産出する。硫黄分が少ないのは、どの油田、どの地域のものか、資本家は知ってるわけですよ。ではなぜその良質の原油を買わず敢えて悪質なものに手を出すのか。理由は簡単です。原料費を少しでも安くして利潤をあげるためです。次に、仮りに原油の良質のものをアメリカや他の先進国のコンツェルンにおさえられているにせよ、現在の科学力をもってすれば、廃棄物に混入する有毒物質を抜き出すことは可能である。ではなぜ、そうしないのか。そういう設備投資は利潤に直接結びつかないからです。ただ、その有毒物質を自分たちや工員にふりかかる形にだけはしたくない。熟練工にするには相当年季がいるし、組合という組織もある。だから、組織のない地域住民の方に、皺寄せを拡散して転嫁する。一企業だけだったら人々は足尾銅山の場合のように流域一帯の農作物が枯れ、農民が廃人となるという極端な結果があらわれるまで気付かなかったかもしれない。しかしどの私企業も同じ精神によって貫かれているから、人知れず拡散させて転嫁しているはずのものが、全体としては飽和状態に達してしまった。これがいわゆる大部分の公害という奴の実体ですね。食料品の場合はさらに悪質だ。甘味なら甘味には、砂糖という自然の産物がある。なぜ砂糖を使わないで、ズルチンやチクロを使うか。もう言うまでもありませんね。チクロが有害だということぐらい百も承知している。しかし徐々なる反応で消費者に気付かれないあいだは、使うわけです。コカコーラに混入しているという麻薬性物質、習慣性ができて飲まないでいられないものすら使う。それは昔、貿易の帳尻を合わすために、イギリスの帝国主義が半植民地国に阿片を売りつけたのと同じ精神ですね。ことの本質はそういうことなのであって、社会が工業化して高度産業社会になってゆく過程で、あるいは高度成長のひずみとしてあらわれてくる問題、国民的課題などとは全然ちがうのだということをはっきりさせるべきだ、そういうことなんです」

「なるほど、なるほど」と狩野学は言った。

城よし子が、くっくっと笑った。三崎にはなぜ城よし子が笑ったのか解ったが、狩野はうなずこうとして首が動かない自分の姿が滑稽なのだと錯覚したようだった。

「私も田中君の意見に基本的に賛成でね。解説室全体の意見として、番組を通じて訴えたいと思っている」三崎は横から補った。

「実際に訴える際の表現の仕方はむつかしいでしょうけど、それはいいと思いますね、基本的には」狩野学は言った。「休んでましたが異議はありませんよ、基本的には」

「基本的には、と限定するのは、どういう意味ですか」田中良夫が言った。

「具体的にはいろんな問題がでてくるだろうからさ。たとえば、……うむ、たとえば……法的には廃棄物に含まれる有毒物質の許容量というのが決められているだろう。その許容量をオーバーしている場合と、個々の企業段階では許容量が守られている場合と、批判する仕方も少し変ってくるだろう、現実的な問題としては。それに、矛盾の押しつけ対象が企業内労働者から地域住民や製品消費者に変ったという認識も歴史的なものとしては正しいと思うけれど、だからといって、三派の学生のように棍棒をもって工場へ押しかけて行ってたたきつぶせというわけにもいかんだろう」

「ナンセンス！」と五十嵐顕が言った。

「いや、押しかけていく権利は地域住民にはあると思いますけれどね、本当は」田中良夫が言った。「もっともそのことはまた別に議論するとして、ただ番組にとりあげるだけじゃなくて、実は組合でも本気にとりくんで欲しいわけです。いやとりくむべきだと思うんだ」

「組合としてとりくむ？　どういうこと？　放送労連で何か決議せよというの？　それはちょっと筋違いじゃないのかな」

「私はこのことを、単に一度限り番組で訴えるだけじゃなくて」三崎が口をはさんだ。「持続的なキャンペインとして打ち出したいと思うんだが」

「なるほど、なるほど」

「そうするとすれば、全社的とまでは言えなくとも、組合の賛助もいります」

「なるほど」

「いや、それはそれでいいんですけれどね」田中良夫が苛立たしげに言った。「ぼくの言うのは、この間三崎さんには言ったんだが、問題を自分とは関係のないニュース解説や自分には責任のかかってこない正義運動としてとらえてほしくないわけですよ。われわれだって、いわゆる公害を流してないか。ただ単にコマーシャルを通じて不良製品の消費者への流布に荷担しているんじゃないかということじゃなくてですよ。まさしく意識産業としての、これまでになかった〈公害〉を私たちは吐き出し続けてはいないか、そういう相手の骨を斬るまえに自分の肉も切る姿勢がなきゃ、意味がないわけですよ。これは商売だから、と言えばどんなつまらん出版物、どんな下劣な映画、どんな低俗なテレビ番組も許される。〈商売〉が免罪符になり、制作者も担当者も相互に解ったような顔をして、相互の批判の戈先もゆるめてしまう。また別に良心的な番組を商売と関係なしに時おり組みゃいいんだから。一年に一ぺんの芸術祭、たまたまのキャンペイン。しかしそれは贖罪にもなんにもなりゃしないんですよ。組合で問題にしてほしいというのは、そういうことですよ」

「そういうことを組合でとりあげるなんてのは無理だな。そんな抽象的なことでは、たった一つの闘争も組めないってことぐらい君も知ってるだろう。組合は何も、制作の側にいる人ばかりで成立してるわけじゃないよ。電話交換手も会計係も、厚生部員も、営業部員もみな組合員なんですからね。今度の報道部第二班の起した問題にしても、事情はまだ正確ではないにせよ、まず組合員の生活権をおかされないようにすること、変な処分をさせないようにすること、それが組合の任務であって、第二班の木村君たちの、取材の方法論を全的に容認して、それを組合の理念にするなんてことが組合の任務じゃないだろう」狩野の語気は少し荒くなり、解説室の空気全体が少し険悪になった。

なおも語りかけようとする田中良夫を制して、三崎は立ちあがった。

「僕は黒江君のところへ行ってくるから」

ともあれ、テーマが重なったりしないためにも、早く連絡はとっておく必要があった。

立ちあがった三崎は、それが癖でなんとなく服のポケットに手をつっ込んで歩き出し、そしてポケットの中で指先に触れる柔かく感触のいいものに、扉の前で立ちどまった。右のポケットに、城よし子の手袋が入っていた。

「ああ、城君」三崎は振り返って声をかけた。

「はあ?」城よし子は中腰になって三崎を見た。

この前世話になった礼を言って、ガス焜炉のそばに落ちていた手袋を返すつもりだった。だが、その時、邪気のない城よし子の表情を見て、三崎は不意に返すのを思いとどまった。何故か、皆のいる前で事務的に返してしまうのが惜しくなったのだった。今まで、毎日顔をあわしておりながら、部下の城よし子を女性としてほとんど意識したことはなかったのだが、その時、三崎は城よし子の濡れたように光る瞳を見、不意に美しいなと思った。いや可愛いと言うべきだろうか。少し皺寄っているる彼女のミニスカートが吊りあがり気味になって股が大胆に露出している。

「いや、大したことじゃない、またあとで」と三崎は言った。

自分から呼びかけておいて、三崎はうやむやに扉を出てしまったのだが、しかし錯覚ではなく、目をあわせた時、城よし子の耳朶が赧く染ったのが印象に残った。

第四章

窓からの眺めは荒涼としていた。いや、人によっては豪華な近代的風景にもみえるのだろう。白いアパート群が切り開かれた竹藪を圧し、丘陵の全域をおおって並んでいた。煤煙まじりの層雲が黄昏ちかくの斜陽に全体が赤く染まってたれこめ、そして丘陵の頂上にテレビ塔が白い墓標のように浮き出ていた。おびただしいアパート群は、すでにその小さな窓に慎しい灯りをとぼしているのだが、幾何学的な全体の輪郭にそぐわず、こわれてしまったイルミネーションのように悲しげにみえる。

開発されて間のない団地の樹木は、まだ幹も細く、柳も梧桐もいまは落葉して、人通りのない舗装道路に蕭条として並んでいる。単に冬だからというのではなく植えられてまだ数年にもならない街路樹は、その半ばが早くも枯れはじめていた。地質が粘土質で排水が悪く、業者は排水溝を手ぬきしたまま、巨大なベッドタウンを建設したのだ。いまその責任追及が市会でおこなわれているが、市の土木課と電鉄会社、そして住宅公団のあいだの責任のなすりあいの間に、街路樹はほとんど全滅してしまうことだろう。

日曜はいつも灰色だった。どこかへ気ばらしに行く余力もなく、一日の大半を寝床にねそべってすごし、夕刻になってやっと本当に目が醒める。朝食——時間的には午になる食事はパンと牛乳ですましておけばよかったが、体調が普通に戻り神経がはっきりしたとき、最初にせねばならぬことが食事の準備だというのは憂鬱だった。何万人もが住む巨大な団地でありながら食堂の施設には乏しく、出前のきく寿司屋も日曜は休みだったりして、結局、自炊するか、駅前まで食べに出なければならない。むろん罐詰めや冷凍食品などを母は訪れるたびに買いだめしてくれていたが、一度結婚生活を経験している身には自炊はみじめだった。

それにしてもいつ頃から日曜日がこんなに憂鬱なものになったのだろうか。これまで彼の日常は味気ないものながらも、そう不健康ではなく持続していた。

仕事はかつても今も変りなく芯の疲れるものだったが、その疲れを休日にいやす知慧と体力があった。味覚は齢とともに進化するらしく、酒の味には微妙な忘我もあったし、局の内にある釣の同好会や囲碁クラブが日曜に催す会にも彼はこまめに参加し、快く疲労することができていた。一つの疲労から脱け出すためには、ただ寝ているだけでは駄目で、別な疲労におきかえる必要がある。そしてそれにも体力がいるのだ。

とりわけ二週間か三週間に一度、仲間と語らいあわせて郊外に釣に出る日曜には、黎明時、週日よりも遙かに早く床をぬけ出し、出勤時間の何倍もの時間を郊外電車に揺られるのもいとわなかったものだ。あるときは渓流に沿った山道でへばってしまって、後から押してもらい、あるときは小船を借りて磯に出るまえに嘔吐を噴きあげたりしたが、それでもかまわなかった。浮子を見詰めている孤独な愉楽、竿に手応えのあった瞬間の生理的な快感は、なによりも、みじめで不健康な自己自身との対面からの脱出だった。感覚は竿を介して渓流や海にひろがり、魚が糸の先端でもがくとき、彼は彼ではなく魚になった。考えてみれば残虐な、しかし貴重な自然との一体感。そして、釣りあげたばかりの魚を渓流わきで焼く団欒や人里はなれた水辺の光と風と雲は、忘れかけていた人の善意と自然の滋味を思い出させた。解説室の部下は、彼がさそっても一向に乗り気でなかったが、それでもたのしみを人にもわけてあげたい気持のゆとりはあったのだ。だがいつしか彼は釣自慢もしなくなり、音楽会や演劇などいい催物があると部員に教えられても、ついでに切符を買っておいてもらうこともしなくなった。休日は、一歩も外に出たくはなく、娘の顔をみに生家に戻ることも億劫なのだった。一日はただうつらうつらする仮睡に浪費され、そして結局、自分自身と仕事から逃れられないのだった。

そして、第二の徴候が、その孤独の時間にあらわれた。日曜とはいえ、意識がはっきりすれば片付けねばならぬ雑用もあり、彼は机の前に坐ってしばらく荒涼とした窓からの眺めに目をさらしていた。変りばえのしない鉱物質な眺望。彼は煙草を吸い原稿用紙を広げて、ペンをとったのだが、どうしたのかしばらく字を書くと拇指と人差指がしびれたようになり、ペンが何度もころげおちてしまうのだった。

そのとき書こうとしていたのは、時事解説番組の下書きではなかった。それもやらねばならなかったが、ジャーナリスト達と月一回持っている研究会の機関誌にも約束があって、その〆切りも迫っていた。

もっとも、それほどエネルギーを必要とする課題ではなかった。ただ、かつて取材班とともにソビエトと北欧を旅行した際の印象記を七、八枚の雑文にしるせば責はふさげた。機関誌の編集員の意向としては、各国のジャーナリズムの特殊性を解説する特集を組むにつき、三崎にもその一部の担当をということだったが、別段正面切った論文が要求されているわけではなく、社会主義圏のジャーナリストと会見し食事を共にしたときの印象を気楽に綴ればそれでよかったのだ。三崎が実際に旅行した時期からは少し時間がたちすぎていて、印象は幾分ぼやけてしまっていたが、撮ってきた写真と旅行中の日記は手もとにあった。まさかのときは日記のひきうつしでもものにならないわけではない。

これまでも、あまり昂奮しすぎて、思いは一ぱい詰まっておりながら字が踊ったように罫からはみ出し、腕がぶるぶる震えて文章が書けなかった経験はなくはなかった。しかしそうした時は、課題が重く憂鬱なものであったり、些細なことながら自分にとっては新しい発見があって独り昂奮したりして、指先が震えるという身体反応に思いあたる節があった。いってみれば内面の過剰のためだった。だが、今、彼は特別思惟の展開に苦吟していたわけでも、昂奮を抑え切れないイメージに催促されていたわけでもない。宿酔だというわけでもなかった。

どうしたんだろう？　最初はさして気にもとめず、手を振ってみたり指をもみ合わせてみたりした。その間も、アルバムの写真は彼を三週間ばかりの旅の思い出に誘い、滑稽な失敗や異国の人々の印象が筆先に蘇るのを欲するように脳裡に明滅した。

取材旅行とはいっても、十五年以上の勤続、新たに中間管理職についたものに対する会社の恩典政策もあって、彼の場合はその旅行のスケジュール自体はなはだ気楽なものだった。若い同行のカメラマンや、実際にマイクを持って意見を徴してまわる記者とのチーム・ワークをくずしさえせねば彼には特別な気苦労はなかった。各地の大使館への挨拶や同系列新聞社の支局員との連絡、予定された幾分儀礼的な会議への出席ぐらいが、彼の主要任務だった。たとえば一ヵ所に数日とどまるとして、一日を自分の任務にあて、一日を同行者につきあえば、他の日は、ホテルに寝そべっていてもよかったし、自分だけで市中を観光し、美術館で絵や彫刻をたのしんでいてもよかった。

ソビエトはちょうどその年、革命五十周年記念祝典の行なわれる年にあたっていた。公的な挨拶の場で、十月革命の偉業をたたえる必要もあって、彼は学生時代の書物の埃を久しぶりにはたいて、二、三冊、旅行カバンに入れた。スターリン批判、ハンガリー事件、中ソ論争など一連の事件があって、鉄のカーテンに閉ざされていた時代のような社会主義の神秘化は、彼の内部でも既になくなってはいたが、百聞は一見にしかず、革命五十周年記念の年にその訪問の時期が合致したことを彼はやはりひとつの幸運と意識していた。

横浜港からの出航の日は、前夜、解説室員とつきあった酒が少し度をすごして、頭痛に悩まされていた。だが、出国の手続きをすませ重い旅行鞄を船室におさめ終って、デッキにあがってきた時には、彼の気持は青年のようにはしゃいでいて、その旅行によって、却ってトスカの虫にとりつかれることになるなどとは、およそ予想はしなかった。デッキをはさんで紙テープをやりとりし、見送りの人と写真を撮りあっていて、彼は自分の写真機の露出計が狂っているのに気付き、あわてて、見送りにきてくれた人の写真機ととりかえたりした。

二日間の船旅、海は少し荒れて、食事はそれほど進まなかったが、多くははじめての海外旅行にはしゃいでいる船客たちの昂奮に彼も同化できていた。若い世代が、圧倒的に多かった。若者たちは、服装も普段着に近く外国コンプレックスとも無縁に、自由に振舞い、彼は幾分の羨望と感嘆の念でそれを見ていた。一行の中で、ロシア語の出来るのは、記者だけだったが、三崎はドイツ語、カメラマンは英語で、長短あいおぎなえば、取材先で途方に暮れることもないだろう。同行者のいることは、やはり心丈夫にはちがいなかった。

船客の中に、たまたま彼の方は顔を知っているNHKの女性のテレビ・アナウンサーが女王然として若者たちの人気を集めているのが目ざわりだったが、そんなことはどうでもよかった。二日後ナホトカにつき、いささかステロタイプながら、日本人墓地と〈異国の丘〉をおとずれ、直接モスクワへ向う日本人たちと別れ、ついでハバロフスク、飛行機でモスクワ、そしてレニングラードへと旅程自体は観光客も経過するコースを、コルホーズや工場や学校の視察をし、各地で作家同盟員（ソビエトはジャーナリストも作家同盟に加入している）と会いながら旅しているうちに、彼は徐々にしかし確実に不機嫌になっていった。いつぞや、全学連の学生が、モスクワの赤の広場でデモをして逮捕されたことのあるのを三崎は知っていたが、その時は代々木の共産党本部にも学生のデモ隊がおしかける時世だから、かつては世界の革命の総本山と目されたクレムリンの前にも、おしきせのパレードが旗をなびかせながら通るだけではなく、何かを要求し批判するデモが宮殿に向っていってもおかしくないと思っていた。それはしょせん局外者の、こうも思えるという無責任な感想にすぎなかったが、実際にソビエトの地を踏んでみて、出迎えられ見送ってくれる人々、取材先で接触する市民や農夫の善意と礼儀には感謝し、季節もまたはしなくも最も自然の美しい黄金の秋にあたっておりながら、それでも三崎は全学連の学生の、計画的だったのか、衝動的だったのか、他ならぬ赤の広場でデモったその気持がわかるような気がしたのだった。

なにか寒々とした印象、自由でない印象はおおえなかった。食事のときなど、ソビエトのジャーナリストたちは意外に社交的に振舞いフランスの小咄を紹介したりして巧みに食卓に笑いを誘ったが、ちょっと真面目な話をしようとすると、通訳とジャーナリストの間に微妙な視線の交換があり、掌を返したように硬くこわばった返答がかえってきた。国境一つへだてた隣国では文化大革命が進行中だったが、ジャーナリストたちは確かに関心はもちながら、同時にそれに触れるのを恐怖しているようにみえた。革命の先輩国のインテリが、後輩国の運動に対して懐く恐怖。中国に対する技術援助がうち切られる以前、多くインテリは隣国におもむいてもいて、インテリ同士のつきあいからある程度ジャーナリスト達も非公式には事態の経過を知っていたようだ。だが、彼らは日本の新聞は文化大革命をどう伝えているのかを知りたがりながら、自分自身の意見を問われることを恐怖していた。鉄の壁は国境にあるのではなくて、人々の心と言葉のあいだにあった。

レニングラードではソビエトに住みついている日本人にも会ったが、ホテルで話していて、話題が政治問題になると、部屋の壁を見まわし、外に出て歩きながら話しましょうと言った。報道の任務について、マスメディアにたずさわる者の社会的責任について、三崎が気まじめすぎたのか、違った体制のもとで仕事をしている者からの示唆を得ようとするとき、はなはだしく失望するような返答と反応しか返ってこなかった。三崎が学生だったころには、経済的平等の実現のために、インテリ層のいささかの自由の抑制は過渡的にやむをえないという考え方があった。それは分らなくはない。しかし、ソビエトは革命後五十年も経過しているのだった。これは一体どうしたことだろう。またたとえば海外旅行者専用の店舗があり、あるいはホテルの中にドルでしか買えない物品の並んでいるコーナーがある。市民は知っているのだろうが、多分おのぼりさんと覚しき地方人が、その商品の華やかさにひかれて店舗に入り、そして邪慳につまみ出されるのを三崎は目撃した。娯楽施設は乏しく、それゆえにレストランで夕食をとり、食後に楽団の演奏する古典的な（?）ジャズにあわせてダンスをするのが人々の愉しみらしかった。だが、聞いてみれば、そこに集まっているのは恵まれた階層、ほとんどが将軍や高級官僚のドラ息子たちなのだった。ソビエト・ロシアは労働者のための国家ではなかったのか。ホテルの従業員も郵便局の従業員も、定められた自分の職務からは一歩も出まいとする硬い殻をかぶっていた。よくよくトラブルがあって、こちらが日本語で怒鳴り散らしてはじめて、硬い殻がやぶれ、素朴で親切なスラブ人の表情がはじめてちらっとあらわれる。そしてそれも年輩の人だけの反応だった。

むろん感銘を受けたものがなかったわけではない。地方のコルホーズには美しい人情があり、女性は多くの職場で男性と対等に働いていた。労働者の住宅は安く堅固で、病院は立派だった。バスの切符は良心に従って自分の行先分までの料金を箱に入れて購い、そしてなによりも人々は衷心から平和を欲していた。第二次大戦の戦禍の記憶は、敗北した日本よりもかえって痛切なものとして人々に記憶され、次の世代にも正しく伝えられているようだった。だが、にも拘らず、仮りにロシア語がなに不自由なく語れたとし、三崎が現在従事しているのと同じ職種、同程度の地位を与えられたとして、この土地に住みたいと思うかと自問してみて、その答は否定的だった。失業の恐れなく生活は保証され、有給休暇の日数も多く、私有財産制にともなう苛立たしい悪や権利の壟断はない。それが解っておりながら、彼はそこに住んでみたいという気持をついに懐けなかった。

赤の広場に屯ろする闇商人のことや、人々が旅行者と時計やライターを交換したがることなどは、たいしたことではなかった。むしろいずこの国にもいる町の与太者が、ソ連ではなはだ紳士的でありユーモアがあることに感心したぐらいだった。「オウ、ジャパニーズ？　クロサワ、ヒチニンノ、サムライ、ベリー、グッド」むちゃくちゃな英語で近寄ってきて、煙草の火を借り、察するにあなたのライターはもう古くなっていると思われるが、旅の記念に自分のものと交換することを欲せざるやといったことを言う与太者の表情は明るいものだった。革命五十周年記念のパレードを参観してのち、スウェーデン、デンマークと北欧をまわって帰国してからも、そういうことは、思い出の断片として気軽に人にも語ったが、三崎は秘かに感じた、うまく論理化できない辛い落胆については、これまで公言はしなかった。彼の地で世話になった人達や、友好団体の人達に悪いというよりも、言わばその落胆があたかも自分の内部の傷でもあるかのように、公けにするのが辛かったのだ。マルクス主義のロシア的な、やむを得ぬ歪曲、あるいはスターリン主義の矛盾と罪過について抽象的に人と論議を交したことはある。しかし、そうした際も、彼は個人的に得てきた「ここには住めない」という実感は口にしなかった。自分の感覚が間違っているのではないかと反省し、そうではないと確認しつつも、それを言うのが、何故か羞かしかったのだ。そう、それは奇妙にもあまりにも日本的な羞恥の感情だった。

そしていまも、三崎はその感覚は括弧づけして脇に置き、ロシアのある女性ジャーナリストとの会見、彼女に案内されて観たオペラとその際の会話について綴ろうとしていた。彼女は若く悧発で親切だった。彼女はかつてアメリカのジャーナリストと論議したことがあって、まったく話が通じなかったこと、しかも今まで接触した国民の中ではアメリカ人が一番好ましいと感じたことを語っていた。「アメリカ人って、なぜあんなにあけっぴろげで善意で、そして分らず屋なんでしょう。そう思いません？」

書こうとする内容に、内的な葛藤がまつわり、無意識な禁止がはたらいたからだろうか。いや、そんなことはない。少なくとも当面、書こうとしていることは、気楽な印象記であり、誰に迷惑が及ぶというものでもない。にもかかわらず、筆はすすまず、無理にすすめようとすると、物理的にペンが指の間から、ころげおちてしまうのだった。

原稿用紙の上に、転げたペンの跡がインクのしみとなって点々と散り、さらに汚れは机の上からズボンにも広がった。塵紙で机の上のインクを拭い、彼はぼんやりと紙の上のしみを見た。

どうしたんだろう、俺は？……

トスカの虫がダニのような具体的な形象をもって、胃や肝臓を内側からちくちくと嚙みくだいてゆく幻覚に彼はおそわれた。そして、彼は、先日スタジオで一瞬、声を失った自分の姿を思い出した。自覚したくない、苦しい疑念が彼の意識を翳《かざ》し、彼はあわててそれを意識の隅におしやった。なにも深刻になるほどのことではない。ただ、ちょっと疲労が重なっているだけのことだ。

彼は朝からほとんど何も食べていない空腹にウィスキーを流しこんだ。自分よりも先に、内に巣喰っているトスカの虫を酔いつぶしてしまわなければならない。

彼は仕事をあきらめ、生家に長距離電話をかけた。二週間に一度は、必ず母がたずねてきてくれることになっていて、今日はその日に当っているはずだった。いつもは、もう少し早く娘の真澄を伴ってやってきて、彼と娘とが散歩している間に部屋の掃除をしてくれ、夜にはいっしょに食事をする習慣になっていた。

電話のベルは長い間相手を呼び出しつづけた。がらんとした農家の台所の米櫃の上にたしか受話器はおかれてあるはずだった。家は留守なのか、それとも庭で仕事でもしているのか。もう諦めかけたときに、嫂の公江が受話器をとった。

「あら、まだそっちに着いてませんか。もう三時間も前に出ましたけど」嫂はやや気どって言った。「どこか百貨店にでも寄ってるんでしょうね。それに、どうぞ、もっと気楽にこっちへもいらして下さい。いただきもののお酒だけど、残してありますし」

彼は黙っていた。

「お元気なんですか、近頃。まあ音沙汰のないのはお元気な証拠だろうとお舅《とう》さんも笑ってますけど。ええ、お蔭さまで、うちはみな元気。わたしは阿呆やから、風邪もひきません……」

「まだ後添えさんをおもらいになる気にはなりませんの。不自由でしょうに。私の里の方から一人候補者があがってたようでしたよ。お姑《かあ》さんが写真をもっていったかもしれません」

「ああ、なにやらうちの人が風呂場から叫んでるようですから。もうおっつけ、着くはずですから。それじゃ」

電話を切り、彼は空腹を我慢することにした。少し時間つぶしをせねばならなかったが、ある不安感があって、机の前に戻る気にはなれなかった。そして読書をする気力もなく、酒もほどほどに抑制せねばならぬとすれば、結局、テレビのスイッチをひねるより仕方がないのだった。もうあきあきしている、胸くその悪い、テレビ……。

昔、彼がテレビ局に勤めはじめたころ、一億総白痴論というのが、喧伝された。もっぱらそれは芸能部門に関してだったが、自分がテレビ局にいるということもあって、その識者たちの論議には彼は賛成ではなかった。いつの時代でも、民衆に支持されて登場する新しい表現ジャンルは、それが卑俗であるゆえに、隣接する他の伝統的ジャンルの担当者の反感を買い、罵詈雑言をあびる。江戸時代の士大夫は、浮世草紙を軽蔑し、宮廷伎楽官は地方の俗謡を馬鹿にした。しかし長い目でみれば、格調正しい漢詩漢文よりは謡や戯作小説に人間の真実の表現があったことはあきらかだ。テレビという新しいマスコミの媒体が、これまでの正統的なコミュニケイションの担い手、大学の教壇人や綜合雑誌の論説家に馬鹿にされたとしても、それはむしろ名誉とすべきなのだ。大学の教壇で、ほとんど神格化して語られるシェークスピアの演劇も、その当時は卑俗な大衆の支持に支えられていたはずなのだ、と。

彼のその考え方は大綱においては間違っていなかったはずであり、事実、テレビ劇も徐々にその水準は上昇しつつあった。卑俗を侮蔑せずに、多くの有為な才能が、その新しいジャンルで真正の卑俗さを模索することによって。映画はそのために打撃をうけ、一億総白痴論者もいつしか、情報社会論者に転向した。だが、今度は逆に三崎が、テレビに対して嫌悪の情しかもてなくなりかけていた。単に娯楽部門に関してだけではない。報道や解説部門の仕事に関しても、テレビは白痴化ではなく、それよりもまだ悪質な世論操縦の武器となってしまっていた。

こんなものを、一日に二時間も三時間も持続的にみていては、どんな可能性のある頭脳も、偏見に満ちあふれ、批判力を破壊されてしまうだろう。光は当然の権利のごとく人の視線を奪い、映像はどんな批判よりも先に、選択された事実を印象づけるのだから。

「あーあ、どうもどうも」母のまきは寒い外気を捲き込んで入ってくるなり狭い靴ぬぎ場で後向きになり着物の裾をぱたぱたとはたいた。娘の真澄はなにか紙包みを持たされて半開きの扉の外に立っている。

「こんばんは」視線が合うと頼りなげな声で真澄は言い、頼りなげに微笑した。まだ小学生とはいえ、独りで来れない年齢ではなかったが、真澄は母——彼女にとっては祖母のまきと一緒でなければこのアパートをおとずれたことはなかった。そして、三崎の方も、子供と二人だけで会うのは困るのだった。優しさが彼の内にないわけではなかったが、娘と何の話をしていいのか、彼にはわからなかった。

「夕食は、もうすましたかえ?」まきは言った。

「いや、まだ。待ってたんだ」肉親の顔をみることで、彼の不安感はやや鎮静した。

「それじゃ、すぐしかけようかね。寒いし、鳥の水たきでもと思ってね」

それは三崎の好物だった。

「お祖父《じい》ちゃんは元気にしてるのかな」いつも聞くことを三崎は言った。

「元気よ」真澄が代って答えた。「いつも囲炉裏に坐って、テレビを見てるわ」

「テレビか」

話がテレビに及んで、真澄はテレビに近寄り、いま消したばかりのスイッチを入れた。

「ここのテレビの方が、画面がきれいに出るから、好きよ」

「田舎はね、山の中だからしょうがないよ」ダイニング・キッチンからまきが言った。「テレビの機械が悪いいんじゃないんだからね」

「お父さんの出る局の番組は、ぼうとぼやけていて入らないのよ」

「ほかの番組はてんで見られないから諦めてるんだけどね。お前が時事解説をするときだけ、二重三重に像がぼけてるんだけど、みんなで見てる。この児が見ようってきかないもんでね。お前の話はなにやら難しくてわたしにも解らないけど」

「いちいち、チャンネルをあわせることはないんだよ」三崎は言った。

「そんなこと言っても、真澄は見たいんだから。ね、そうだろ」

「うん」

三崎は離婚していらい会ったことのない真澄の母のことを憶った。

三崎の身辺の一切から、別れた妻の影は排除されていた。真澄は、はじめのころ三崎の机の抽斗をこっそり開けてみたりしていたようだが、アルバムはむろん、共通して使っていた日常品一つない。住居も、同じようなアパート住いだったが、転居していた。真澄もまきにどう言い含められてか、近頃は、母という言葉も口にはしなくなった。それがかえって哀れといえば哀れだったが、考えてみても解決のつかないことは意識から排除するより仕方がないともいえる。もっとも、どんなに伏せてみても、娘のちょっとした素振りには、娘自身には意識されないままに、妻の千賀が生きており、そしてそれは三崎にとっては、原罪を具体的に確認しつづけるようなものだった。

話題が途絶えて、ぽつねんとテレビの前に正坐し、面白いのか面白くないのか、ほとんど反応もなしにブラウン管を見ている姿は、真澄のものであると同時に、また千賀のものでもあった。まるで現実を拒否するように、テレビに耽《おぼ》れ、現実を恐怖でもするように千賀は狭い部屋に閉じ籠りたがった。住んでいたのは、今とは別の団地だったが、借家でもいいから庭のある木造の家をというのが三崎の結婚当初の希望であり、生家から援助を乞えばそれは不可能ではなかったのだが、千賀の方が、閉ざされた鉄筋のアパート、重いドアを閉ざし鍵をかければ外界と隔絶できる住いを望んだ。天井も低く灰色の壁が常時周囲から圧迫してくるアパートは、農家育ちの三崎にははじめ息苦しくてやり切れなかったが、まあ子供が出来るまでは、戸締りも便利だしと妥協したのだった。

千賀が外界との隔絶を望む心は、ただ空間的なものばかりではなかった。それまで彼女にも住み込みで働いていた職場の同僚とのつきあいもあれば、学校時代の友人もあり、結婚式に列席した親戚、知人もむしろ彼女の方が多かったぐらいだが、そうした人々とも一切交際を絶とうとした。よく電話がかかって来て、親しげに挨拶を交しておりながら、「いえ、いまちょっと主人が病気だものですから、またの機会にして下さい」と誰かしら、相手が気軽に訪問しようとしているのを拒絶していることがあった。

「おい、おれは病気じゃないぞ」と二間しかない隣の部屋から言ってみたりしたこともあったが、千賀は、「いいのよ、あんな人」と一瞬捨て鉢に言うだけだった。アパートは狭いから、客があるのは確かに迷惑は迷惑で、結婚当座は、仕事はもちろん、仕事とは別に読書にも励んでいた彼にとっても、闖入者を寄せつけないことが有難くないわけではなかった。

だが、いつしか、二人だけの砦に対する執着にしては千賀の態度はやや病的なことに彼は気付いた。

三崎の方は農家の兄弟の多い家庭に育っていた。囲炉裏端にゆけば、いつでも誰かがごろごろしていて、父が話好きでしょっちゅう近所の茶飲み友達が話し込みに来ていた。夜は藁を木槌で打ったり、草鞋をあんだり、大豆の莢をむいたりしながら、家族や近隣の人々が、にぎやかに団欒している。他の部屋の電気は極端に暗かったから、彼は少年時代、受験勉強も、そういう四方山話の間隙を縫ってしていたようなものだった。人々が何を話していたのか、さっぱり忘れてしまっているが、その雰囲気は覚えている。そしてよくも悪しくも、彼の家庭のイメージは、松脂くさい囲炉裏ばたにあった。学生時代の寮生活をあまり苦痛と思わなかったのも同室の者の気立てがよかったせいもあるだろうが、一種の集団性に彼はなれ染んでいたからだろう。

新婚当座の二人だけの隔絶には、むろんそれなりの必然性はあり、学生時代あまり勉強しなかったから、社会に出てから夜、静かに読書できる期間を持てたことが、彼の内面生活の豊かさには大きく資したが、ある時、妻の外界拒絶は、彼の方の友人や生家との関係にも及んでいることに彼は気付いた。

ある日、帰宅途次のターミナルで、偶然、学生時代の旧友にあった彼は、「なんだお前、仮病をつかいやがって」と難詰された。「結婚したら、急にお見限りかよ」

「なんのことだ。おれは別に病気だなんて誰にも言ったおぼえはないぞ。現にぴんぴんしている」

「しかし、昨日、電話したとき、奥さんは、お前は病気でいま病院へ行ってると言っていた」

「本当か、それは」

返答に窮して、とっさに歯医者に通っていることにして、その夜は贖罪でもするように、旧友に酒を奢り、自分もしたたかに酔ったものだった。

夜遅く家に帰りついて、彼ははじめて妻を難詰したが、その時、千賀はただ泣いているだけだった。実は二人の知りそめが少し不自然だったから、そういう風に弁解もせず泣かれてみると、三崎の方もそれ以上、いいつのることもはばかられた。三崎と千賀をともに知っている人間は、梶哲也をのぞいてはほんの数人しかいないはずだったが、しかし昔の友人や知人にあまりたずねてきてもらいたくないという気持も、解らなくはない。

三崎は千賀に出来るだけ外出することを薦め、それを受け入れてか、別な衝動からか、千賀は派手な装身具や身分不相応な服など、むやみな買物に貯金を浪費した。二度、繁華街で偶然、ショーウィンドウを覗きながら歩いている妻の後姿をみかけたことがあったが、その絢爛たる装いが異様で、声をかけるのをやめてしまったことがある。そして、真澄を身孕ったとき、ふたたびぱったりと家を出なくなった。

食卓の上には、ガス台が据えられ、すでに野菜と鳥が煮えはじめていた。まきに呼ばれて座についた三崎は連続ドラマのテーマ曲らしい、いかにも哀愁の籠った、人間関係の架空のもつれを愉しむような曲をきいた。

「テレビをとめてくれないか」画面を見ずに三崎は不機嫌に言った。

娘の真澄が電気炬燵から半身をのび出させ、スイッチの方に手をのばした。

「どうしてとめるんだい?」と母のまきが不服そうに言った。「これからいつも見てる連続ドラマがはじまるんだよ。真澄もみてる」

「つまらんテレビなど見るな」不意に兇暴な怒りにかられて、三崎は怒鳴った。

「そんなこと言ったたって、愉しみにしているものを」

「とめろと言ったら、とめろ」と三崎は言った。

「はい」真澄は素直にスイッチを切り、三崎のために御飯をよそった。だが、茶碗にめしを盛っている娘の手は震えており、そして、その腕に声もなく涙が落ちるのを三崎はみた。

第五章

「なにも今回だけのことじゃないんでしてね。この前の『荒廃の村』—農地の過疎化現象をとりあげたドキュメンタリーの取材の際でもそうでした。取材が少し長びくとき、長期間にわたって現地の人々と接触しなければ意味がないテーマの場合には、取材対象とのある程度の同化というのは、当然起るわけだし、またやらなければならないわけです。それを避けていては現場の仕事はできません」

「それは分るけれども、そのことは制作の方の分担じゃないですか」佐々木次長が言った。

「そうですよ、一応は。しかし村役場なら村役場、部落会長なら部落会長に話をつけて、準備万端ととのえて、はいカメラさんどうぞフィルムをまわして下さいなんてことでは、お座なりのインタビューはやれても、およそ生活記録なんか撮れやしません。農家の場合なら、ちょっとした援農、水くみや草とり程度にせよ、手のすいてる場合には手伝いもするわけです。農家の人達は口が重いから、喋ってもらうために一緒に酒を飲んだりもしますよ。今度の場合は、学園紛争がテーマだった。封鎖という実力行使によって大学側は重い腰をあげて、ともかく問題にとりくみだした。封鎖というものが争点であると同時に、また封鎖や占拠を辞さない行動形態そのものに、学生運動の論理がかかっている以上、内部がどうなってるんだろうと聴視者が好奇心を懐くその好奇心の代理人として動くだけではなくて、その内部にカメラを持ち込まなきゃ、そもそも取材する意味がないわけですよ。そして、さっき申しましたような、農村地帯に長期に取材にいった場合には、当然おこる……いや当然ではなくとも、本当のことを聞き出そうとする熱意の発現形態としての援農に相当する行為を、取材班が大学問題に関してもするということも自然ななりゆきとしてありうるわけです」

会議室には、帰ってきた報道部第二班の班長木村秀人を囲んで事情を聴取すべく主に報道局関係の責任者が並んでいた。専務与田一郎、報道局長高木源一、次長佐々木守、報道部長黒江保次、ニュース部長柴昌成、社会教養部長楠務、報道管理課長妻越市郎、そして三崎省吾、さらに現地へ行ってきた報道部副部長岩淵健。調査室にも連絡はあったはずだが、室長の白鳥勝は、忙しいからといって出てこなかった。調査室がそんなに一刻を争うほど忙しいはずはなかったのだが。

さらに事情聴取の段階では、別段立場が分岐するわけではないはずだという組合側の申し出によって、組合の委員長高麗一太郎、副委員長狩野学が、円卓から離れた事務机に並んで位置していた。組合からの代表の傍聴を許可するか否かでも一もめあったのだが、ただ傍聴のみで、質問や意見は一切さしひかえるという条件で話合いがついた。実際、組合代表を排除してみたところで、同じ報告は、第二班の班員に聞けばわかるわけであり、事実認定の段階で食いちがいがあったりするのは、あとあとよくない。

それぞれの人の前に、藁半紙と鉛筆が用意されてあったが、まだ誰も鉛筆は使っておらず、正面の与田専務に向いあう末席の木村秀人も前に手帳はひらいているものの、手帳に視線を注いでいるというわけでもなかった。

会議室は設計上にミスがあって、見ばえのするわりに、多人数が長時間同席すると、空気がひどく濁った。かといって煙草を慎しむわけにもいかなかった。

窓はカーテンが二重になっていて、ベージュ色の紗の帳と白いレースが、窓の両わきに垂れ、その下に観葉植物の鉢が二つ据えられてあった。だが分厚い葉に白い線の走っているその観葉植物には、生気が乏しかった。

「ちょっと口をはさむようで悪いが」と三崎ははじめて口を開いた。「その農家の手助けをするという場合ですね。それは取材活動を円滑にするためだけですか。それとも、取材をする、あるいは広く表現するということと言い換えてもいいんだが、その表現の論理にくみこまれている行為ですか」

「………」

「いや、ちょっと意地の悪い質問にきこえたかもしれないが、聴きたかったのは、こういうことです。たとえば工場のストライキならストライキを取材に行くとしますね。僕自身かつてそういうことを担当したことがありましてね。そうすると、現場では生活のかかった激烈な闘いが行なわれている。闘争の論理と生活の論理が、いわばねじりあわされながら事態は進展している。よそ者はその二つのもののねじり合いの中にまでは容易には入れないわけですね。しかし全く入れないか、というとそうでもない。特有の生活形態に完全には同化できなくとも、闘争の論理を共有できますね。現に、労組や学生団体で支援にきている人々がいるわけだし、その人々は、その面の共有によって一応はなかに入れるわけですね。それで独立プロの人とかフリーのカメラマンなどは、これまで報道内容を充実させるために少なくともその支援者の論理で自分を正当化した。それを悪いといってるんじゃありませんよ。ただ私の知りたいのはですね、その際、たしかに単純な傍観者としてデモやピケの隊列や運転のとまった機械を撮ってきただけの人より、支援者の態度で活躍した人の方がいい録音、いいフィルムを持って帰ってきている。しかしですね、問題は、なにか事が起り、たとえ自分が最初から捲きこまれていたにしても、じっと傍でものを見たり、撮したりしていることの奇妙さというものを、支援の論理で帳消しにできるかということなんですね。報道を専門づけられてしまった者には、奇妙な目に見えない徽章を刻印されてしまうわけですね。それを隠すのではなくて、あらわにしながら、しかも生活や抗争の中に入っていける論理は何だろうかということです。いいかえれば観察したり報道したり表現したりする者の論理と、抗争と生活のないあわされた論理とが、支援することによって本当に交錯したか、報道するがわのものの論理の必然性と本当に重なったのかどうか、ということを知りたいんですね」

「なるほど、おたずねの意味はわかりました」木村秀人は、ちらっと三崎に目を注ぎ、そして目をしばたたいて考え込んだ。「……いま直接、質問にはお答えできそうにないんですけれど、具体的なことを言えば、こういうことはあるわけです。先ほどの『荒廃の村』の場合でいいますと、若い世代が大量に都市に流れ出し、部落の半数を超える家族が村をみすてたあと、なおも痩せた段々畑に人々はしがみついて、女の人や老人たちが槽に水をくんで一日中それを畑まで搬んでいる。部落の常会場に泊り込んで取材しているわれわれも時にそれを手伝ったりしてみる。むろん、農民の苦労はそんなことをしなくても傍にカメラを据え、私が演出兼カメラ助手としてそばに立って見ているだけでも分るわけです。激しい息づかい、額の汗、映し出されるものもそれで充分かもしれない。しかし、ほんのちょっとした手伝いをしてみるだけでも、なにかあることに気付くわけです。たとえば農民というのは、ほとんど一日中、いや働いている間中、水を搬んでいる時も、鍬をふるっている時も、草をむしっている時も、まったく地面ばかり見てすごしてるんだなといったことですね。それは些細な発見にすぎないでしょう。しかしですね、普通、農村を取材する番組だと必ず最初に、小高い丘陵の上から村を俯瞰し、農民の生活の点描の間に、樹々の梢や照りつける太陽、白い雲などを逆光で入れたりします。画面が美しくなりますから。しかし、それは嘘だということに気付くわけです。むしろ石ころや木の根っこが、ごろごろしている山道の執拗な描写の方が、導入部の映像としても大切だし本ものなわけです。つまりその小さな覚醒はカメラのアングルの設定にも当然影響するわけです。ヌーベルバーグ風のカメラの技術的処理ということとは別にですね。今回の場合は、女子大だったもので、最先端の働きは、新田君、加地君にまかせましたから、くわしいことは彼らにきいていただきたいんですが、そうした覚醒や収穫はうまく整理はできないかたちにもせよ、実感としてあったにちがいないと思うんですね。デモ風景一つにしてもそうです。横からデモの隊列を映しているのと、デモの隊列の中から傍観者を見るのと、同じ街路の風景とは思えないぐらい、感じが違うわけですね。その感じの違いを、現実に表現の方法論に生かせれば、表現の論理のとびはなれた異様さというのは止揚されると考えたいですね。どうもお答えになってないかもしれませんが、そういうことじゃないでしょうか」

「はあ、結構です。有難う」と三崎は言った。彼は安心した。今後問題がどう進展するにせよ、この人はうろたえないだろう。三崎はその時、ほぼ自分の態度を決めた。

「そんなことを論じてたって仕方がないじゃないですか」と佐々木次長が言った。「いろんな経験を通じて仕事を深めていくのは結構なことだけれども、いま問題になってるのはそんなことじゃないでしょ」

「いや、関係はあるようだな」局長は言った。

「どう関係するんですか、私にはわかりませんが」次長が言った。

専務の与田一郎が技巧的に咳ばらいした。

「それはですね」三崎が言った。「ある事柄が起った場合に、それが偶発的なものか、本質的なものかを見わけることが必要だということなんです。たとえばアメリカの学者たちが原子爆弾を作ってしまった。その場合、一切の爆弾は武器だから軍事的要請がその製造をうながしたにちがいありませんが、技術的にそれを可能にした科学にとって、原子爆弾を作り出すことが、科学の本性からいって必然であったか否かを問題にしてみることも必要なんですね。そういう……」

「その例は、むちゃくちゃだ」と高木局長は言った。「しかし、そんなに難しく言わなくとも、現場には、現場の都合があるということでもいい。それは聞いておく必要がある」

「いや、例はまずかったけれども」三崎はこだわった。

「今度の学園闘争の取材では、いろんなことを考えさせられました」木村秀人は言った。「女学生とはいえ、当事者ははっきり論理もあり覚悟もあって行動してる人たちですからね。取材拒否は、なにも学校側からだけあったわけじゃないんですね。封鎖派の人たちの間でも、最初、新田君、加地君を内に入れるかどうかで、激しい論議があったようでしたし、どちらかといえば拒否するという意見の方が強かった。取材班も何度か内部で討論して態度を決めねばなりませんでした。拒否されて、はいそうですかと帰ってくるわけにはいきませんから。それに考えてみればこれまで取材班という腕章をまいてさえおれば、街頭でのデモ隊と機動隊の激突にせよ何にせよ、そのそばをうろうろしていられたということ自体がおかしいことなんですね。お前ら邪魔だ、なにをうろちょろしてんだって言われても仕方がないんですから、本当は。しかし敢て闘争場面やその根拠地である封鎖の内部を報道の画面におさめようとする以上、自分たちは、こういうつもりでこうしているんだという論理をそなえなきゃなりません」

「どういう論理？」佐々木次長が言った。

「取材班の内部討論では、いろんな意見はありましたが、統一的な論理が組上ったわけではありませんでした。それに、何事にせよ、最終的には各人の責任による各人の態度決定ですし、各人の才覚で職務を果すより仕方がありませんから」

「学校側の抗議書にある、封鎖派の学生を取材車に同乗させたり、食糧や資材の搬入に便宜を与えたこと、それから研究室から大量に書物が紛失した際にも同じ車が用いられた疑いがあるというのは、事実なんでしょうか」報道管理課長が非常に事務的な口調で言った。報道管理課は、番組のチェック機関として比較的新しく作られた部署である。各部に所属する課とは少し性格を異にして独立しており、課長の妻越は部長待遇だった。

「書物の紛失云々のことは知りませんよ。そんなことがあったかどうかすら聞いてませんが、仮りに書物の紛失が事実にせよ、私たちは何の関係もありません」

「じゃ、封鎖派学生の同乗と資材搬入の件は？」

「それはですね。代表者の意見を録音にとることには、ともかく応ずるというところまでこぎつけたとき、立て籠っている人たちが腹をすかしていたことは知ってましたから、新田君と加地君にパンと牛乳を持ってやらせました」

「それだけのことですか？」

「まあそう性急にきかんでもいい、事情聴取であって、なにも査問じゃないんだから」局長が、傍聴している組合の代表を意識して言った。

「いやなにも隠しだてするつもりはありません」木村秀人は落着いていた。「学校側は封鎖解除の大分以前に一度ロックアウトをしてるんですが、その事件のおこる寸前でしたけれどね。あの大学の構内で、病院の看護婦さんやいろんな組合の反戦派の人たち、それからむろん他校の学生たちも含む集会が企画されたことがありました。現実にはそれは実現せず、集会はほんのすこしの人たちが校門附近に集ったただけに終ったんですが、その時にだけ、取材車を私たちは使いました。それまでの接触で、私たちは情報をはやくつかめたので、学校が騒ぎ出し、校門を一時閉鎖するまえに、車で構内に入り、本部をカメラでとらえられる位置に駐車していたんです」

「それで？」

「集会の予定は、たしか午後四時でした。たぶん二時半ごろ、封鎖の内で急病人が出たので、ちょっと車を貸してほしいと新田君を通じて依頼があったんですね。急性盲腸炎らしいということでした」

「それで貸したのか」

「ちょっと一瞬、躊躇はしたんですがね。救急車を呼んだらとも言ってみましたが、警察や消防署のやっかいにはなりたくないというのも解るような気がしますしね。それにちょっとした討議の録音だけで、まだ自由に内部を撮影できていない。これがきっかけになって封鎖派の人たちと対話する道がひらけるかもしれないと思いましてね。貸しました」

「会社の器材を君は、勝手に人に貸すんですか」次長が甲高く言う。

「いえ、ただ病人をはこんだだけです」

「君は同乗していったの」管理課長が言った。

「いや、私は、校門附近がざわついていて、なにか事件がありそうな気配だったし、私は本部の二階の窓から三人の女学生が縄梯子をつたって降りてきて、そして一人が二人に脇を扶けられて自動車のところまでやってきて、乗りこむのを確認してから、加地君、庄野君とともに校内に残りました」

「じゃ新田君は同乗していったわけですね」

「そうです」

「自動車はすぐ帰ってきたのかね」局長が替ってたずねた。

「いいえ、少し心配したほど遅かったですね。かつぎ込む病院の手配を先にととのえておかなかったらしく、市中の病院を大分堂々めぐりしたと新田君は言ってました」

「資材を運び込んだというこの抗議書の日時はその時にあたるわけだね」

「はっきりとは解りませんが、もし、そういうことがあったとすれば」

「自動車は何時ごろ戻ってきたのかね」

「さあ、校内のところで小ぜりあいがありましてね。内に入れろ、入れないということで頑丈な木の門が、片方めげてしまいましてね。その小ぜりあいの終ったのが五時半ごろ、もうだいぶんたそがれてました。それから、集会の出来ないまま閉め出された人たちのデモが校門前の道路であって、本部近くの植込みのかげに私が戻ったのは七時ごろでした」

「その時は自動車は戻っていた？」

「ええ、戻ってました」

「うん、大分事情が分って来た。念のために聞くが、社の自動車を貸したというのは、その時だけなんだね」

「ええ、その時だけです。第一、社の旗を立て自動車で校内に入って行くということをわれわれ自身が、その時いらいやめましたから。学校側が立柵を置いて、自動車の入構を禁じたせいもありますけれど」

「なるほど、じゃもう一つ、これが一番大事なことだが、新田君が登録証を寮生に借りた件だがね。新田君からもいずれ事情は聞かねばならんが、事実なのかね」

「事実です」

「それを使って内に入ったことも」

「ええ、事実です」

「それは、君たち第二班で、現地で相談したことですか？」佐々木次長が言った。

「その前の晩、新田君が登録証を借りて来て、みせてくれましたから」

「じゃ、君がそうせよと言ったわけなんですね」

「そうせよと言うと？」

「登録証を借りてきたのは新田君だけれども、それを使って入れと命令したのは君なんですね」

「命令はしませんけれど、相談を受け、賛成しました」

「登録証には写真が貼ってあったというが、その写真はどうしたの？　もとの人のをそのまま使ったの？」

「いいえ、新田君のに貼りかえました」

「どうしてそんなことを」

「なんというか、その時は非常に軽い気持で、新田君はもう一度、学生にもどって勉強しなおすといいやといった冗談を言って笑ってましてね。今、考えるとおかしいんですが」

「実際、近頃の若いもんは大きなどん柄をしとってもまるで子供じゃの」高木局長が半畳を入れた。「脚ばかりすくすくと伸びて、相撲取りでも琴ケ浜のような胴長で、腰がすわっとって、足技のうまい関取りはいなくなった。いや、あれは琴ケ浜じゃなかったかの、えーと、あれ、それ」局長は全然関係のないことを言い出し、与田専務に、自信のない関取りの名をたずねた。髯そりあとの青々とした専務はポーカー・フェイスで、相手にならず前を直視している。

「局長」と佐々木次長が苛立って言った。

「いや、そうそう、ともかく若い社員の監督責任に関しては、班長である君にも責任をとってもらわなきゃいかんね」

「はあ」木村秀人は笑いをかみ殺しながらうなずいた。

「単なる監督責任の問題でしょうか」すでに発言しはじめてから、ニュース部長の柴昌成が
「発言していいですか」と誰にともなく許可をもとめた。

「つまりですね、君は一体報道の中立性ということについてどう考えているんですか。この問題が告発されるされないということは別にしても、君や君たちの態度はおかしいとは思わなかったんでしょうか?」

「報道の中立性ですか?」木村秀人は柔らかそうな髪をかきあげた。「それはむつかしいですけど、まあ、取材しようとすることに関してですね。それがどんなことであれ必ず対立した立場というものが存在しますし、その対立している二極の間にもゼノンの矛盾のように無限に分割できる立場はあるでしょうが、物理的にそういうものの真中に立つというよりは、むしろ世間的見方というものを一たん排去して括弧づけし、可能な限り先入見に穢されないナイーブな態度で接近することじゃないかと考えています。つまりてっとり早く言ってしまえば、自分自身の眼でみるということですね。だから報道者や表現者の中正感覚は、議会の頭数や世論の天秤の支点というのとは違うと思うんですね。たとえば、Aの意見が三分の二を占め非Aの意見が数の上で三分の一あったとして算術的中正はAから非Aへのびる線分の三分の二の地点あた

りにあるということになりますね。馬鹿みたいな話ですが、実際上、現在のマスコミ、新聞なら新聞が視座をすえる位置はその数の上の均衡点になっています。しかし、ぼくはそれはおかしいんじゃないかと思うんです。それはいわば機械的な中立であって、それではその視座に報道機関の主体性は全然入っていないことになりますから。歌は世につれ、世は歌につれというにすぎません。かといってですね。なにか強力な理念や世界観を僕の方が懐いていて、どんな些細な事件からでも、全般的な原理的な理念を抽出してみせて、さあどうだという風な態度も、ぼくはとりません。そういう人もいてもいいと思いますし、世間の動向や嗜好に敏感で、その最大公約数的立場によって行動できる才能もこの世界では無意味じゃないとも思いますが、ぼくはそのどちらとも違っているつもりです」

「そういう態度が何故、非合法な手段を使って一方にだけ荷担するような取材と結びつくんですかね」

「別に一方にだけ荷担しているわけじゃありませんが、今次の大学紛争の問題提起者は、あきらかに全共闘の学生たちです。それ以外のストライキ組もいるだろうし、民青もいる。先生側にもいろんな態度があるでしょうね。政党はみなそれぞれ改革意見を並べたててるようだし、文部省にも文部省の態度はあるでしょう。しかし、そうした立場を異にし、意見を異にする全部の人にあたって、その意見を按配しなければ正確な報道はできないとはぜんぜん思わないわけですよ。全共闘なら全共闘にだけ焦点をしぼってもいいわけです。そして全共闘が抱え込んでいる矛盾や抱負、夢や絶望を、徹底的に掘りさげれば、当然、そこから一つの人間的なものとしての客観性というものが生れてくるはずです。そうじゃないでしょうか」

木村秀人の返答はいわば自由主義的な考え方のぎりぎりの線だった。それは首尾一貫していて、なかなかに見事ともいえた。三崎も時事解説で公表する言語としては、そうした言葉を用いるのだが、しかし今はなにか不満だった。なにが不満なのか。それは奇妙な感情だったが、もっと支離滅裂、自分の態度の定めようがなく、どうしようもないという、どん詰りの足掻きが彼の発言に籠っていないからなのだ。もっと困り切ったあげくに足を踏みはずすなら、彼は賛同する。やけのやんぱちの行為であった方が美しいのではなかったろうか。三崎は心のどこかでむしろ、尋問される者が居直って、見境なく周囲のものを逆に糾弾しはじめることを望んでいたのだった。

言説が見事に整理されているということと、それが啓示的であり、人を同じ問題に向わせる刺戟性をもつということとは別なことなのだから。

「登録証を新田洋子君が使った時の事情をもう少し具体的にきかしてもらおうか」と高木局長は言った。

「そうですね、我々はその朝、校門のところへ行き、まずカメラを校門の外にすえ、登校してくる学生を写し、パーンして校門のうちがわで検閲を受けている学生たちの様子を撮ることにしました。校門は鉄製にかわってましたが、格子だから、内部もみえるわけです。現に校門わきの守衛室のまえに小さなテントをはり、助教授クラスの人らしい二人の教員が小机を前においてすわっているのがみえました。封鎖解除いらい、その検問している教員の表情が妙に傲然としてるんですね。それは、封鎖中に我々がとったフィルムの中の教員の姿と対照的で、おもしろいと思いましたね。そしてバスから降りてきたのだろう一団の学生が来た時、新田君にまぎれ込んでもらって、そのあとをカメラで追ったわけです」

「新田君のあとをカメラで追った？　それはどういうことかね。文書偽造、偽造文書使用の証拠を自分で残しておくためかア」と局長は笑った。

「いや、そのことは説明しにくいんですがね。いろんな理由が入り組んでるんです。いずれフィルムを編集してから見ていただけるとわかると思いますが、従来はですね、取材している際には、取材している側の者の姿は画面には出ません。取材者は取材が終った地点で忍者のように姿を消します。いや取材中の時点ですでに声はすれども姿はみえず、です。対象を聴視者に直結するのがいいという考え方からですね。ただここ一、二年、われわれはいろんな局面で取材の拒否にあってきたわけです。そうした時、残念ながらカメラには、人間の意識とは違って、他者と対峙しながら同時に自分を反省するということはできません。視ながら視ている意識を分析することもできない。だが、そうした複数の、あるいは揺れ動く意識に相当するなにかを持ちこまねば到底、本当の報道とはいえないと考えざるをえない経験を何度かしているわけです。東大の安田講堂の〈落城〉のさいも、ニュース部の人々といっしょに現場にゆきましたが、報道関係者にむかって砦の上から、君たち報道陣にとって、東大事件とは何なのだとマイクが悲痛な声で問いかけてました。録音班がそれを録音する。それだけじゃなくて、当然、ふと、おれは何故ここに来てるんだろうと疑念にとらわれるわけですよ。その時、当然カメラは、学生と機動隊の攻防から一瞬はなれて、他の報道陣の人々、あるいは自分自身の表情をぱっと大写しにすべきなんですね。現場でぼくはそう言ったんだけど、他の報道陣にカメラを向けるのは、妙に具合が悪くてそれはとりあげてもらえなかった。しかし、今度は私が班長ですし、全共闘の人々の拒絶にあった時、それを説得している新田君の姿をも、カメラにおさめるようにと加地光代君に最初から頼んでおいたんですね。それが一つ。もう一つは、大へん矛盾したことなんですが、カメラの威力というものを一方では利用しようという気もあったんですね。どんなに演説慣れしている人でも、どんなに公私に落差の少ない人でも、カメラを向けられると、なんとなくすましてしまう。現に検問の教員たちは、自分たちの姿が、撮影されていると分った瞬間から、検問操作自体をまったく形式化して、登録証の写真と本人とをろくに見較べもせず鷹揚にうなずくだけで、一人の人などは書物を取り出して、本を読む振りすらした」

「困ったことをしてくれる。木村君ともあろう人が……。それじゃ、カメラの威力を利用して、新田君を校内に押しこんだようなものじゃないか」黒江部長が言った。

「正直なところを言ってるわけです。この点は反省してますが、だから内に入るためだけなら、実質上は、そのとき新田君はなんか定期券のようなものなどもっておれば入れたわけでした」

「なるほど」

「ま、細かいことを言うようですが、私たちでも時折なんかの事情で他人から預ったもの、ひとのノートや委任状なんかを持ってることはありますからね。それにまた、期限の切れた定期券を持っていたりすることだってあるわけですよ。あとで、新田君が寮生の登録証を持っていたことが解ったことと、その入門の際に、別段チェックされず、相手を欺いて入ったというより、一定の時間誰でも入れる状態にあったということとは、微妙な問題を残すわけです。もし裁判沙汰になるとしても……」

「裁判沙汰などになられちゃ困るよ、君」黒江報道部長はにがり切って言った。

「まだほかに学校側は、批判派の教員で、解雇された人の復職運動に、君たちが署名していることにも難くせをつけてきているが、それは別に個人の自由に属することだから、問題はない。問題ありませんね」高木局長は与田専務に念をおした。

「ええ、問題ないでしょう」与田専務は表情をまったく動かさずに言った。

「ほかに、まだ聞いておくことがありますかな」なにか時間の都合でもあるのか、急に事情聴取の会を早く打ち切りたい意向を露骨にしめして高木局長は、全員を見まわした。

「岩淵副部長の報告は?」佐々木次長が言った。

「いや、それは、また別に聞く」

三崎は、なにかふん切りの悪さを覚えながら、高木局長の鷹揚さに眩惑されて、事態を楽観した。いや、それはなにも局長の眩惑でもなかったかもしれない。事情が了承できたとき、ねちこく皆が欠点をほじくり出す前に、会議をぱしっと打切るのも、一つの世間的知恵であり、局長なりの善意だったかもしれない。その場に関する限り、組合の役員を同席させた局の家族主義もことの処理に幸いしそうにみえた。三崎は欠伸を噛みころして立ちあがり、黒江報道部長の方に寄っていった。公害=私害問題に関して黒江が保留している意見を聞くためだった。

だが、三崎は、少しは異議を提出してみたりしながらも、同年輩あるいはそれ以上の人たちばかりとの会議の表面的な紳士ぶり、居心地よさのために、一瞬あることを忘れていたのだった。この現実の全体を貫流している冷厳な意志はどういうものであったか。そして抑圧されながらも奥底の方から、坊主地獄の泡のように噴き出しはじめている新しい運動と意志があるのだということ、を。

第六章

外に降りつづく冬の雨が電車の窓ガラスにあたり、水滴が斜めの線を描いて落ちた。日はすでに暮れ、大都会の家並みは、ぼんやりと雨の中に拡散する電灯やネオンの光りに還元されていた。だがそれで都会の醜さが融暗してしまっていたわけでもなかった。退勤時《ひけ》の郊外電車は身動きもできないラッシュで、三崎省吾はホーム側とは反対の扉に押しつけられたままだった。季節は冬とはいえ、雨が降っていて窓は密閉され、車内は人いきれで窒息しそうだった。書類綴を人と人の間にはさまれ、片手はのびきった不自然な姿勢で、三崎はじっとりと額に汗のにじむのに耐えていた。ここのところ夜には浅い睡りしかおとずれず、昼間はコーヒーで辛うじて自分を保っている。満員電車の胸苦しさは、ただ汗の滲みだけではなく、ふっと瞬間的に彼の意識を失わせる。ただ救いは、汗ばんだ額を冷たい扉の窓ガラスにおしあてることができることだけだった。

城よし子も同じように扉に体をおしつけられ、頬をガラスに当てていた。外は暗いから、彼女の、マフラーと短い髪が雨滴に濡れたガラスの面にぼんやり映っている。そして口のあたりだけ硝子が曇って映像も途切れているのだった。

「やはりどこかで少し時間をつぶすべきだったな」三崎が話しかけた。「あんまり糞真面目に振舞うとろくな目にあわない」

「痛い、痛い」城よし子は自分を押しつけている乗客の方を振りかえろうとしたらしかった。だが、それは無駄だった。身動きはとれず、また彼女の隣の乗客が悪いわけでもない。一蓮托生、乗っている間は誰にも自由はないのだから。同じ方向に帰る五十嵐顕も同じ車輛のどこかにいるはずだったが、三崎が首をねじまげられる範囲の視界には、その姿はなかった。

帰宅時間がラッシュにかちあうことはめったにないのだが、その日は珍しく定時に解説員が全員退社した。ただ会社の備つけの傘が二本しかなくて、なんとなく一しょに駅まで来てしまったのが失敗だった。独りなら当然混雑は避けていたはずだった。

「ちょっと寄り道しますか」と声をかければ、五十嵐顕も城よし子も無条件に賛成しただろうが、人を誘うには三崎の嚢中が乏しくなりすぎていた。日曜日、娘の真澄の着ているオーバーが、いかにも窮屈そうで、母に余分にお金を手渡したためである。そのうえ彼は昨日ターミナルの百貨店で余計な買物をしていた。

三崎はもぞもぞと体を動かし、空いている右手でポケットを探った。オーバーが邪魔になって、服のポケットの中身は容易にはとり出せない。

「動けますか?」と三崎は城よし子に言った。

頰をガラスにあてたまま、彼女はわずかに首を振った。

「手は?」

体を少しずらせ、城よし子は右手を頰のところまで挙げて微笑し、自分の息が窓ガラスに作った蒸気のくもりに指先で字を書いた。YES。

どこか目のとどかない処で乗客が罵りあっている。三崎は週刊誌の吊広告にしばらく目を注いだ。佐々木次長の取越苦労が今は現実となって、「全共闘支持取材班の狂態」と銘打って週刊誌は社の報道部第二班の失態を小気味よげに皮肉っていた。広告は芸能人の離婚沙汰や非行少年の性犯罪と同じ次元に事件を並べている故に、いっそう惨めだった。三崎は出勤時にすでに、週刊誌のすっぱ抜きに気付いていて、駅の売店でその記事を覗いてもみたのだが、不愉快で買う気にもなれず会社の中でもそのことはことさらに口にしなかった。詳しく読んだわけではないが、記事は独自な調査にもとづくものとは思えなかった。不確かな噂、それも局の内部のものが情報を流したような節もあり、その疑惑が一層彼を不機嫌にしたのだった。

三崎は目を閉ざし、せめて意識の中からだけでも、その事件を排除しようとした。

「お気分が悪いんですか」城よし子の声がした。

「いやいや」と彼は言った。

三崎の片手はポケットの中で柔らかい革手袋に触れていた。会社で休憩時間に返そうと何度か試みながら、その機会をつかみそこねていた。満員電車の人ごみが、はじめて、城よし子と個人的な会話を交す場を彼にあたえたようなものだ。なにか皮肉なことだった。三崎は気にかかる週刊誌の広告になおちらちら視線をはせながら、「この前、革手袋を忘れたでしょう。片方だけ」と城よし子に言った。城よし子はしばらくきょとんとして彼を見あげ、ついで不意に頬を上気させた。

「あら、ありました？　よかったわ。タクシーの中に忘れたのかなと思ってた。悲観してたの。この間買ったばかりだったし」

「有難う。ひどく世話になってしまったようで。どうも最後の方はよく覚えてないんですけどね」

「いいえ、おとなしい酔っぱらいさんでしたわ」

「なにかくだらんことをわめき散らしたりしなかったかな」

「でも、案外きれいなのね、お部屋。もっと一面に黴でも生えてるのかと思ってた。ふふ」

「どうも変なところでお礼を言うことになっちまったけど、いま思い出したから」三崎は手袋をとり出し、不自由な姿勢のまま、それを手渡した。

「いいえ、こちらこそ」

受けとった城よし子は、それをオーバーのポケットに入れようとした。「あら、内になにか入ってるみたいだわ」

「お礼のしるしです。チョコレートか何か入ってるんじゃないかな」

「そうかしら。チョコレートじゃないみたいだけど」

「手袋ですからね。靴下と違ってあまりものは入らない。貧乏なサンタ小父さんも助かったわけだ」三崎は笑った。

「ありがと」子供のような口調で城よし子は言った。

次の駅で乗客は少しへった。見廻すと、依然として押しあいへしあいしている車の中央部で、五十嵐顕は吊革にぶらさがり、体を斜めにして強引に週刊誌を読んでいた。多分、すっぱ抜かれた記事、悪意と中傷にみちた暴露記事を読んでいるのだろう。退屈しのぎにしては、五十嵐顕の表情は真剣すぎた。それにしても、こんな満員電車の中で、体を斜めにしてまで読まなくていいものを。

三崎の直観では、その週刊誌のすっぱ抜きは、過激な学生運動への反感が、それに共感的な報道人への槍玉となったというだけのことではなさそうだった。それならむしろ事は簡単である。だがその週刊誌と三崎たちのテレビ局とは、経営者層の人脈において、同じ保守党内の違った派閥につらなっており、その足のひっぱり合いがからんでいそうだった。多分、数年前、現会長が社長を退いた際の、社長人事のくすぶりとも無縁ではない。記事はおそろしく居丈高で高圧的だった。もっとも、それはあくまで三崎の直観であって、証拠は何もなく、また彼に真相を究明する手段はない。

「この前の日曜日は外出をなさったんですか」城よし子がうるおいのある声で言った。三崎は我に返り、意味もなく微笑した。

「お昼頃に電話してみたんですよ」

そう言えば、午すぎまでうとうとしていた蒲団の中で、一、二度、電話のベルの鳴るのを聞いたような記憶があった。いや、はっきり受話器の鳴るのが聞えておりながら、わざと出なかったのだろうか。

「なにか用事があったんですか」三崎は言った。

「いいえ」城よし子は小さく首を振った。「別段用事じゃなかったけど、この前はじめて室長さんの部屋へうかがったでしょ。台所にインスタント・ラーメンが山と積んであったりして、なんとなく哀れをもよおしたわけ。御飯でもたきに行ってさしあげようかと思って……」

「いやいや、そんなに気を使ってくれなくてもいいんですよ。結構気楽にやってんですから」

三崎はこの前の日曜、机の前に坐って原稿を書こうとしながら、指がしびれて何度も筆をとりおとした時の、はりさけんばかりの苛立ちと不安を思った。偶然にすぎないだろうが、彼はあの時、たしかに盲目の嬰児のように誰かの救いを求めていたのだった。

「なぜかしら、母性本能をかき立てられちゃうな、実際」やや蓮っ葉な口調で城よし子は言った。

「どういたしまして」三崎は強がりを言った。「こう見えても、自主独立、全然不自由はしておりませんから」

強いて距離をおこうとしながらも、冷えきった心に小さな灯の点るような感情を味わったことも事実だった。

「なにか御用事のあるときは、おっしゃって下さい」と城よし子は言った。

「有難う」

三崎の気分は、満員の息苦しさにも拘らず、軌道の継ぎ目に鳴る車輪のリズミカルな音になぜとなく弾みかけていた。心の弾みの理由は独り暮しで時折り下着を買いに立ちよる百貨店で不意に思いついて瑪瑙のブローチを、先日世話になった返礼に買ってみたというだけのことだった。余計なことかなという反省もなくはなかったが、不自然でなくそれを手渡せて彼は幸福だった。城よし子は飴玉でもふくんだように頰をふくらませて微笑していた。

だが残念ながら、理由も定かでなく弾む心に身をゆだねるためには、三崎は齢をとりすぎており、彼の過去は重すぎた。

もう十年も以前、彼はこうした理由のない心の弾みで乗物にのり、幾分軽率な心の弾みで人に会ったこともあったが、それは結局、彼の生活には幸いしなかった。ともどもに亡霊に睨みすえられるような心理の緊張からついに脱れられず、互いに傷つけあい、啀《いが》みあうことになっただけだった。

以来、彼は個人的な人間関係には臆病になっており、自分の心のざわめきに対してシニックになっていた。そうならざるを得なかったのだ。


三崎がはじめて、梶哲也の愛人のところをたずねたのは、雨こそ降ってはいなかったが、やはり、人々がオーバーに着ぶくれ、満員の車内にしきりに咳の音がとびかう季節だった。炭坑地帯で梶哲也は蒸発したまま、ついに期限切れで自動退職の措置がとられ、その乏しい退職金をもって三崎は、話にはきいていたけれども実際に会ったことはない、陶山千賀の寄宿先をたずねた。千賀の方から、梶のことを心配して会社に二、三度電話があり、一度会いたいという申し出があった。それだけならば、尋ねてこられればともかく、彼の方から出向くことはなかったかもしれない。退職金を梶の本籍に送るべきか否かで迷ったことが、きっかけとなったのだ。

いくぶん危険な予感があり、しかもそれを愉しむ好奇心があったと思う。いま乗っている路線の終点近く、土の質が悪くて名前は通ってはいないが大型の陶器が造られている街。その駅頭に降り立ったときの、一種運命的な感じを、彼はいまもよく覚えている。

降り立ったこの私鉄の小駅は、季節はずれで観光客もなく、寒々としていたものだ。国宝級の寺院もあり、私鉄の開発した渓流沿いの遊歩道や、鉱泉を湧かしている遊興施設もあるはずだったが、厳寒期で人影はなく、二つあるプラットホームの一つに、見慣れない荷物運送車が所在なげに停車していた。臨時の切符売り場や、乗客整理の柵も、用がなくてはなんとなくもの哀しげにみえる。駅前の広場にバスが一台とまっていたが、容易に動き出しそうにもなかった。

彼は駅前の土産物売場を兼ねた煙草屋で道を尋ねた。粘土をこねて轆轤をまわしたりしているということで変った仕事をしているのだなと思っていた。だが所番地を示して聞いてみると、駅弁用の茶壺普及会というのは、実は単なる窯元《かまもと》ではなく、精神薄弱児の収容施設なのだった。そういう所に泊り込みで勤めている女性と梶哲也がどこで知りあったのか、一層好奇心をかきたてられながら、彼は一人だけ同じ方向に歩いてゆく、大きな竹籠を背負った農婦のあとを追った。周辺一帯は細長く先細りの盆地になっていて、どっちを向いても見える平凡な山のつらなりは、木々が落葉して灰色にみえた。藁葺き屋根の農家があり、大根の干し棚があり、そして部落からはずれた山麓にところどころ窯元らしいへしゃげたトタン屋根がみえた。その煙突から一条二条、煙が薄く流れ出している。

田舎の人がほんの近くという距離は、三崎のぶらぶら歩きには相当な距離があって、道が川を跨いで石橋になるあたりで、バスは通らないのかと人に尋ねたのを覚えている。いや、大都会の喧噪から久しぶりに解放されたからだったろうか、その橋の上からの、田園の展望もよく覚えている。風景にとりたてて指摘できる特徴的な輪郭などありはしなかったのだが、川の洲は素晴しく白く、作物の刈りとられたあとの田畑の褐色、そして山の灰色の配色が、時代がかった水彩画のように彼の目にしみた。冷たく、しかも清冽な冬の風に頬をくすぐられながら吸った煙草の味も美味だった。

目的地附近までバスが通っていないわけではなく、その石橋のたもとが停車場にもなってはいたが、本数は一時間に一本程度にすぎなかった。しばらく煙草を吸いながら、バス停の、はげてしまった時刻表示板と腕時計を見較べ、結局、彼は山手に向って歩いていった。

鱒の釣池が瞰下せたり、葉の落ち尽した裸木ながら、赤い肌の桜の並木があったりして、退屈はしなかった。小一時間は歩いただろうか。道の舗装が消え、樹々の人工的な手入れもなくなった頃、ハイキングコースのように細くわきにそれる道があって、半ば朽ちた木の立札が、三崎茶壺普及会のありかを示していた。あたりの景色がなかなかに抒情的だったものだから、三崎はいつしか、その茶壺普及会というのを瀟洒な建物で、幾分隠遁的な桃源境のように錯覚していた。人徳秀れた陶工師が精薄児の社会復帰事業を兼ねて窯元を経営しているのだろう、と。いや、事実そうには違いなかったのだが、枯葉のつもったわき道が行きどまりになるのでなければ、彼は気付かずに通り過してしまうところだった。建物は地面にへばりついたような低いトタン屋根の牛小屋とも長屋ともつかぬ掘立小屋であり、窯は山麓の窪地に、粘土の肌も荒々しく、雨よけの設備もなく露出しているだけだった。

たまたま、垣根のそばに年齢の定かでない男が一人、ぼんやり立っていて、彼は陶山千賀の在不在を尋ねてみたが、その男はぼんやりと三崎の眼を見返しているだけで返事をしなかった。

その時、建物の裏手で、ヒステリックな女の叫び声がした。

「なにしてるのよ。そんな泥んこの手で食事をするつもりなの。死ななきゃなおらないの、本当に。何度言ったら解るのよ」

続いて、派手にぱちと頬を打つ音がした。いや、自分の手を打ちあわせたのだろうか。声がわり期の少年の、のろのろした返答の声がし、一人ではなく、数人のざわめきがあった。

案内を乞うのを諦めて、トタン屋根の平屋に近より、戸口から内部を覗くと、すでに素焼きされた茶壺が雛段型の板の上に夥しく並んでいた。そして奥の方に一つだけ轆轤があって、じいんべを羽織り、モンペを穿いた年輩の男がひとり、粘土を細工していた。何か声をかけるのをはばかる気配があり、彼はしばらくその後姿をみて、戸口をはなれた。

裏手にまわってみると、植込みだけは豊富すぎる庭があり、その一隅の井戸端でジーパンを穿いた女性が盥一杯に汚れ物をあふれるように入れて洗濯していた。動作の妙にのろのろした少年たちが、その女性の周囲に、なにをするでもなく立っている。三崎が近寄ると、鈍く反応して、ある者は後ずさり、なかの一人はつるべの桶を井戸におとした。滑車が激しく軋み、底の方で水音が響く。しかし声をあげた者はいなかった。

「陶山さんは、こちらでしょうか。××テレビ局の三崎というものですが」と彼は言った。

洗濯板に手荒く布をこすりつけていた女性の手が、その時ぴたっととまった。その女性は俯いたまま、姉さんかぶりにしていた日本手拭をとり、石鹼の泡に濡れた手を拭った。そして依然として顔をそむけたまま、後れ毛を掻きあげて立ちあがった。上は男ものようなトックリ首の毛糸のセーターを着、下は色あせた紺のジーパン、それに汚れた前掛けが垂れている。先程の声からしてヒステリックな中年の女性を想像していたのだが、顔をあわせてみると、顔の輪郭はまだ二十代だった。彼女は暗く底光りする眸を、三崎に注ぎ、そして「私が陶山ですけれど」と言った。

「あなたですか」三崎は失望した。

「みんな、あっちへ行ってなさい」陶山千賀は子供たちを振返って鋭い声で命令し、そして再び三崎の方をむいた。

「こちらから、本当はおうかがいしなきゃいけませんのに。閑をみつけられないもんですから」

「それは、いいんですが」

「どうぞ、汚い所ですけど……」作業場とは別棟の建物の方に彼女は誘った。

「いや、私はここで失礼しましょう。お仕事の邪魔になってはいけませんから。ただ、お渡しするものを持ってきただけですから」

その時、建物の内部から窓越しにこちらを窺っている顔があるのに三崎は気付いた。それも魯鈍な精薄児の顔だった。建物全体の雰囲気が、およそ社会事業団らしくなく陰惨で、三崎は皮膚に汚れが粘りつくような感覚を味わった。彼はなんとなくうんざりし、親友の退職の後始末のためとはいえ、自分のおせっかいが馬鹿馬鹿しくなった。なにを好きこのんで、こんな所まで出向いてきたのか。取りにこさすか、郵送すれば事はすんだのだ。そのうんざりした気分が声に出たに違いなかった。「ここへ、判こさえ押していただければいいんで、私は、すぐ失礼します」と言った時、彼女の頰から血の気がひいていった。

これまで、ポリオ患者の職業訓練所や、身体障害者の社会復帰施設に取材に行ったことがないではなかった。だがそれらは皆、よき指導者に恵まれ、自治体の援助も受け、経営的にも成り立っている、いわば成功した団体だった。明るい採光、瀟洒な建物、近代的な設備、経営者の説く博愛の精神……。三崎の側に安直な固定観念が出来あがっていて、どんな部門の仕事にせよ、一つの成功のうらには幾つかの失敗例があり、どうしようもなく落ちぶれてゆくものがあることを忘れていたのだ。考えてみれば、当時、汽車弁の茶壺にも、すでに合成樹脂製品が出まわっていて、少なくとも国鉄の幹線からは、なつかしい素焼きの茶壺はほとんど姿を消していた。それが如何になつかしいものでも、経済の法則に合わぬものは没落してゆく。精薄児を使って、たとえ人件費を安くきりつめても、一つ一つ作る素焼の手仕事が、大量生産する石油化学に勝てるわけはなかった。

「でも、まあ、ちょっとお入り下さい」と陶山千賀は哀願するように言った。

「いや、梶君のことは、また別の機会にお話することにしまして。今日は、一たん会社へ戻らねばなりませんから」

うら若い身で、どうしてこういう労多くして功寡い仕事をされているのか。いつごろから、どういうつもりで、こういう仕事をしているのか。話題はいろいろあったはずだった。だが、職員住宅らしい建物から流れでてくる、漬物臭い、貧困の臭いに胸がむかつき、三崎はなにか酷薄な気持になっていた。彼は早く用件をすますことばかり考えていた。

その時だった。樹々の梢の方に目をそらせていた三崎の耳に、しぼりあげるような悲鳴が聞えた。驚いて振りかえると、陶山千賀は、盥のそば、濡れて水たまりになっている井戸端にぺったりとしゃがみこみ、顔を覆って嗚咽していたのだった。

おう、と獣がほえるように彼女は泣いた。

それが、まだ若かった三崎と、いまは別れてしまった妻との、最初の出会いだった。


「あれっ、よし坊はこの前の駅でおりるんじゃなかったのかな」

電車はベッドタウン地帯に入り、どっと乗客がおりる駅があり、座席にも空きができた。空席はすぐ人に奪われてしまったが自由になった通路を通って、五十嵐顕が近寄ってきて言った。

「そうね」城よし子はぼんやりして言った。もう彼女も体を扉に密着させている必要はなくなったのだが、依然として彼女は頬をガラスに寄せたままだった。

「五十嵐君は次の駅だったかな」三崎は言った。

「次の次ですけど」彼はまるめた週刊誌で、吊革をなぶりながら言った。不機嫌そうなのは、読みおわった週刊誌の内容のせいだろう。

「よし坊は、これ読んだか?」果して五十嵐顕は、週刊誌をつき出して言った。

「なにか載ってるの」

「なんだ、うといんだな。まだ知らなかったのか。そこの吊広告にもあるじゃないか」

「ああ、あれのこと」

読んだとも読まないとも城よし子は言わなかった。

「五十嵐君の降りる駅の近所に、焼鳥屋でもないかね」三崎は言った。

「ありますよ。掘立小屋ですけどね。少し飲みますか。なにかむしゃくしゃしてやり切れません」五十嵐顕の胸のうちには、週刊誌の記事に関して吐きだしたい憤懣が詰っているはずだった。

「掘立小屋はいやだわ。寒いもの」

「じゃ、寿司屋でもいい」

「ありますよ、寿司屋も」

衆議は一決して、結局、三崎はまた寄り道することになった。もっとも、振り切って自分の降りるべき駅まで直行してみたところで、やはり駅前で時間をつぶすだろうことには変りはなかった。

「なんですか、こりゃ一体」腰をおちつける間ももどかしげに、五十嵐顕は憤懣をもらした。

寿司屋の主人は、おしぼりも使わず、週刊誌の紙面をぱたぱたと打っている若い客の振舞いを不興げに見ている。

「適当に見つくろって下さい」と三崎は言った。

「血迷った報道の良心と驚くべき俗念。一升瓶をもってもみ消し工作。これは一体どういうことなんです。明日抗議に行こうじゃないですか。僕はいきますよ。新田さんや庄野君と一緒に、この雑誌社に抗議にいってくる」

「今日、局長は会社の顧問弁護士に電話をしていたがね。むつかしいそうだ、名誉毀損で訴えるのには」三崎は言った。

「ひどい文章だけれども、個人的な名誉毀損にはならないように、ちゃんと配慮してあるという」

「いや、事実は事実として書いたっていいですよ。でも事件をとりあげる角度が全然間違ってるじゃないですか」

「まあ、寿司をつまみなさい」と三崎は言った。

「会社次元で抗議できなくったって、それでことが終りというわけじゃないですよ。僕たちが追及することだってできる。これは第二班の人たちだけじゃなく放送労働者に対するひどい侮蔑ですよ」

「まあ、ともかく、お茶なりと飲みなさい。空き腹だとよけい腹が立つ」

一番隅に坐った城よし子の方をうかがうと、彼女はあまり生物《なまもの》が好きではないのか、目の前に並べられた寿司を選択に迷いながらぼんやりと眺めている。三崎はあらためて酒を注文した。

「しかも、この記事の筆者はあきらかにペンネームでしょう。ふざけた名前だ。自分の書いた記事に責任をとらず、載せた方もその書き手に責任を転嫁できるようになっている。卑劣だよ。こんなことだから、報道機関全体がますます信用を失うんじゃないですか」

寿司屋の店主の不興げな顔に、はらはらしながらも三崎は一本調子に怒っている五十嵐の若さを内心羨んでいた。三崎にもペンネームや匿名のかくれ蓑に隠れて卑しい中傷を投げかける卑しい精神に対する憤りがないわけではない、そうした卑しい精神を利用して販路を開拓する商業主義に対しても。しかし三崎は五十嵐と違って憤怒が行動を促して相手に向うまえに、なぜか相手が憐れになってしまうのだった。確かに悪意でもってこの事件をとりあげた者がいる。だが、直接この記事を書いた人間がその張本人ではおそらくはない。直接の書き手は、まともな職も持たず鬱屈しているゴースト・ライターであり、恐らく彼は寒々とした下宿の一室で、なにに向けてよいのか解らぬ憤懣に顔を蒼ざめさせながら、注文主の意向に沿おうとして、彼自身が持っている能力以下の下司っぽい文章を書いたに違いない。手をまわせば、恐らく誰が書いたのかを知るのも困難ではないだろう。ひょっとすると、三崎たちの社の芸能部の下請原稿ぐらいは書いたことのある不遇な文学青年かも知れないのだ。それでは、その週刊誌の編集長が悪いのか。むろん形式上責任を負うべきは編集長には違いないが、三崎の直観にあやまりがなければ、彼もまた一つの傀儡にすぎまい。いつぞや深夜レストランに、つけ睫毛の濃い若い女性を伴って、酒を飲みに来ていた顔見知りの週刊誌の編集長の顔を三崎は思い浮べた。あの目許を黒ずませたニヒリスティックな編集長が、自分の政治的信条からして、今度の報道部第二班の行動を許せないものと憤り、全責任を負って、この事件をとりあげたとは到底思えないのだった。

「まあ、待ちなさい」三崎は五十嵐の猪口に酒をついでやりながら言った。「君や君たちがあの週刊誌に怒鳴りこんでいっては、火に油をそそぐようなもんだ。そのこと自体がまた紛糾をまねく。幸いあの週刊誌の編集長を私は知ってるから、私が話しに行ってもいい。謝罪文ぐらいは出させるよ」

「三崎さんは、この雑誌の編集長を知ってるんですか」

「顔見知り程度だがね」君たちも深夜のレストランで一、二度顔をあわせたことはあるはずだとは、三崎は言わなかった。

「しかし、なにか苛立たしいんだな。三崎さんが話しこみにいって、ある程度の了解がついて、……それで事が終ってしまう。結局、書き手もマスコミの媒介人も、誰も責任はとらないわけでしょう。アメーバーのようにぐねぐね身動きしながら、無責任の体系はますます肥大してゆく」

「仮りに、この週刊誌を一層大きな政治力でどんと殴りつけたとしても、こぼれ落ちるのは、組織の末端に辛うじてしがみついていた弱い者だけだろうよ。とことん問いつめて、この筆者を出せと迫ってみても、弱い弱い立場のライターが、その収入源を失って転落していくだけのような気がする」

「僕は反対です。仮りにそうだとしても、追及すべき者は追及すべきですよ。かりに内情が室長の言う通りにせよ、マスコミの悪魔に魂を売った、書き手や編集者は弾劾すべきです。自己批判を迫るべきです。表現にはすべて責任が伴うということを思い知らせるべきです」

「個人を追及したり、自殺に追いやったりしたって何もならないさ。替りは幾らでも出てくるんだから。こういう型の表現を許す構造そのものを変えなければ……」

「口でなにを言ったって、制度を多少いじったところで、三崎さんのいう構造はかわりませんよ。いやだなあ、室長は。お酒を前にしてがくっと肩をおとして、そういう物分りの好すぎる陰鬱な口調でものを言う室長は、いやだなあ」

不意に五十嵐顕の口調は感覚的になった。そして確かに三崎は酒を前にして、何をする気力もなく疲労していた。

「よし坊はどう思う?」と五十嵐は幾らか気をとりなおしたように話しかけた。

「このお寿司、よかったら食べてよ」彼女は全然別なことを言った。

「なんだ、全然聞いてなかったのか」

「聞えてたわよ。お店全体にがんがん響くような声で怒鳴ってるんだから。でも、今はその話はもうやめましょうよ。室長さんも疲れてられるみたいだし」

「そりゃ、別の機会にしたっていいけど、それなら一体なんの話をするんだい」

「そんなに意識的に話題をあさらなくったっていいけど、そうだな、私はこの前のお話の続きをききたいな」

「この前？」

「それ、入社当時三崎さんと報道部で一緒に仕事をなすってて、三井三池に取材に行ったまま帰ってこなかった人」城よし子は三崎の顔を覗き込むようにして言った。「梶哲也さんと言われたかしら。仕事の上でも、恋愛関係でも室長さんのライバルだった方……」

「そんなこと言いましたか」三崎は飲みかけていた酒にむせた。

「なんだよ。何を言いだすのかと思ったら。テレビ・メロドラマの悪影響、恐るべしだよ」五十嵐顕が三崎に代って慨歎した。「どうかしてるよ、よし坊は」

「童貞は黙ってなさい」と城よし子は応じた。

五十嵐顕は邪気のない顔で笑い、そして「僕が童貞だってこと、どうして解るの？」と言った。政治の問題に関しては急進的な五十嵐顕も、一方ではひどく幼稚な部分があって、うまうまと城よし子に鎌をかけられたわけだった。しばらくして彼はそれに気付き、先程まで怒っていたのが嘘のように、ひとりで笑いこけた。

第七章

ほんの一日だけのことながら三崎は出張を命ぜられた。民放祭の報道部門の優秀作品が決定される日、もし受賞した際、賞状を受理する局側の代表としてである。作品を出品し第一次選考を通過したからといって受賞するとは限らないが、内容の充実度だけではなく、ニュース性、カメラ操作、着眼、問題意識等、賞はこまかく分れていたから、受賞作品が一局にばかり片寄るということはまずなかった。本来なら報道部長か副部長が、出席すべきなのだが、第二班の問題の善後処理があって、お鉢が三崎にまわった。ただ、今年の民放祭担当局が、関西の万国博会場に近いテレビ局であり、一日中、試写室で審査がすすめられる間に、開催間近い万国博の視察も兼ねてもらいたいと彼は命ぜられていた。ニュース部だけではなく、いよいよ開催となれば、解説室も精力の幾分かを万国博にさかねばならなかった。今年になってから、ようやく万国博を宣伝する番組も各局に一、二本ずつあらわれはじめ、また昨年のべ平連の反戦のための万国博や、キリスト教館に対するプロテスタント系青年信徒の異議申し立てなど、既に、マスコミにとりあげられた関連問題もあったが、三崎は正直なところ万博そのものにあまり関心が持てないでいた。なぜそういう催物をするのか、根本的なところで彼の感覚はずれているらしかった。しかし個人的な関心度を優先することはできない。事実、それはオリンピックとは比較にならぬ厖大な資本、会場にだけ限っても五千億の資本を投下して行なわれる以上は、報道機関としては真正面からとりあげねばならない。七十七ヵ国が参加し、しかもアジアでの開催ははじめてである。万国博によって一体何がもたらされるのか、時事解説者としてはそろそろ自分の態度を決めておかねばならなかった。

民放祭の主催テレビ局は大阪郊外のなだらかな丘陵地帯に位置していて、前庭の芝生は褐色に萎えてはいたけれども眺望はひらけ建物も瀟洒でゆったりしていた。かつて数年前に一度訪れた時に較べると周囲に大分住宅も建てこんではいたが、それでも狭いビル街に蹈蹐している三崎の勤める局に較べればまるで別天地だった。

長い審査まちの間、三崎は同年輩の他局の報道関係者と名刺を交換し、あるいは久闊の挨拶をかわした。みな自社の候補作や特に興味のあるテーマをあつかったものは、審査委員の後の座席でおつきあいをしたが、午後になると各局の代表者たちは幾分だれた。出品点数はキイ・ステーション六局がそれぞれ三作品ずつ、おおむね三十分番組だったから、コマーシャルを削除しても写されている時間だけでも優に八時間に及ぶ。審査員は六人、作家や主婦代表や映画評論家など、地理的条件から関西の文化人に限られていたが、いつもならこういう席には必ず顔を出す大学教授のいないのが異例といえば言えた。

三崎は昼食に外に出たついでに、万国博会場の方にまわろうとした。局の受付でタクシーを頼めばよかったのだが、玄関に貼られた周辺地図では、ほんの間近に万博会場があるように見えた。見知らぬ土地のもの珍しさも手伝って、三崎はぶらりぶらり歩みはじめた。うどん屋で簡単な食事をとり、それから何分ぐらい歩いただろうか。人に訊くと、会場まではやはり電車で戻る方がいいけれど、あの高台に登れば、会場そのものは展望できると、丘陵を指さされた。「会場には展望台が特別に作られているんやけどね。もう一日に七、八万人も観光客がつめかけとるちゅうこってすわ。工事現場まで入れるわけやなし、あの高台からの方がよろしおま」その人の指さした丘陵の上空をヘリコプターが飛んでいた。しばらくどうしようかと迷い、三崎は丘陵への坂道を選んだ。道は白く乾燥していて、勾配も中腹になるにつれて急になったが、その急な傾斜地にも、建売らしい新建材の家が建ち、まだ建っていない部分も山肌は切りひらかれ、石垣が築かれて区画されていた。

しばらく行くと、切通しの崖が大きくえぐり取られて崩壊している部分があり、その崖に接近した真新しい家屋が、半ば砂をかぶって埋もれていた。上を見あげると、崩れた崖の上にも家があって、木の根が露出し、石垣が崩れ、家の一端が地盤を失って虚空につき出たようになっている。もう一度集中的な豪雨でもあれば、崖上の家は倒壊し崖下の家は惨事に埋れるだろう。公害＝私害論が三崎の脳裡にあって、なにかの参考のためにと、彼はカメラのキャップをはずし、家の白いペンキを塗った木柵に近寄って、シャッターを切った。ファインダーを通してみると、崖は一層急角度にみえ、崖の上の家自体がほとんど非現実な世界にみえた。

「府の方ですか。土木課の方ですか」

横あいから女の声がかかり、三崎は悪戯の現場をおさえられたように周章した。

「いつ工事にかかってくれはりますのん。この前はコンクリートの粒を吹きつけたら、当分の間は崖くずれは防げると言うてはったでしょ」

半ば土砂に埋れている家にも、なお人が住んでいるのだった。しかも開けられた勝手口からは子供たちの嬌声までがする。

三崎は自分は役人ではないが、ただこうした宅地造成の実体を調査しているものだからと、弁解した。

「ほんとにひどいんですよ」エプロン姿の年輩の婦人は三崎の言葉を真に受けてか、休みなしに喋りはじめた。「やっとの思いで土地と家を手に入れたと思ったら、これでしょ。去年の春にこの家に移って、秋の長雨の時に上から石垣が崩れてきて。幸い誰も怪我はしませんでしたけれど、裏庭は全部埋れてしもうて、それから雨の降るたびに、土のかさが増えてるんですよ」

立ち去る機会を逸したまま、三崎はぼんやりと崖に目を注いでいた。

「この土地を売った不動産屋へかけあいにいってみたら、事務所のあったところはもぬけの殻でしょ。騙されたんですよ。警察にも府庁にも訴えにいったけれど、現場を一度見にきてくれただけ。何もしてくれやしない。仕様がないから、あの崖の上の広瀬さんと話合いをしてるんですけどね。あの方も、停年退職のお金で家つきの土地を買われて、年金いがいに特別な収入はないというんですよ。人はいい人で、自分とこの敷地が崩れて私とこへ迷惑をかけてると気の毒がってくれて、どこか働き口がみつかったら少しでも弁償をするというてはくれてはるんやけど、あの人だって、雨が降るたびに敷地がへって、いつ家がこわれるか知れたもんじゃないでしょ。同じ不動産屋に騙された被害者ですもんね。でも、素人には工事の手を抜いてあるかどうかわかりやしない。どうしてこんな杜撰な工事を、役所が許可するんでしょ。役所は役所で、管轄内の工事に全部が全部立ちあえはせんと言うでしょ。どこにも文句を言ってゆく処がないんですよ」

苦情を訴えられたところで、行きずりの三崎にどうするすべもありはしなかった。婦人はなおもしばらく三崎に鬱憤をもらし、三崎もしばらく行きがかりの縁に付きあって、そして丘陵の天辺へと登った。

頂上にはまだ残っている木立が邪魔をして、万博会場の全域は見わたすことはできなかったが、一望して彼は度胆をぬかれた。なにか異様なことが起っていた。広大な芝生と幅広い環状道路にはさまれた敷地に、日常性を遮断した極彩色の建物がにょきにょきと立ち、すでに傾きかけた陽の光をあびて怪しく光っている。

五輪のマーク状に並んだ石油タンクのような建物。着地した水色の空飛ぶ円盤。きらきら光る巨大な水晶宮。積み木細工のように複雑に積み重なった建物。円錐型の塔。海のひとでが匐いあがったような赤く馬鹿でかい建物。そして毒きのこやさざえの壺の奇妙な配置。——もっとも怖しいユートピアは、マルクス派社会主義と独占資本家の科学的ユートピアである、と言ったのは誰だったろうか。三崎はしばらくして写真を撮るのも忘れてぼんやりしていた。いや写真をとったところで、それは一風変った遊園地のようにしかうつらないだろう。いや遊園地にはちがいないのだが、手前の方に見える瓦屋根やトタン屋根の住宅と、どうしても同一平面上につらならないのだった。進歩と調和。少なくとも周囲の家屋との調和はなかった。

民放祭コンクールの審査発表の時間が迫っていて、三崎はたそがれはじめた高台をあとにしたが、結局、三崎の脳裡には空想科学映画をみてきたような、一種漠たる印象しか残らなかった。

出張の疲れが却って幸いして久しぶりに熟睡でき、翌日、幾分遅刻して出社した時、会社では大変なことが起っていた。タイム・レコーダーをおすときに、三崎はディレクターの服部博に会ったのだが、その時はまだ会社が玄関わきの通路に貼り出した告示に気付いていなかった。

「三崎さんに御相談したいことがあるんだけどな。いつかちょっと時間をあけてくれませんか」相変らず不健康そうな蒼白い顔で服部博は言った。

「いいですよ」と三崎は言った。「それより顔色が悪いな、大丈夫なのか」

「いや、ちょっと、麻雀をやっただけですよ」胃の痛みに耐えるように顔をしかめて服部は言った。恐らく強がっているので、徹夜麻雀というのは嘘だろう。

「僕より、三崎さんこそ、大丈夫ですか。ここしばらくの間に、急激に痩せられた。ふくよかな感じが消えちゃったですよ。それに、この間の録画の時も……」

「この前？　この前は別に失敗はしなかったはずだ。なにかおかしかったか」

「いや、いや、いいんですが、……それじゃ、お暇な時に一度」服部はちょっと手をこめかみのあたりに挙げて、逃げるように制作部の方へ立ち去っていった。

彼はさっき、何を言いかけたのだろう。それに相談事というのは一体何だろう。予想がつくような気もし、また前回の録画でも何か無意識に失策を犯したのか心配でもあったが、深くは考えず、手洗いに寄ろうとして三崎は模造大理石の廊下を曲った。この部分はよく滑って人がころぶのだ。彼は用心して歩き、そして目をあげた時、壁に大きく貼り出された告示にはじめて気付いたのだった。彼は一瞬ぎょっとして、そして同時に、やっぱりそうかと思った。最悪の事態に、報道部第二班の問題ははまり込んだのだ。告示の貼紙に近寄りながら、最初に口をついて出た言葉は、憤慨でも嗟嘆でもなく「まずいな」という述懐だった。馬鹿なと歎きもせず、なんだと憤りもせず、……。まずいな。——その時、三崎は一体なにをまずいなと考えたのだったろうか。

告　示

さる×月×日、××女子大学園紛争取材活動中、報道部第二班のおかした業務規則違反行為につき、左の通り処分する。

辞　令

一、報道局テレビ報道部部長　黒江保次
報道局付論説委員を命ずる。

一、報道局テレビ報道部副部長　岩淵健
報道部スポーツ課次長を命ずる。

一、報道局テレビ報道部第二班長　木村秀人
就業規則第六十一条により無期限休職を命ずる。
一、報道局テレビ報道部勤務第二班員　新田洋子
就業規則第六十五条により懲戒免職に処する。
一、報道局テレビ・ニュース部勤務　加地光代
就業規則第六十七条第三項により譴責に処する。
一、報道局テレビ報道部勤務第二班員　庄野幸吉
就業規則第六十七条第一項により減俸（一回）する。
なお今次の処分に伴う人事異動につき、左記の辞令があった。
一、編成局付参事　論説委員　真鍋孝造
報道局報道部部長を命ず。
一、編成局社会部教養課課長補佐　秋山等
報道局報道部副部長を命ず。
昭和四十五年二月×日

株式会社××放送

告示の日付は昨日になっていた。もう局内に知れ渡っているのだろう、通りすぎる局員や雇員、関連子会社の従業員も貼紙の前で立ちどまろうともせず、むしろ顔をそむけるようにして通りすぎた。しばらくたたずんでいた三崎の傍に寄ってきたのはタレントらしい髪を脱色した若い女性だけだった。

三崎は階段をあがらず、エレベーターの前にゆき、空のまま降りてきたエレベーターにのると、四階のボタンを押した。直接自分に累の及ぶ懲罰ではなかったが、その厳しさが予想をはるかに上回っていて、ともかく高木局長に会う必要を感じたからだった。いや、そのことがなくても、出張の報告はしておかねばならなかった。ただ、どうしてだろうか、三、四人しか乗れない狭いエレベーターの中で、たった一日の出張によって、会社全体の動きから彼は全く逸脱してしまったような寂寥感を覚えた。解説室に入ってゆくと、全然知らない人間たちが仏頂面をして事務をとっており、彼の坐る椅子には見も知らぬ人間がどっかと坐って煙草をふかしているのではないだろうか。ウールリッチだったかの探偵小説のように、一夜のうちに人々の態度が豹変し、知っているはずの者までが顔をそむけるのではないだろうか。「あなた、一体、どなたですか」と。

高木局長は事務机の上に数種類の薬品をひろげていた。ちょうど薬を飲みおわったところらしく、コップを手にしたまま苦虫を嚙みつぶしたような顔をしていた。入っていった三崎の顔を見ると、鋭い視線でソファーを指示しておいて、大きな音をたてて嗽をし、しばらく水を口腔にためておいてから、ごくと嚥み込んだ。

「民放祭はどうだったね」局長は机の抽斗に薬をおとしこみ、代りに葉巻をとり出して応接用の椅子の方に寄ってきた。受賞決定があったとき、すぐ電話を社長秘書に入れておいたから、局長はすでにコンクールの結果は知っているはずだった。

「保守党の重点政策が外交から内政に変ったのを反映したわけでもないんでしょうがね。地方自治や小中学校の教育問題をあつかったものに票が集りましてね。審査委員の顔ぶれにもよるんでしょう」三崎は言った。

「入賞一つ、奨励賞一つだから、まあまあという成績かね」局長は葉巻を一つ三崎の方にさし出した。

「あの入賞作は報道部第二班の木村君たちの制作したものですから、本来なら、会社からも金一封が出るところなんでしょう……」

「どういう作品だったっけね」

「県の指導で合併をした地方自治体が、合併の無理がたたって内紛を起しましてね。つまらぬ争いから地方自治そのものが瓦解する経過を描いたもので、地味だけれども、取材班の努力はよく出ていましたね。地方の議会でも数の上だけの民主主義はもう意味を失ってるんですね」

「うむ……」

もう口腔には薬味は残っていないはずだったが、局長の苦虫を嚙みつぶしたような表情は変らなかった。

「万国博はどうだった？　もうほぼ完成していたかね」局長は肝腎の話題を避けようとする素振りだった。

「時間の都合で、ゆっくりとは見ていられなかったんですが……」三崎は言葉をにごした。

「まあ、それはまたそのためにだけ行ってもらおう」

気まずい沈黙が支配し、三崎がくわえた葉巻に局長がライターで火をつけてくれたが、味はいがらっぽいだけだった。

「いまそこで告示を見ましたが……」

「入賞作が第二班の作品とは皮肉だね」

二人が同時に口を開き、そして先を譲りあって、同時に口をつぐんだ。

「どういうことなんですか」気まずさを突き破るようにして三崎は言った。「ある程度の譴責や懲戒はやむをえないとは思ってましたが、処分が厳しすぎるじゃありませんか」

「うむ」と局長はうなずいた。

「局長は、むしろ黒江部長に木村君や新田君をかばってやれと言ってられたはずじゃなかったですか。木村君は有能な人材だし、その有能さは今度の民放祭コンクールの入賞でも証明されている。いったい、どこででんぐりかえったんですか」

「処分された木村君の作品の受賞ということも、また世間の好奇心の餌食になるかもしれんね」

「ともかくこの前の調査委員会の雰囲気からは、こんな処分は考えられないじゃないですか」

「うむ」

「賞罰委員会はいつひらかれたんですか」

「一昨日の夜だがね」

「どこかから、圧力でもかかったんですか」

「…………」

局長の眉間に走っている静脈は日頃にも増して太くなり、ペシミスティックに口をつぐんだまま、大きな目をふと脇にそらせた。その重苦しい沈黙自体が、処分が本来の就業規則に照らしてのものだけではなかったことをなによりも雄弁に物語っているようなものだった。しかし、どういう圧力がどこから働いたのかは、沈黙の幕にへだてられて、三崎には解らない。会話は行き詰り、淀んだ部屋の空気に、三崎は聞えるはずのない波音を聞いたように思った。いっせいに波頭をもたげて海岸に押し寄せる蒼い波。そして白い飛沫をあげて崩れると、水はずるずると後退してゆく。一つ一つの波頭だけではなく、潮の全体にも満潮と干潮期があって、先刻まで水に浮んでいた船が、ふと気付くと干潟に横たわっていることもある。押し寄せた波は必ずひく。満干の繰返しもまた永遠につづく。無意味に退屈げに、何が変るというわけでもなく。

「女子大がわとの交渉はうまくいかなかったんでしょうか」

「………」

「文書偽造と言えば大げさだけれども、なにも公文書の偽造ではないんで、刑事事件じゃないわけでしょう。話合いさえつけば何ということはないはずでしょう」

「………」

それにも局長は返答しなかった。古きよき時代の新聞記者魂はどこへ行ったのか。局長はまだ半分も吸っていない葉巻を灰皿にねじりつけた。局長は立ちあがり、窓のそばによって、しばらく煤煙の空を見あげ、咳ばらいした。出張の報告は一応終ったのだから、それ以上、三崎が局長室にねばっている理由はなかった。

「どうも失礼しました」三崎もまた葉巻を灰皿で消して立ちあがった。

「ああ、そうそう」局長は振返った。「君がいつか言っていた公害問題を系統的にとりあげたいという意向は、社長も重役方も皆賛成のようだった。今日、企画会議があるんじゃなかったかね。大いにやってくれたまえ。出来るだけの援助はわしもする」

「そうですか」

本来なら、もっとよろこんでいいはずの情報だったが、なにか拍子抜けの感じは免れなかった。内心のわだかまりは去らず、退去しようとして、ふと彼は、黒江部長の出張を肩がわりした今次の出張は、一種の作為ではなかったのかと疑惑した。むろん彼が会社にいても、最終的にことを決定する賞罰委員会に出席できるわけではない。直属の部下の起した問題ではなかった。しかし、その前に部局長会議もひらかれたはずであり、そうだとすれば、間接的ながら意見をのべる機会はあったはずだった。処罰を計量することが急務なのではなくて、小さな事件にもせよこの事件のはらんでいる問題を考えることが必要なのだと、言ってみる機会はあったはずだった。少なくとも、寛大な処置を予想させた調査委員会の雰囲気が、なぜ大きく転換したのか、その事情はわかっただろう。時事解説番組を担当してから、ほとんど出張を命ぜられたことのない彼が、なぜ今度に限って、ほとんど儀礼的なものにすぎない民放祭の、しかも代理出張をおおせつかったのか。

「なにか、まだ用事があるのかね」

扉を半びらきにしたまま、つっ立っていた三崎に向けて局長が言った。

「いいえ、どうも失礼しました」彼は言った。

公害問題に関しては、意外にスムースに企画会議を通り、キャンペインとして打ち出す方針にもほとんど反対はなかった。もっとも公害を私害と言いかえることについては賛同はえられず、ただ時事解説番組の独自な問題提起にとどめるというのが、三崎が努力して得た最大限の線だった。

重役たちは口をひらけば報道機関、マスコミ企業の〈社会的責任〉という言葉を使いながら、何によってその〈責任〉を果し、どういった指針を長期的な番組編成に生かすかについて自信を失っていた。三崎の提案は、彼らの面子の回復に救いの手をさしのべるかたちになったようだった。会議の席上、身をのり出して賛同しただけではなく、日頃にはない素早さで、各部署の役割分担までが討議され、決定されていった。

海外報道班は、ロンドンの濃霧征服の経緯、EEC諸国にまたがるライン川の水質管理、アメリカにおける公害反対の市民運動、およびそれを争点とする共和党・民主党の次期大統領選挙問題。国内取材班は四日市・尼崎等の大気汚染、九州の水俣病およびイタイイタイ病、東京の通勤および交通難、大阪の工業用水乱用による地盤沈下、砂利乱掘による相模川の河床沈下、利根川の臭気汚染、横須賀・佐世保の港湾汚染、新産業都市周辺における漁業の没落等々。社会部による日照権および騒音公害の調査、各地原子力発電所の安全装置問題、人工甘味料業界の経営の実態および森永乳業における砒素混入事件の裁判追跡、公害関係諸法案の国会審議と地方自治体における規制と運用の調査。さらに教養番組による産業革命以後の、社会環境の変化と適応の一般的問題、自然環境の変化と動物界の突然変異現象、たとえばロンドン郊外における白い蛾の滅亡と黒い蛾の発生、あるいはまた湯河原における中性洗剤による鮎の鰭《ひれ》の損傷、静岡県吉田町一帯の鰻の二百万匹におよぶ原因不明の死亡。芸能部門での、足尾銅山事件に活躍した田口清造の伝記や公害問題をドラマのテーマとして積極的に生かす方針の検討。そして解説室による集中的な公害問題の歴史的研究と理論的追究。

ばたばたと体制が組みあげられていった。その素早さと会社全体の肩の入れようはかえって提案者である三崎を驚かしたほどだった。

「まさか、報道部第二班の処罰問題と取り引きしたわけじゃないんでしょうね」と田中良夫がいぶかったほどだった。

三崎が高木局長から公害問題を社としてキャンペインすると聞いた時、喜ぶよりも拍子抜けしたように、解説室に戻って企画会議のなりゆきを報告したときも、部下たちは「よかったですね」と言いながら、皆なにか吹っきれない様子だった。とりわけ田中良夫は複雑な表情で考えこみ、却って三崎が励まさねばならなかった。

「アメリカで公害問題が次期大統領選の争点になりそうだという情報が作用したのかもしれま

せんね。アメリカが嚔《くしゃみ》すれば、日本は風邪をひくんだから」

「まあ、そう言わずにやってくれたまえ。君にはせっかく物価問題をいろいろ調査してもらっていたけれど、こちらの方にも力を注いでほしい。理論づけは、この解説室の担当ということに決ったんだから」と三崎は言った。

「どんな真剣な問題をとりあげても、マスコミの社会ではすぐ腐蝕してゆくような感じがするな。蠟燭が熱にくずれるようにくずれていく。いや、なにも反対してるんじゃないですよ。理論よりも先に被害は具体的にあるわけだから。一つでも二つでもそれがなくなるから、意味はあるわけだから。……三崎さんの直観は正しいですよ。キャンペインは成功しますよ、きっと。ただ……」

田中良夫の言いたいことは解っていた。この問題を取りあげる以上は、現在の社会制度の諸矛盾を爆発的に啓示するのでなければ意味はない。公害の犠牲者の回復不能な肉体の痛みを、個々人の存在の一回限りの尊厳を、無責任な組織、災害を絶えず増殖する機構にむけてつきつけるのでなければ、その啓示はあらわれない。こういう形でマスコミ企業の方針として取り入れられた時には、すでにその毒は中和されている。あれもこれもと事例を並べたて、こういう意見もあればああいう見解もあると新聞やテレビが紹介するだけではなにもならない。これまで言われてきた報道機関の公器性や良心、報道の中立性や中道精神というものはそういうものだった。牙をみずから折り、爪をみずからかくし、誰も傷つけずに何となく良心的な発言をする。人を傷つけないから、自らが返り血をあびることもない。そういう言論のあり方自体を懐疑せずに、古い俎の上に、新しい魚を乗せてみても、なにもならないのだ。ちょっと目先が変るだけ、やがて一切を平均化し、すべてを地ならしする時間の闇に埋もれてゆくにすぎない。おそらくそう言いたいのだろう。

そして黙って紙の上に何かを落書している五十嵐顕が心の中で思っていることも、三崎には解っているつもりだった。いい問題を発案すればするほど、結局それは企業に対する奉仕にしかならず、自分たちの労働強化にしかならない。それよりはいっそのこと……

もっとも解説室全体の雰囲気がなんとなく冴えないのは、公害問題が発案者の意図とは別な軌道をつっ走りはじめたことからくる異和感のためだけではなかった。先刻、解説室にもどる前、ちょっと覗いてみた報道部の、一種よそよそしい雰囲気、部長および副部長が入れかわり、そして第二班員の座席が、歯のぬけたように空になっていることから来る、隙間風が吹きぬけるような肌寒さが、内扉ひとつ距てた解説室にも忍び込んでいたからだ。

「話はかわりますけれども、時事解説番組はやはり室長と論説委員になられた黒江さんとで続けられるんですか」と狩野学があたりさわりのない言い方をした。

「そのことは別になんの話題にもなっていないから、三月まで続くんだろうね。私自身はもう疲れてしまったから、もう下りたいと思ってるんだが」

「そんな弱音はいけませんわ。チャンネルが五つも六つもあったって、まっとうな時事解説はほかにありゃしないんだから」幾分甲高い声で城よし子が口をはさみ、そして照れたように自分の頬を掌ではさんだ。「あら、ちょっと、おだてすぎたかしら」

「恰好いい！」と五十嵐が咆えた。

三崎は城よし子の淡い水色のブラウスの胸に瑪瑙のブローチがよく似合っているのに気付いていた。

「ちょっと疲れてられることは事実のようですね」首に鞭打症の固定具をはめているためか、狩野学は、三崎に横顔を向けたままだった。「近頃、室長は、ときおり顔面神経痛みたいに、頬の筋肉を痙攣させせられますね」

「え？　まさか。本当かね」

「いや、この間、技術部の調整室へちょっと用事があっていってましてね、偶然、時事解説の録画にかちあったんですが、時おり三崎さんの顔が泣き笑いみたいに歪むんで、どうしたのかな、と思いましてね」

狩野はなに気なく言ったのだろうが、三崎は一瞬蒼ざめた。本当だろうか？　もし本当なら、近頃彼から安眠を奪っている、把えどころのない不安と恐怖が、彼の皮膚の内側を麻薬のように匐いまわっているのだ。放っておけば、それは生物のように細胞分裂をし、幾何級数的に増えて、いつかは彼の脊髄をおかし脳をおかす。

「冗談言うなよ。私は顔面神経痛なんかじゃないよ」三崎は言った。「第一、あれは痙攣する瞬間、ものすごく痛むんだろ。患者が歯痛と間違えて、何本も歯を抜いたという話があるくらいだから」

「いや、むろん、そうでない方がいいですけど……」

「変なこと言わないでもらいたいな」

自分でも執拗かなと思うほど拘泥し、強く否定しながらも、あるいはそうだったのかもしれないという不安は打ち消せなかった。あの時また声が途切れたりするのではないかと内心、懼れており、幸い目で見える失策《とちり》はせずにすんだのだが、顔面が痙攣していたと言われてみれば、ぎくっとする内部の実感がなくはなかったのだ。

「しょっちゅう、痙攣してましたか、それとも、二、三度?」否定しておきながら、三崎はたずねた。

「いや、私の目の錯覚かもしれません」狩野学の方が不気味さを感じたように逃げ腰になった。

「いや、率直に言ってほしい。事実そうだったのなら」

「ええ、はじめ三、四分目のころだったんですね。前置きから本題に入るあたりに、集中的に……」

やはり、そうかと三崎は思った。反省してみれば、確かに起と承のあいだの架け橋のあたりで、彼はなにか非常な努力をせねばならなかったような、感じが残っていた。最初、カメラをつきつけられ、スポットライトを浴びた時の緊張とは別に、ある葛藤が、三、四分目に極大化し、そして分水嶺を超えるとすっと平静に戻った実感が残っていた。

「わたし思うんだけど」不意に城よし子が大きな声で言った。「この解説室で考えて討議した問題を、いつも私たちは最終的な文案作製を室長にまかせてしまってるわけでしょう。そして、室長さんに喋っていただいて、今日の話し方は七十点とか、この前の話の論理の脈絡はちょっとぎくしゃくしてたとか批評してるわけでしょ」

「批評はいくらして下さってもいいんですよ」

「ええ、でも考えてみれば、時事解説番組が、室長さんがひとりでカメラと睨めっこしてる型でなきゃならんというきまりもないわけでしょ」

「ほかにどんな型がある?」五十嵐顕が言った。

「私たちがいつもこの部屋で討論している、その討論を、そのまま画面に出したっていいわけじゃない。私たちの考えを、室長さんが一生懸命取り入れ、一晩かかって文章にしなくったって、私たちが自分の考えを、それぞれ整理して言えば、同じことが聴視者に伝わるわけじゃない。そうすれば疲れてられる室長さんの負担だって、すこしは減るわけでしょ」

「発想はいいけど、そりゃ無理だよ、よし坊」田中良夫が言った。

「いや、はじめから無理だと決めてかかることはないんじゃないかな」三崎は言った。三崎と田中の主張がいつもとは逆転したかたちになった。

「いや、十五分番組じゃ、無理ですよ」

「しかし、考えてみる余地はあるような気がするな。時間帯に制限があるにしても、回数を減らして一回三十分にすることだってできる。若い人の意見が直接、画面にでて却って面白いかもしれない」三崎は半ば本気になりかけていた。

「どうかな、僕はあまり乗り気じゃないな」田中良夫は一場の冗談でおわらせるつもりらしかった。

「五十嵐君は？」三崎は水を向けた。

「そうだな。室長の努力でそういう形式が実現するのなら、やぶさかじゃないですよ。やぶさかじゃ」

やぶさかという言葉を昨日覚えた幼児のように、彼は強調した。

鞭打症の狩野学には、尋ねるのがはばかられて、会話はそれでとぎれた。

木村秀人ら報道部第二班の処分問題は、三崎の机の上にも、処分撤回要求のビラが置かれてある以上、近く団交がもたれるに違いなかったが、組合の副委員長である狩野学も他の者もなにも言わなかった。全員が気に掛けており、仕事から一時はなれて煙草を吸うとき、茶をくむ時、皆の想念は当然それにかかわったはずだった。だが、あたかもタブーでもあるかのように、言葉にするのを避けた。ただ、退勤時間がきて、なぜとなくその日は一人一人ばらばらに、そそくさと立ち去った。その去りぎわに、田中良夫が「明日の夕方、第一スタジオで、報道の自由の問題でパネル・ディスカッションを持ちますから。できれば時間をあけといて下さい。青年部の主催ですけれど、組合員以外の方も参加できますから」とささやくように言っただけだった。

第八章

第一スタジオの重々しい扉の前には、参会者の出入を監視でもするように二人の組合員が立っていた。わきに机が据えられて組合のパンフレットやビラが置かれている。署名用紙もあった。顔見知りの一人がラッパ飲みしていたコカコーラの瓶を脚もとに置いてカンパ袋をさし出した。たしか制作部の青年だが、廊下をすれ違うさいに、人なつっこく微笑するので、顔の記憶はあったが、名は知らない。三崎は小銭入れを取り出して幾ら入っているのかも確かめずに大きな封筒の中に全部あけてしまった。いつもカンパを要請される時に、幾らぐらいが適当だろうかと迷う心理の葛藤が面倒で、小銭入れのあるだけを、半ば自虐的にぶちまけてしまったのだった。

「処分の白紙撤回要求書にも署名してくれませんか」名前も顔も知らない目付の鋭い方の青年が言った。

討議は外部からの参加も認めていて、しかしあまり変な人を入れない検問のための署名簿かと三崎は思ったのだったが、そうではないらしかった。

「いやあ」一瞬、三崎はたじろいだ。田中良夫に誘われ、かつ、議題は処分問題よりはその背後にある情報産業に所属する者にとっての報道の権利と責任はどうあるべきかという本質論だということで立寄ってみたのだが、彼は組合員ではなく、激しく会社側を糾弾する無条件処分撤回の要求書に名をつらねるわけにはいかなかった。

「署名しなきゃ、内に入れないの」

「いや、そういうわけじゃありませんが」三崎は言った。

顔見知りの方の青年がビラと要求趣意書を三崎に手渡し、重い扉を押しあけた。

「ともかく読んでおいて下さい」

「ああ」

一歩、中に踏みこもうとして、三崎は瞬間的に眩暈を覚えた。濁った会場の空気が一塊りになって外に流れ、彼は、一瞬にして目に見えぬ生温い風船の中に包みこまれたようだった。なにか場違いな所に来てしまったという異和感と後悔があった。彼はなにもこのパネル・ディスカッションに出席を義務づけられていたわけではない。若い世代の思念に関心はあり、議題も大切な問題にはちがいなかったが、一歩内に入ってみて、彼は自分が招かれざる客であることを意識せざるを得なかった。もはや蹲る隙間もなく一ぱいに会場は詰っており、壁に身を寄せて立っていた数人が、異物でも見るように振り返った。いや視線に特に悪意が含まれていたと言うわけではない。扉の周辺が、暗いので、眉をひそめてすかし見ただけだったろう。だが、スタジオは換気能力を越える人数にあえいでいるようだった。むんむんする熱気、青年たち特有の汗くさい野性的な体臭、そして幾分険悪にすら感じられる断片的な言葉のやりとり——。それらはすべて職務から解放されたあとはひたすら安楽を願う三崎の年齢にはふさわしくなかった。

ライトは五人の代表弁士と二人の司会者の並んだ低い壇上にあたっていて、ちょうど一番はしの若い代表が弥次をあびながら発言しているところだった。その人の隣に新田洋子の顔がみえ、その横に木村秀人が坐っていた。いま発言している者も含めて、他の三人の弁士は三崎の知らない人だった。

そして、司会席に登山用のジャンパーを着た田中良夫の姿があった。当然、司会席には組合の執行部の人たちが坐っているものと思い込んでいたが、考えてみればこれは青年部の主催なのだった。

この会合と並行して何処かで会社と組合の団交が持たれているはずであり、交渉如何によっては、別な意味をもった会合に切りかわるのかもしれなかった。

「ともかく聞いて下さいよ。僕は何も自分の社の内紛を宣伝するためにだけ喋ってるんじゃないんですよ」発言者が髪を掻きあげながら諒解を乞うように言った。「事件の本質において今日の議題と関連があり、闘争においても連帯を模索すべき問題として、問題提起してるわけなんですから。他の世界の出来事に関しては地獄耳のマス・コミが、自分たちの矛盾が露呈するような問題に対しては、なぜ箝口令をしき、やくざ仁義的な貸借勘定によって業界全体が結束して事件を闇から闇に葬ろうとするのか。マス・コミ相互間の、本来の民主的な関係、つまり公開性と相互批判はどうあるべきか、その問題を考えるための具体的な事例として、まず事件のあらましを紹介しようとしてるんですから。そりゃ、このテレビ局の問題、それを某週刊誌がスキャンダラスにすっぱ抜いたことと、現象的には全く逆ですよ。しかし、現象的には逆のあらわれをするものが、本質においては同じだということもありうるわけですよ。いや、本質において全く同じことであることを確認することが、放送労働者の行動的連帯にとって不可欠の前提だと、そういう風に僕は思うわけですよ」

「異議なし」という掛け声が散発的に飛び、そして「どうぞ続けて下さい」と司会者は言った。

「ともかく事件はこういうことなんです。我々の社の、プロデューサーで、民放連の地区書記をしていた遠山春見君が、昨年の暮、社長とその秘書、秘書といってもボディガードなんですが、その二人に、会議室につれ込まれて、鍵をかけられた上、殴る蹴るの暴行を受けたわけですよ。外からは文化的にみえるラジオ放送会社の内部でですよ。しかもですね、団体交渉の席上、社長は一たん謝罪しておきながら、今年になって突然遠山君の首を切るという暴挙に出たわけです。しかもそれ以来、会社は団体交渉にも応ぜず、社長は会社に顔も出さないし、自宅にも帰っていない。完全に逃げ出してしまったのかというと、そうでもなくて、何処かのホテルに陣取って、重役たちと連絡はとってるんですね。その証拠にですね、遠山春見君の出張精算の名目変更をですね、業務上横領だと地検に告発してるんですよ。そのうえ、木曜会という社長と専務直系の学閥を使って第二組合作りをさせ、ことごとく差別待遇をして、組合そのものをつぶしにかかってる。むろん我々は、スト権も確立し、裁判所に遠山君の身分保全の仮処分申請をして闘っているわけですが、その闘いの過程で、われわれは何度も何度も、新聞社に実状を訴え、新聞労連にも、実状を報道するという形での、つまりマスコミの公器性それ自体によるわれわれの闘いに対する援助を依頼にいってるわけですよ。それなのに今までのところ、どの新聞社も、どの報道機関も、一行もこの事実をとりあげてくれなかった。だから、そんなことはじめて聞くという方も多いだろうと思うんですよね。むろん我々の力が不足で、アッピールも充分じゃなかったかもしれません。しかも、国会議員のつまらん談話から、街の暴力事件にいたるまで、ほかのことなら面白おかしく取りあげる報道機関がですよ、どうしてこの問題を黙殺するんですか。黙殺の暴力ですよ、まったく。なるほど現象的には、理論的にも感情的にも対立した男が三人、一室で睨みあって、二人の男が一人を殴ったというだけかもしれない。しかし、これが逆に組合員が社長を殴ったのなら、忽ち警察沙汰になるし、新聞種にもなるはずだと思うんですよね。そういうことなんです。そういうことの一切が……」

発言者は、実状報告の上に立ってなお理論づけをしたかったらしい。しかし昂奮して言葉につまり、尻切れ蜻蛉にどすんと椅子に坐ってしまった。うかつなことながら、三崎自身も、同じ放送企業畑で、そういう前近代的な馘首が行なわれているとは知らなかった。理由のはっきりしない遠隔地配転や、干すという心理的拷問の事例は枚挙にいとまない。しかしいま聞いた話は、いくらなんでもひどすぎる。いや、企業の行なう異分子排除に、まだしも寛恕できるものと、ひどすぎる措置の差をもうけること自体が、すでに彼の内面の腐敗の兆候かもしれなかった。

重大な問題ながら、先刻の発言が当面予定されている討論の枠からはずれるものだったからか、会場に不統一なざわめきが起った。会場運営に暫時の空白があき、参会者がそれぞれ周囲を見廻して顔見知りを探すざわめきがあった。五十嵐顕と城よし子は司会席のすぐ前、かぶりつきにおり、後で立っている三崎を発見して五十嵐顕が手をあげた。

「複雑に入りくんでいる業界内の報道管制機構と、ある事件に限って突如槍玉にあげる仕組は、同じものではないのかという重大な指摘が××ラジオの大岡さんからあったと思うのですが、その問題提起を出来るだけ論議にくり込みながら、焦点を本題に戻して、報道人は何に対して責任を負うのか、その責任との関係における権利の幅について弁士相互間で、あるいは一般の方の質問でも結構ですが、論じていきたいと思います。企業側のいう社会的責任論や情報操縦の論理を超える論理の構築がわれわれの急務であると思います。そういった志向性においてどうか自由に論じあっていただきたいと思います」田中良夫の声は重みがあり、しかしなかなかに歯切れがよかった。

パネリストの一人が手を挙げた。彼も招待客らしく、三崎には見覚えのない人物だった。

「少し論議に水をさすことになるかもしれませんけれども、報道の客観性と中立性の問題ですね。それは古典的な自由主義が築いてきた歴史的な観念にすぎないにしても、しかしもう少しつっ込んで考えておく必要があるように思うんです。代議制や多数決制、あるいは無規定な平和主義のように、その観念の空洞化を指摘するのはこの場合にも易しいと思いますが、私はやはり、一刀両断して、それは欺瞞的幻想にすぎないというあつかいをするよりは、止揚さるべき対立観念ないしは媒介物として意味をもつものと考えたいんですね。なるほど先ほど新田洋子さんがおっしゃったように、これまでの報道の客観性というのは、〈こうでもあり、ああでもある〉客観性にすぎなかった。それは私も認めます。それゆえに報道人の人間性や主体性は消し去られれば消し去るほどよいとされた。認識と価値判断はあたかも自明のことのように分離され、耳から口へというアンテナ型人間だけが、マスコミ界に横行し――いや少なくとも、そういう仲介的人間として報道関係者は自分の意見を、仕事のなかに出さない方がいいとされてきたわけですね。最も人間的な作業であるはずの表現部門に身を置きながら自らの人間性を抹殺していることであって、それはおかしいとは思うんですよ。しかし、一方、すべての観念には誰が担い、何に向けてそれを主張するのかということが、その観念の意味を決定する重大な要素としてあると思うんですよ。自由という言葉一つにせよ、使う人と状況によって意味内容が全く異なり、正反対であることもあるわけです。と同様に、報道の中立性や客観性というものも……」

「そんな抽象的なこと言ってたって意味ねえじゃねえか」と弥次が飛んだ。発言者は額にふき出た汗を拭って黙り込んだ。彼は壇上に並んでいる弁士の中では最年長のようであり、三崎個人はその先の論議を聞きたかったが、弥次を飛ばした者を叱責するほどの勇気はなかった。

「つまりね。あんたが言いたいことはこういうことだろ」弥次を飛ばした長髪の青年が立ちあがり、不敵に会場を睥睨しながら独得の抑揚で喋りはじめた。彼もまた局の従業員でないことはあきらかだった。

「つまりね、これまで言われていた報道の中立性とか客観性なんてものは、あくまで一つの仮説にすぎないわけよ。それぞれの時代は、それぞれの時代にふさわしい仮説を選ぶ。どんな時代でも自分たちにとって解決可能なことしか設問しないようにね。だからどんな事件も公平な報道が可能であり、政治は不偏不党の立場からこそ一番よく観察できるはずだというのも、近代の一つの仮説にすぎないわけですよ。真理じゃなくてね。仮説はその仮説によって、諸現象を統括できている間、それを使ってたってかまわない。社会の担い手が自由競争の原理に大体従って、企業間や地域間の利益を衝突させながら、しかしなんとか調節しあっていることが、全体としてその社会の指導的な階級にとって都合がいいという経済的な地盤の上に、知的な部分における不遍不党という観念は倒錯的に形成されるわけですよ。観念の世界の指導理念は、実際に行なわれていることの逆影だってことの認識が大切なんだな。たとえばね、武士道という観念が、イデオロギーとして支配している時代は、たしかに武士が指導階級を形成しているには違いないが、本当の武士同士の、食うか食われるかの権謀術策の正確な投影ではないということを知っておかねばならんのと同じことなんだ。武士に二言はないとかさ、そんなことを本当に守ってた武士は戦国時代に滅びてるはずなんだ。生き残った奴が、自分たちが守ってきもしなかったことを、では何故道義として持ち出すのか。言うまでもない。他の者を、他の階級を支配するためですよ。その支配に好都合なように自分たちの体制自体を再編成し、再編したうえで固定するためですよ。言論の自由、報道の客観性、公共事業の社会的責任、みな同じことだ、武士階級をブルジョアジーに入れかえればそのままあてはまる。そしてね、一時代に意味をもった仮説がもはや欺瞞としての働きしかもたないことが明白になったときそれをいじくりまわして補正するよりは、別な仮説を提出する方が生産的なわけですよ。われわれが、美しいけれども、もはや仮説としてすら意味をもたない観念の欺瞞性をあばくのは何のためか。一つの観念の崩壊にもなくはない滅びの美に耽けるためじゃないですよ。変革するためですよ。かつて商人たちが武士たちの七面倒臭い道徳の体系に刃向って、たった一言、〈利益〉と言ったように、われわれプロレタリアートは、公正とか中立とかのまやかしの観念に対して、暴露、破壊、力といえばいいわけだよ。徹底的な破壊がなければ、新しいものはなにも生れやせんですよ」

「ちょ、ちょ、ちょっと待って下さい。あなたは恐らく学生さんであって、まだ企業に属しておられない。だから、論理は非常に単純明快にでてくる。しかし、われわれは……」

「論理がですね。学生の論理と労働者の論理と、男の論理と女の論理と、そう沢山雑多にあるわけじゃないですよ。僕の発言が論理的に間違ってれば、容赦なく粉砕してくれればいいわけですよ。もしそうでないなら、誰だってこの世に生活している、その収入形態によって論理を区別したりすべきじゃないですよ。そうでしょ」

「…………」

「あなたが理論的に僕を論破できず、心情的にもある程度了解できていながら、しかもも、た、も、たするのなら、あなたも、いわゆる進歩的文化人にすぎないわけですよ。人目のある席では一応進歩的なことを言っておりながら、実際は何も出来ず、何もするつもりのない口舌の徒にすぎないわけですよ」

「そうかもしれない。しかしやはり報道の中立性というか、いやむしろイデオロギー以前の事実性というものを大切にする立場はあると思うし、それを守りたい。たとえば大学問題に例をとれば、内ゲバというものがあるでしょ。あるわけですよ。先程の新田さんの立場からすれば、それにはどう対処するのかな。それはまた新田さんからおうかがいしたいが、私の立場では、やはり、そうした矛盾も冷静に、事実性の重みそれ自体を押し出すかたちで報道すべきだと思うんですよ。いろんな運動体がある。それぞれの運動体は自己を正当化し情宣する権利をもつ。しかし、思想というものは、その公的な顔によってのみ決るのではなく、その運動体および運動体に属する個々の人の行動の軌跡によって判定されねばならないと思うからです。だから事実は、依然として事実として報道されねばならない。その場合に、やはり、客観的な立場の想定は必要なわけですよ。その客観性への固執は書いた文章や撮ってきたフィルムが、ハサミを入れられたりお倉にされたりすることに対する抵抗の原理としても役立つ。母親が愛の観念を抱くのではなく具体的存在である子供を抱くのであるように、われわれは事実を抱きしめねばならないし、テレビはまさしく、そのための非常に有力な手段だと思うんですよ。必要なものも、不必要なものも、同時に映ってしまうカメラそのものの機能との相関においてですね……」

　頑張ってるな、と三崎は思った。年齢的には三崎より少し若いだろう。何処かのテレビ局の恐らくは役付きの報道部員なのだろうが、彼はその人に同情した。三崎自身の内部にも、捨て去るにはあまりに惜しいさまざまの幻影があったからだった。自分なら、こういう熱気が砂漠の風のように渦巻く雰囲気の中で、受身になりながらもなお根気よく粘れるかどうか。

「事実は確かに大切だと思います」新田洋子が頬を上気させ、少し震えをおびた声で発言した。「でも、映像は事実そのものでしょうか。そうじゃないでしょう。それは事実の模写にすぎないと思うんです。これはいつも班長が言ってられることですけど、映像はむしろ言語だと考える方がいいって。言葉は事実や観念を指示はしますけど、それはあくまでシンボルであって、物それ自体でもイメージそのものでもない。言語表現の場合には、違いがはっきりしているから混同は起らないわけです。でも、テレビの映像になると、模写の度合いが高いから、人々はひょっと錯覚するんです、映ってることが事実そのものだと。でも、本当はそうじゃありません。人の体臭も汗の飛沫も、血糊の臭いも、埃も靴音も……内ゲバ一つにしても、そういった事実性の諸要素は全部捨象されて報道されるわけでしょ。事実そのものは私も大切だと思います。けれども、事実そのものを、私たちは人に伝えられるわけじゃないんです。たとえ、テレビがどんなに同時性に秀れ、模写度が高くても、ということは、――ここからはもう木村班長の考えじゃないわけですけれども、あくまでシンボルをあやつる主体性の問題になると思うんです。主体性のないシンボル操作ではたった一つの事実も構成的に把握することはできないと思うんです。あれもこれもと博引旁証して、結局なにも言ってない論文のように事実の模写像を羅列することが、報道の客観性を保証するとは、私は思いません。カメラの、レンズを向けられた視界内での無選択性が、事実性を保証するとも思いません。むしろ大事なのは映像の文脈であり、映像に文脈をもたらすこちらの態度の一貫性だと思うんです。こちらに一つの態度があれば、当然、現実のある部分と衝突します。なぜなら、複写体は物それ自体ではなくて、意志をもつ人間だからです。傍観的な態度をとれば、一つの事実、一つの事件と思われるものも、主体性を尊重する立場からは、人間の意志と意志のねじりあいとして迫ってくるわけです。内ゲバにせよ、何にせよ二つの力がせめぎあってれば、その二つの力と、それぞれに私たちは角逐するわけです。その角逐の関係性が、反撥になったり共感になったり、どうでもいい関係になったりはしても、こちらだけが能動者で、相手が事実として凝固してしまうことなどありえないと思うのです。それで、わたし……」

終りの方は少ししどろもどろになったけれども、三崎は新田洋子の発言にも感心した。あれにも感心し、これにも感服する——新田洋子の論理からすればおかしいのかもしれなかったが、新田洋子は単なるお嬢さんではなく、報道部第二班の作品が、民放祭で受賞したのも偶然ではないと思ったことは事実だった。ただ、そのように感心したり、小さく祝福したい気持になったりしながらも、論議が展開するにつれて、三崎自身は身の置きどころもなく、息苦しくなっていった。激しく言葉が投げかわされ虚空で火花が散るにつれて、当事者だけではなく、その摩擦で、三崎の生皮までが擦りむけてゆく感じがするのだった。皮がはげ肉がけずられ、不安におののいている神経が否応なしに外気に露出する。優柔不断や八方美人根性や、打算や臆病さが、甲羅をむしり取られた亀のように不様に人目にさらされる。今はそうでなくとも、きっといつか……

「みんな、ちょっと恰好よすぎるんじゃないのか」一人の青年が苛立たしげに言った。「君たちは皆作る側の立場でものを言っている。むろん放送局に勤めている限り、技術屋さんも美術係も作る側には違いないだろうさ。しかし凡そ商品を論ずるのに、お客さんの気持を無視して、いい商品も良心的な商品もくそもありゃせんだろ。自分自身のことを正直に考えてみろよ。一日会社でこま鼠のように働いて、満員電車に揺られて帰ってさ、食事をしながらテレビやラジオのスイッチをひねる時、そんなに真実がどうの、客観性がどうのということを求めてるのか？　おれは怠け者だけれど、真面目な人ほど、休息時にまで、仕事とは何か、人生とは何かなどと考えるのはやり切れんと思ってるはずだ。映画一つにしても、アートシアターなんかもう行きたくもなく、やくざものを見てしまうわけだよ。気楽な娯楽、自分の現実や人間関係のやりきれなさとは違った刺戟、笑いやエロで神経をときほぐしてくれ、眠りの準備になるもの、要するに人々は娯楽を求めてるんじゃないのか。現在のテレビのあり方、そしてその将来も、人々がそもそもテレビになにを期待しているのか、そのことをはずしてはどんな論議も成り立たないと思うんだ。演出されたものにせよ、生のものにせよ、人々は茶の間に送り込まれてくる映像を通じて、恐らくは〈身代り経験〉を楽しんでいる。地震や火災の報道に身震いしたところで、自分の家の屋根が落ちてくるわけでもなければ、自分が着のみ着のままになるわけでもない。人々は安心して同情したり安心して恐怖したりしたいんだ。政治的な対立から生れた大デモンストレーションにせよ、それを規制する警察との衝突にせよ、テレビに映像化された限りでは、ちょうど野球の試合を、どちらかのチームを心情的に応援しながら勝敗を追っているのと同じ〈身代り体験〉に還元されてる。そしてそれを誰も非難することはできない。たとえ、その報道の現実性が、人々に恐怖をあたえ、身構えを要請するとしても、基本的に人々は弥次馬の位置にいることには変りはないんだ。よくも悪しくもそうであるという認定からしか、われわれは出発できないわけだよ。視聴者の関心を創出し、組織し、変革するなんて、さっき誰かそんなことを言ってたけど、そんなに傲慢になっちゃいかんぜ。たとえ、集団と集団、個人と個人とのあいだに理想的なコミュニケイションが持たれたとしても、つまり、マスコミのメディアが理想的な方法論によって理想的な役割を果したところで、それだけで地上に天国が現出するわけでも、この世の中の仕組が変るわけでもねえんだよ。おれはそう思うな」

あちこちでぶつぶついう不満の声がしたけれども、別段怒声が飛んだわけでもなかった。幾分頽廃的で投げやりな発言ながら、痛い真実が含まれていなくもなかったからだ。そして、三崎は薄々気付いていたことだが、若い世代のラディカリストは、意外にヒッピー的な発言に寛大なのだ。

「聴視者のことを考えろという観点には賛成ですが、聴視者……つまりわれわれをも含む現代人の生活にとって、第五の壁とも言われるテレビの出現によって、何が一番大きく変ったとあなたは考えられるわけですか。それとも何も本質的には変らなかったのか」司会者が言った。

「変ったとは思うよ。何というかな、人間の孤独のあり方が変っちゃったんじゃないのかな。なんとなくもの思いに耽るという時間がへり、瞑想への崇敬というものもおそらくなくなった。それが文明史的にどういう意味をもつかは、おれは知らん。そういうことを勿体振って説明する興味もおれにはないけどね」

「腐敗してるよ、そういう言い方は」どこかで限界を踏みはずしたのだろう、前の方で誰かが苛立たしげに叫んだ。「現状認識としては、君の言うことは、誤ってないかもしれない。いや世間智という点では水準以上に高いかもしれない。しかし、比較的正確に現状を認識できる能力と、冷笑的な、無気力な態度が結びついていることが、テレビの、いやテレビだけじゃない、知的な作業のどうしようもない腐敗を進行させてるんじゃないか。今度の報道部第二班の人たちの問題は、報道関係者が全く自堕落なら起りえない問題だった。単なる弥次馬なら、どんなに事件に近寄ってみたって、飛ばっちりを受けることはあったって、人から非難されることはない。責任はなにもないんだから。真剣な意図をもち、弥次馬性をなんとか超克しようとしたところからこの問題はでてきた。しかも会社は、自分たちのあり方を全然反省せず、自分たちの怠惰の睡りをゆりさまされた事自体を怒って、不当な処分をした。本質的な問題はいつも、一見くだらない具体的なかたちをとってあらわれる。その時、踏みとどまって本質的な問題性を抽出できるか否かによって、一切の運動の帰趨は決るわけだ。考えようによっちゃ、会社側の方が、先にそれに気付いて、先手を打ったともいえる。譴責処分ぐらいで、やあやあと言って有耶無耶にすましてもよさそうなことを、この問題をつきつめられると芋蔓式に情報産業の腐敗と矛盾があばかれると恐怖したからこそ、新田さんを懲戒免職に、木村さんを休職処分にしたとも言えるわけだ」

一時中だるみに陥っていた論議が、その青年の発言によって、再び熱気のこもったものに戻り、そして、それにつれて三崎はふたたび逼塞感におそわれ、不意に会場から酸素が奪い去られでもしたように呼吸が乱れた。

「なにもする気のない人は、出て行ってもらおうじゃないか。だらだら論議してたって意味はない。放送局に勤めているからといって、何もする気のない者は報道人だとは限らないし、組合に所属してるからと言って、闘う気のない奴は、組合員であってくれる必要はないわけだ」

異議なし、異議なし、異議なし……

三崎は睡られぬ夜の悪夢を思い出した。

北欧旅行の際に見たヨーロッパの城砦が暗示になったのだろうか。古く冷たく薄暗い塔の中、階段が螺旋状についた塔上のしかも階段教室のように椅子が並んでいる部屋で、彼は裁判を傍聴していた。ひどく窶れた梶哲也の顔がみえ、三崎が敬意をはらっていた他社のニュース解説者の姿もあった。そしてその人が、牢獄のような石の部屋の前面にぽかっと空いている暗い空洞に向けてなにか訴えていたようだった。日の光が小さな窓から斜めに射し込んでいる。それは確かに裁判なのだが、裁判官の姿はみえず、全員に順番がめぐってきて、それぞれが何か喋らねばならないのだった。その石の部屋の背後の一番高いところに、首吊台があって、前面の暗い穴から、ごうと風の鳴る響きとともに聴こえてくる声によって、審判が否と出ると、皆が寄って蝟って弁明者を首吊台にかつぎあげ、有無をいわさず首に縄をかけ足下の台を蹴飛ばすのだった。どういう仕掛けになっているのか、絞首刑にあった罪人は、数度ゆらゆらと揺れてから、ふわっと小さな窓の外に浮び出、そして無限の奈落に墜落してゆくのだった。彼は別に窓から下を覗いているわけでもなく、しかもその墜落の有様ははっきりと目に見えるのだった。

ごうと風洞がまた響きを立て、しきりに訴えていた者に、数人の男たちが飛びかかった。彼もそれが既定の役割ででもあるかのように、気絶した犠牲者の脚をもちあげ、皆と一緒にそれを首吊台のところまで運んでいったのだった。すでに環になっている荒縄をその男の首に通すと、道路工夫のように無邪気に数人の男達が掛け声をかけながらその縄をひっぱった。エンヤコラ、ドッコイ、エンヤコラ、ドッコイ、かあちゃんの為なら、エンヤコラ、ドッコイ……ぐったりしている体が天秤にかけられる魚のようにずるずると上にあがり、誰かが踏台をそえて体を支える。彼は汗をかき、汚れた手をズボンで拭った。そして準備万端が整うと、誰かが台を蹴飛ばして、縄がぴんと張り、一つの処刑は終るのだった。犠牲者の鼻の穴から醜い二本の洟汁が流れ、やがて死体はふわっと宙に浮いて、窓からすべり出す。みなは晴れ晴れした声で快哉を叫び、彼はほっとして石の壁ににじみ出ている水滴を飲んだ。

審判にどういう規準があるのかは解らなかった。許される者もいたが、大部分は否だった。なぜ許され、なぜ罰せられるのか、誰にも解らないのだ。

順番が彼に廻ってきた時、その石の部屋にはほとんど人は残っておらず、あたりは薄暗くなっていた。彼は不意に恐怖を覚えて、逃げ場をさがした。だが冷たい石の壁には風の吹き込む隙間はあっても出口はなく、螺旋階段に通ずる扉を匍いずりまわって探した揚句、諦めて立ちあがると、そこにいる人たちは別段怒りもせず、礼儀正しくしかも気恥かしげに微笑して彼を見ているのだった。仕方なく彼は風洞の前に立ち、身振り手振りを加えて、いろんな呪文をとなえたのだった。人が告解したり弁明したりしている時、その声がきこえなかったのは、その空洞が音をすべて吸い込んでしまうからなのだった。思いつく限りの呪文をとなえつくしたとき、空洞がごうと音を立てた。〈否〉だった。茫然としてたたずむ彼の肩を後から誰かが打った。振りかえるとその人物は優しく首吊台をしめし、「早くこんなことは終った方がいいですよ、お互い」と言った。彼は数人の人に手をとられ、背中を押されて首吊台にのぼった。その数人の人の中に梶哲也がいて、「君はまだなのか」と三崎は言った。「うん、まだだ」と日常的な口調で彼は答え、そして、もの憂げに彼が足台を蹴飛ばしたのだった。

すーと、全身が下落する感覚があり、そして……

その時、第一スタジオの扉が開き、狩野学を含む、組合の執行委員たちが入ってきた。会場が詰りすぎていて、彼らはスポット・ライトの当っている壇には近づけず、書記が一人だけ、蹲っている人々の間をかきわけて司会者の方に連絡をとりにいった。

しばらくして、田中良夫とは別の司会役が立ちあがり、「ちょっと緊急にお願いしたいことがあります」と言った。

「ちょっと緊急な報告事項ができたんですが、問題の性質上、社外の方には外に出ていただかねばなりません。それから、組合員以外の方も」

「どうしてだよ。そんな秘密にせんならんことか……」

「おかしいじゃないか、この会合は九時までの予定だろ。まだ八時三十分じゃないか」

いろんな疑義が一斉に噴出し、組合の書記と討論会の司会役は額を寄せ集めて相談し、弁士同士も、椅子をずらし体を傾けあって、互いに耳打ちした。

技術管理部員であり、組合の委員長である高麗一太郎は戸口のところで憮然とした顔付で腕組みしていた。その横の狩野学は、三崎に気付いて文字通り目付だけの目礼をした。

「それではこういたします」田中良夫が中腰になり、低い机に両手をついた姿勢で言った。「事情が少し変りましたので、このパネル・ディスカッションは、八時四十五分まで継続し、そこで打切らせていただいて、そのあと当社の組合員だけ、なお会場に残っていただくということにしたいと思います。せっかく集っていただいて、論議半ばに時間を短縮しなければならないのは、青年部としましても残念でありますが、どうか御諒解いただきたいと思います。それでは、もうあまり時間がありませんので、発言を希望される方は出来るだけ簡単にお願いします。もしなければ、問題提起して下さった方にもう一言ずつ喋っていただくことにしますが……」

それを機会に三崎は第一スタジオから外に出た。団交の結果を早く知りたいという気がなくはなかったが、局長室に電話してみる気持にもなれず、彼は異常に空気が乾燥し、それが突風になって街路の埃をまきあげている風の中へ出た。特に指定されて意見を求められたわけではなく、ただ傍聴していただけだったが、神経の緊張は、酒を欲する喉の渇きとなっていた。彼はコートの襟を立てて、夜道を歩みはじめ、そして、しばしば夜食を共にする解説室員が、今夜は誰もそばにいないことを、ある寂しさとともに意識した。彼は立ちどまって暫く考え、そして、調査室長の白鳥勝やディレクターの服部博らがよく行っているスタンド・バーがあったのを思いだし、歩みの方向を変えた。帰りの電車の便から言えば方向は逆だったが、彼は話し相手を欲していた。

第九章

「まず休暇の届けをお出しになってですね、ドック室にでもおはいりになり、内科の方に故障はないか、休養を兼ねて精密検査をなさってみることをお薦めしますね。部屋があいておれば、入院されてから、神経科の方の診察治療をしてもおそくない。そうでしょう」

紹介された精神科医は、一見したところ三崎と同年輩と思われた。年長であるとしても、二、三歳の差にすぎまい。ふっくらと下脹れに肥えていて、眼鏡が小さすぎる印象を与える童顔だったが、髪は鬢のあたりにすでに灰色が目立った。

三崎は娘の真澄がまだ幼なかった頃、白髪を抜いてくれれば一本につき三円あげるという馬鹿げた協定を結んでしまっていて、おかげであまり白髪はなかったが、近頃は娘の白髪抜きも二週間に一度の日曜日にかぎられて、いくらかの取りこぼしがあるはずだった。もっともそれにしても、この医者ほどではない。

「すぐ、入院というか、ドック入りはできるもんですか」

三崎は医師の薦めに賛成だった。酒の席で友人の調査室長白鳥勝が強く薦め、よせというのにその場で電話までしてしまったため、精神科医をおとずれはしたけれども、彼は自分をノイローゼだなどと思っていたわけではなかった。たしかに不眠症に悩まされてはいるが、不調があるとすれば肉体のどの部分かであって、録画中、不意に声を失ったことがあるのは事実にせよ、それは職業的にもっとも酷使している部分に、肉体の不調が先ず警告としてあらわれたにすぎまい、と考えていた。心配なのはむしろ胃腸だった。朝、歯刷子を使うときに、きまって吐き気をもよおし、昼間、睡気を追うためのコーヒーの飲み過ぎで、十二指腸のあたりが、しくしくと痛んだ。

それに彼の祖父は胃癌で死んでいる。父母はともに元気だったが、俗説にもせよ、癌体質は隔世遺伝的に伝わるとも聞いていた。

「仕事の都合上、完全に入院してしまうわけにはいかないんですが、ときおり抜け出すということは出来ないんでしょうか」

「規則は厳しいんですがね。人間ドックのあつかいなら、多少の自由はきくでしょう。各階にロビーがありましてね。面会時間に会社から人をよんで、仕事をしてられる方もいますね。しかし、人間ドックの予約は半年先ぐらいまで詰ってるはずでしてね」

「なんとかならんですか、そこのところ」病院をおとずれてしまったことで、三崎はもう半病人のようになっていた。

「通いで精密検査をするというのは確かに大変で……。部屋さえあれば、お勤めの場所もここから近いことだし、ともかく入院されるに越したことはないでしょうね、その顔色では」

医者は温和な表情で微笑しておりながら、結構細かく三崎を観察していた。そして何科にかかるにせよ、治療の必要を認めたらしく、しばらく考えてから、「じゃ、部屋が空いてるかどうか、聞いてあげましょう」と言った。医師は卓上の電話を一たん手にとり、しかし思いとどまって、扉の外へ出ていった。

しばらく待っていると、医師ではなく看護婦が入ってきて、二人部屋でよければ、ベッドが一つ空いていると伝えた。紹介してくれた白鳥勝と医師とはどういう関係なのか、多分、その紹介がものをいっている感じだった。

「いつからお入りになりますか？」看護婦は上品な微笑をくずさずに言った。

「明日からでも」

「そうですか、それじゃ手続きをしておきましょう。完全看護システムになってますから、廊下を歩くときのガウンと、歯刷子と着換えの下着程度で、何も持っていらっしゃる必要はございません」

「どうも」

三崎は頭を下げた。窓からみると病院の中庭は芝生は色あせながらもみごとに手入れされていた。日溜りに蘇鉄が植えられ、花壇もあれば藤棚もあった。部屋の適度なスチームが、一足はやい春のおとずれを錯覚させる。病院の建物も人々が推称するだけのことはあって、壁に嵌めこまれた紺色のタイル模様はかつてブハラの回教寺院でみたような素晴しく鮮明な色彩だった。花の咲く季節が本当にめぐってくれば、この窓からの眺めはきっと心和むものになるだろう。

看護婦と入れちがいに医師が戻ってきた。

「よかったですね」と彼は言った。「時間を指定してある患者の来るのには大分間がありますが、神経科の方の治療も望まれるのなら、お話はうかがいますよ」

ぼんやりと放心していた三崎はとっさに「はあ」と言った。

どうしようかと暫く三崎は迷った。精神科に救いを求めるということに、やはり彼の理性は抵抗する。

「近頃、妙な悪夢ばかり見ていて……」三崎は曖昧に言った。頑固な不眠と医師の人柄が彼の内部の抵抗を軟化させた。病室が空いていて明日から入院するのだから、という気持もあった。

「お願いします」と三崎は言った。

医者は姿勢をあらため、カルテを取り出すと、年齢、職業、家族構成、そしてこれまでの病歴、近親者の身体的精神的異常者の有無、嗜好品とりわけ酒の量、頭痛の有無、睡眠がいつごろから充分とれなくなったか、夜半に何度ぐらい目が醒めるか、そして近頃特に異常を感ずる点は何かと、てきぱきと尋ねていった。

特にきわだった境目があったわけではなく、不安感が霧のように拡がりはじめ、自分が知らず知らずのうちに罪を犯しているような譴責感につきまとわれ、それが今や自分から独立して外から叱責する声になりつつあることを、ためらいながら三崎は告白した。

「学生時代に一度そういう蟻地獄にはまり込んだような状態になったことはありました。しかし今ごろまたぶり返そうとは思わなかった」三崎は苦笑した。

「で、現在、職務の遂行になにか支障がございますか」

「ええ」三崎は自分の職務をより詳しく説明した。「一度、自分では理由がわからず、突如、声が出なくなってしまったんですね。その時はすぐ元に戻ったんですが、以来、肝腎な時にまた声がでなくなるんじゃないかと、しょっちゅう不安を覚えましてね」

「なるほど」

医者は結核を病んだことはないかと念を押し、喉頭結核の初期によくそういう失声現象が起ると言った。三崎は結核の既往歴はないと強調した。それをむきになって強調しすぎて、はじめは喋るつもりのなかった、指が麻痺して筆が持てなくて困った事例、そしてテレビ録画中に、顔面神経痛患者のように顔が歪むと人に指摘されたことを喋ってしまった。

「なるほど、解りました」と医師は真摯な表情で言った。

「しばらく仕事をやすんで、休息されるのが一番いいようですね。ただ、お互いさま、私どもの年輩の者には、休みたくても休めない事情があるんで困るんですね。まあ暫く様子を見させていただきますが、さしあたり、あまり気になさらないことですね」

「いや、自分でも気にしない方がいいことは解ってるわけで、にも拘らず気にかかって仕方がないから、ここへお伺いしているわけで……」ははは と二人は声を合わせて笑った。

「それなら、たとえばですね、私たちが普通間違いなく持続しているのだと思い込んでいるものにも断絶はあるんだと考えてみるのも一つの方法じゃないでしょうか」精神科医は、ゆったりした容貌にもかかわらず、真剣になると、はげしく体を貧乏ゆすりする癖があるようだった。その小刻みな体の揺すりようは全く健全なものとはいい難い。

「たとえば、いまこうしてお互い顔をあわせておりますね。お互い相手の顔、その表情の変化は持続的に視覚に把えられている、たとえ注意する対象を転じ視座が動いても、視覚そのものはたえず外界をとらえ続けている、と私たちは思っています。しかし本当でしょうか。そら、いまあなたは瞼をとざした。そら、また閉ざした。眼球の湿りを保つために、私たちは絶えず、目を瞬いてるわけですよ。ただ普段はそれは意識されない。意識はそれが遮断される時間を無視して、前後をつなげるという性質を持っているからです」真剣になって喋りはじめると医師の手が激しく動き、目に見えない餅でもこねるように、間隔をおいて掌を向いあわせ、そして時折、風船をおしつぶすように、力をこめて掌をあわせるのだった。「熟睡した時間は、意識の時間としては極端に短く、あるいは無であって、日常の、あるいは論理上の作業はその睡りの時間を無視して続けられるわけですね。もっとも持続的で頑強な視覚ですら、そうであって、聴覚、痛感、触覚、味覚、嗅覚などはもっと網の目が荒くてですね、感受しているはずの時間にもともと断絶があるわけです。歯痛にせよ、腹痛にせよ、痛みはいつも間歇的に意識されるでしょう。痛んでる部分自体が間歇的に膿んだり発熱したりしているわけじゃないんですがね。ということは、受動的な感覚だけではなしに、なにかを能動的に行なう場合にもこの原理はあてはまるわけです。体を動かすことにせよ、喋ることにせよ、考えることにせよ、すべて、普通は意識されない空白が、あちこちに、穴ぼこだらけの道のようにあいているわけです。人と人とが喋っている席に、マイクを忍ばせて、録音するとしますね。喋ってる時はのべつまくなしに喋っていたように意識しているし、お互いの意志は言葉で通じあっていたように思う。しかし、その対談や、お酒を飲んでいたとすればその酒席の雰囲気、大きく言えば状況ですね、それと切り離して、録音された声だけを、再生しますと、一種奇妙な感慨に打たれるはずなんですね。言葉は実にばらばらで、実に空白が多く、実に尻切れとんぼである。相手のいうことがまだ文法上の文脈からは理解できるはずのない時点で激しく相槌を打っており、相手が冗談を言いはじめたその瞬間に、聞き手は笑っている。そうでしょう。それは、なにも不誠実な反応というわけではなくて、人間同士の意志疏通というのは、言葉以外の何かで、実に多くの部分を補いあっているわけなんですね。つまり、なにか言いたいことがあって喋っている最中に、不意に声が途絶えるなんてことは、不思議でもなんでもないということなんですね」

立板に水を流すような相手の語り口に唖然としながらも、医師が彼を病人あつかいせず、論理的に説得しようとしていることに、三崎はある満足感を覚えた。これも相手を見て法を説く、精神科医の一つの技術なのかもしれない。しかし、医師と患者という優劣の垣根をことさらにもうけようとしていないことだけは疑えなかった。それに、話の口調から察して、三崎が自分の職業を説明したためばかりではなく、事実、三崎の時事解説を視聴したことがあるらしいことが、彼の自尊心をくすぐった。ほっと彼の気分が軽くなった。三崎には、相手を拒否しようとする気持はもうなかった。ただ、医者が瞼の瞬きをはじめに例にとったために、自分の目の瞬きが気になってならず、あっ、また瞬いたと思うと、自然、眉間のあたりが痙攣するのだった。

「テレビの仕事については、私はむろん素人ですけれど、こういうこともあるんじゃないでしょうか。つまり、あなたの場合には、喋るという人間の自然な所作にとって、自然なあり方である、反応をかえしてくる聴き手が、眼前にいないわけでしょう。仮りに声の断絶というのが一種の疾病であると仮定してもですね。その遠因は、恐らく眼前に聴き手がいないということにあるんじゃないかと考えられますね。たとえば、ただ波の音しか聞えない暗夜の海岸に立って、三十分なり一時間なり喋り続けるとしますね。すると、必ず、声が虚空にすいとられ、なにか深淵に面したような恐怖におびえて、不意に沈黙してしまう時があるはずですね。そうじゃないでしょうか」

医師の言っていることは、基本的には正しかったが、それだけではないと三崎は思った。なしのつぶての空虚感ではなく、むしろ何者かが、背後から手をのばして、彼ののどもとを絞めたのだった。

「何か?」医師は敏感に三崎の気持をくみとった。「どうぞ、かまいません。違うと感じられたら、何でもおっしゃって下さい」

「おっしゃることはよく解るんです」三崎は言った。「事実テレビ局では、カメラに向って喋るという不自然さをいくぶんでも緩和するために、外部から招いた学者さんなどに独りで喋っていただく場合には、聞き役のアナウンサーを配置したり、画面に出なくとも、手のすいているスタッフが、前にすわってお話をうかがうという形はとるわけです。講義や講演には慣れているけれどもテレビははじめてという学者さん方には、そうするわけですね」

「いや、いや、私も、時折りテレビに出ることはありますので」医師は笑った。

「ああ、そうでしたか」三崎は恐縮した。

「いや、実際、偉そうには申せません。いつだったか、本番前に急に尿意をもよおしましてね、テレビ局の方に迷惑をかけたことがあった。便所まですっとんだんですけれど、しかしそういう失態は私だけじゃないみたいでした。かっぷくのいい白髪の紳士が、ぜいぜいいいながら廊下を走っているのに会いましたから。三崎さんは専門家でいらっしゃるが、むしろ神経的な変調が起る方があたりまえだと言いたいぐらいですね」

三崎は苦笑した。ただ、先刻は医師の意見を遮ったが、カメラの前に目に見える対話者を配置することが、応急措置としては最も合理的かもしれないと彼も思いはじめていた。そういえば、城よし子も全く同じことを提案していた。解説室員の意見を、無理に一本にまとめようとせず、討議のままを放送してみてはどうか、と。番組のあり方を変えるには、もっと精密な説得の論理が必要ではあるけれども、ともかく、高木局長に提案してみるだけのことはある。

最後の方は、とりとめもなく雑談になってしまったが、ともかく入院して精密検査をすることに決定し、継続して、小倉医師の精神分析を受けることに心を決めて、三崎は会社に戻った。後で考えてみれば、その時、神経科であろうと、何科であろうと恥ずることなく診断書を書いてもらい、休暇届けを出して、健康の回復に専念すべきだったのだ。なにも倒れてしまって動けなくならなければ、病気ではないというわけではないのだから。ただ、その時は、入院しながら、最小限、義務は果すという折衷形式に満足し、公害問題が企画会議で全員の同意をえた余勢をかって、いまひとつ新しい提案をすることにのみ彼は気をとられていた。

だが、幾分軽やかになっていた彼の神経は、会社に戻ることで、たちまち刺を逆なでされるように苛立たねばならなかった。

なぜか、自分の部屋に鍵がかかっていて、内へ外れないのだった。部屋を間違えたわけではなく、扉にあけられた磨ガラスの小窓の部分には報道部解説室とあり、内部の灯りでその部分が鈍く光っていた。しかも内には人の気配もあったのだ。だが、咳ばらい一つで、扉の外に立っているのが三崎であることが通じているはずなのに、誰も開けようとしないのだった。入りくんだテレビ局の廊下には、その時人影はなく、三崎はノッブをがちゃがちゃいわせながら、どっと押し寄せた疲労感とともに、めいり込むような孤独感を味わわせられた。

やむなく三崎は報道部の方にまわった。内扉が報道部との境にある。だがその時、報道部の戸が内からあき、佐々木局次長と、真鍋報道部長が表情をこわばらせて出てきた。

「ちょっと、ちょっと」すれ違おうとした三崎の袖をひっぱって真鍋部長が言った。黒江と交替したとき、真鍋の方から挨拶に来たが、彼とはまだあまり時間をかけて話しあったことはない。

「ちょうどいい所で会った。探してたんだ」佐々木次長が頬をふくらませて言った。「どこに行ってたんですか、君は一体」

「病院へ……。で、何か」

「病院ですか。へえ、そうですか」妙に皮肉な声で佐々木は言い、あわてふためいた様子で、ニュース部の方へ駈けて行った。

「私はすぐ、柴君や妻越君を呼んでくるから、そうだな、どこがいいかな、階下の応接室にでも先に行っててくれませんか」途中で佐々木次長は振返って真鍋に言った。

「なにがあったんですか」三崎は言った。神経質に顔の筋肉をぴりぴりさせながら、真鍋部長は誰かに追われるように廊下を壁沿いに歩いた。階段のところまでやってきて、そこに人影のないのを確かめると、真鍋部長はやっと口をひらいた。

「ちょっと面倒なことが起りましてね」

突発事故のあったらしいことは、すでに三崎自身感じている。彼はいらいらした。彼が訊ねているのは、何があったのかということだ。何があって、報道部長ともあろう者が廊下を人目を避けるようにして小走りに歩き、こそこそと小声でものを言うのか。臨時の会議を開くなら、四階に会議室がある。なにも階下の応接室など使う必要はないはずだった。

「実は組合の青年部の連中が、突然社長室におしかけて、……いや重役室におしかけて、桝田常務とたまたまそこにいた高木局長を罐詰めにしてしまったんですよ。私もいま聞いたばかりなんですがね。無茶をする」

解説室が開かなかったのは、それと何か関係があるのだろうか。誰かが、それも一人ではなく、内にいる気配がした。まさか、あの部屋が策源地になってるわけではないのだろうが……。閉め出されたこと自体にはなぜか怒りの湧かないまま、三崎は一度廊下を振りかえり、そして真鍋のあとを追って階段をおりた。

通りかかった階下の喫茶室は、いつも通り時間待ちするタレントや、打合せする局員でごったがえしており、すぐ横の玄関の軽快な人の出入りにも何の変化もなかった。

第一応接室はつまっていた。真鍋報道部長が第二応接室を覗いてみ、振りかえって三崎を手まねいた。

応接室には色彩テレビがつけっぱなしになっており、テーブルの上にはジュースの瓶の飲みさしや、キャラメルの包装紙が散らばっていた。豪華な色彩テレビは音量を小さくしぼってあったが、いまちょうど絢びやかな服をまとった女性歌手が思い入れよろしく流行歌を唄っているところだった。

「この前、組合との団交で、木村秀人君の休職処分は出来るだけ早い機会に解除することと、新田洋子の懲戒免職は依願退職のかたちに切り換えてもよいと、会社が譲歩したばかりだろ。それでもう事はおさまったものと思ってたんだ。ところが今日、不意に、譲歩はとり消すと連絡があって昼の休憩時間に、青年部の連中が四階におしかけていったらしいんだ。もう今は三時だから、三時間押問答をくりかえしていて、全然、職場に戻ろうとしないんだ」

三崎はぼんやりと、女性歌手が整形手術を繰返したらしい人工的な表情で流行歌を歌うのを見ていた。左手にぼんぼり型の装飾マイクを持ち、右手は虚空に波模様を描きながら、腰をゆする。

「実際、困るんだな、第二班の問題がこじれるのは」独り応接室を真鍋部長は痩せた熊のようにゆきもどりした。「僕はなにも報道部長になりたいと申し出たわけじゃない。黒江君が監督責任をとらされて、そのあとを……いわば穴埋め人事にすぎんわけだよ。部員にやいのやいのと強談判されたって、どうしようもないわけだよ」

三崎はじっと我慢していた。憤りはなかったけれども、自分の部屋から閉め出しを食ったときすでに彼の神経はバランスを失いかけていた。真鍋のいくじない愚痴で、それが爆発しそうだった。人事異動のことなど、三崎の知ったことではない。解説室の十倍にのぼる部員がいれば、部下の掌握は大変なのは事実にせよ、自分の地位が、自分が望んだものではないなどと管理者が言うべきではない。それなら初めから固辞して受けねばいいのだ。

間もなく、佐々木次長とニュース部長柴昌成、報道管理課長妻越市郎、それに調査室長の白鳥勝も狩り出されて応接室にやってきた。三崎は、スイッチを切る瞬間、色彩テレビの画面の中で、唄いおわった女性歌手が化物のようにわざとらしく微笑むのを見た。テレビの音が消えると、外の自動車の警笛がよみがえる。

「なんで俺まで狩り出すんだ。関係ねえよ」白鳥勝は荒れた酒肌をぎらつかせながら不貞腐れて言い、一番末席の椅子を選んで半ば寝そべるように腰をおろした。

「ともかく放っとくわけにはいきません」佐々木次長は言った。「なんとか手を打たないと……」

「放っとけよ。青年部の連中だって、言いたいことを言ってしまえば、引きあげてくるさ」白鳥勝が言った。

「言いたいことを言うのにも、手続きというものがありますよ」佐々木次長が憎々しげに白鳥勝を睨みすえて言った。

「ここは会社の内であって、しかも勤務時間中ですよ。誰かさんのように、しょっちゅう酒場で部下とくだを巻いてるというのとは、わけが違いますよ。しかも一人ならともかく集団で押しかけていって重役を監禁する。明らかに不法行為ですよ」

「組合の執行部を通さないで、直接青年部が団交要求につめかけるというのは、たしかにおかしいですね。組合の執行部はいったい何をしてるんですか」妻越市郎が言った。

「組合自体に容易ならぬ意見の対立があるらしいんだな」誰にきいたのか柴昌成があやふやな知識を披瀝した。「うちの組合にも地区反戦の勢力が大分のびているというから」

「今度の処分は嫌なことになりそうな予感がしていたよ」真鍋が愚痴った。「過激派のセクトは大学で一敗地にまみれた復讐戦を、隙あらば何処かでと、狙ってたわけだろう。どうしてわざと挑発するようなことをしたんだ」

「そんなことは関係ねえだろ。時代の精神は職種や地域に関係なく青年たちに共有されるだけの話でね」と白鳥勝。

「どうなってるのか、ともかく常務室に電話をかけてみますか」妻越が、そばにあった受話器をとって局内番号をまわした。空しく威儀を正し、彼は相手の出るのを待つあいだ、二、三度空咳をした。

「常務も局長も出られませんよ。私はさっきやってみたんだから」佐々木次長が甲高く言った。

「四階には行ってみたんですか」三崎は言った。

「行ってみましたよ。入れません」

「入れない？」

「階段のおどり場に青年部員が一列に坐っていて……」

「ピケを張ってるわけ?」

「ピケかどうかは知らないけど、ともかく黙って坐りこんでいる」

「どうします?」柴昌成が言った。

妻越の電話も結局無駄におわったらしく、二、三度押問答したすえ、彼は震えながら受話器をおいた。「あの声は誰だ。礼儀を知らんにもほどがある」

そして全員が陰鬱に黙り込み、そのまま無駄に時間が流れていった。太陽が翳ったらしく、部屋がほっと暗くなり、気のせいか脚下から部屋の温度が急速に冷えていくようだった。五分、十分、十五分、二十分……

「これはあきらかに不法監禁です。警察に連絡しましょう」佐々木次長が立ちあがり受話器の方へ近寄った。彼の大きな体がテーブルにあたり、先客のジュースの瓶が倒れた。

「よしたまえ」と三崎は珍らしく大声を出した。彼の神経の苛立ちはもう限界ぎりぎりのところまできていたのだ。「この二年間、新聞雑誌で騒がれ、うちでもニュースや報道でとりあげて、あなたも知ってるでしょう。あなたは大学紛争から何も学ばなかったのか。団交のひらかれ方が多少、異例だからと言って、すぐ機動隊を呼んだりしてどうなるというんですか。それでは大学の二の舞いをやるだけじゃないか」

「じゃ、どうせよと言うんですか」佐々木次長もやっと怒りを爆発させる相手を見つけたとでもいうように、三崎におとらぬ大声を出した。「処分はなにも間違っていない。第二班員は職務規定に反するようなことをしたんだから。組合を通して処分の軽重について異議申し立てをするのならともかく、しめしあわせて突然、馳けあがって社長室を占拠し、社長がいないと解ると隣の重役室になだれ込んでたまたま居合せた桝田常務と高木局長を罐詰めにして団交を強要している。あきらかに不法じゃないですか」

「処分はともかくとして、組合側が、再度団交を求め処分理由の明示を要求している時に、重役たちがちゃんと応じておけば、こんなことにならなかったんですよ。局内で会議をすればいいものを、どこか行方をくらまして一たん譲歩したものを、また取り消す。そんなことをするから青年部の連中が怒るんですよ。どうせもう一度は団交をもたねばならないんだ。電話をするなら、いま会社に来ていない社長や重役たちの家になさいよ」

「君はいつも若い者の肩をもつ。どんなもんですか、そりゃ。君も管理職でしょうが、君も。会社が決定した方針を、部下に浸透させるのも仕事の一つでしょ。ちがうんですか」

「ここであなたと言い争うつもりはありません。常務と高木局長だけを矢面に立たせるのが気の毒なのなら、一緒に四階へ行きましょう。たしかに私たちは管理職にちがいないんだから」

「君は若い者に人気がある。だからそういう風に言える」佐々木次長は、たちまちにひるんだ。

「そりゃ出てもいいですよ。しかし私たちまでがあとから列席することは、不当な監禁そのものを認めることになるんじゃないですか。正式の団体交渉なら、何日でも何時間でも出席しますよ」

だが佐々木次長は錯覚していた。三崎はなにも悠然としているわけではなかった。

なるほど事が処分問題、人事問題にだけ限られるなら、中間管理職たる三崎には責任はない。企画会議や運営会議には出席するが人事に関する会議には、そもそも彼は出席できないのだから。だが青年部の人たちの目的は、単に処分反対といったことではないはずだった。解説室の若い部員との接触を通じて、三崎には、彼らの考え方の大要はわかっている。彼らは、確かに先ず社長か専務を問いつめに行った。だが、最高責任者がいなかったから腹いせに常務と局長を罐詰にしたというのではない。彼らはもともと独り独りに尋ねてまわり、一人一人を問いつめたいのだ。今度の処分というものにあらわれている考え方を本当に支持するのかどうか。本当に支持するのなら、どういう根拠からであり、報道というものをどうあるべきだと考える故に、その処分が正当づけられるのか。もし必ずしも支持しないのなら、その理由は何であり、必ずしも支持しないのに、なぜ究極的には会議の大勢に雷同するのか。それを追及しようとしている。だから、上級者がいようがいまいが、やがて順を追って、中間管理者の部屋の扉をも彼らはたたくはずなのだ。たとえ処分そのものには参与してはいなくとも、中間管理者として、今回の処分についてどう思うか。賛成するならその理由は何か。必ずしも賛成しないなら、その根拠を示せ。もし反対であるのなら、その反対が主体的な責任性をもつものであることを証明する行動を示せ、と。

佐々木次長は錯覚している。彼はほとんど物理的に青年達のエネルギーを恐怖しているが、彼のように会社の方針に密着できている者は、一時の嘲弄をあたえられても、上級者が臨席すれば、影がうすれ、問題にもならない者としてわきへよけられてしまう。しかし、よくも悪しくも自立的であろうとする者は、問いかけられる言葉遣いは鄭重であっても、もはや〈暗喩的〉表現などではすまされない、明確な態度の表示を迫られるのだ。そしてなによりも行動が……。そのことは、たとえば三崎のような思想的な立場の者にとっては、管理職の位置にありながら、はっきりと会社に謀反することを意味する。

これまで、この社会の制度の全体に対し内に逆心を懐きながら、単なる批判者にとどまっていられたのはなぜか。何人も好ましい制度を選んで生れてくるのではない以上、その思考のいかんにかかわらず、既存の制度の下で生きねばならない。そして、その下で生きはじめれば、その制度をこえる思想は身をなきものとみなす大犠牲なくしては懐けないのだ。懐きえていると思うのは多くは錯覚にすぎない。だが、にも拘らず、一つの制度が崩壊することはありうる。それは何故か。それは、思想の力というよりも、ほとんど無方針な窮余のあらがいが、不可能を可能にすることがありうるからだ。そしてそうした海のものとも山のものとも解らぬあらがいを抑制するように働くなら、その思想はどんなみせかけを持っていようと、結局、体制維持の観念にすぎなかったのだ。方策はあるのだが時機尚早だとか、遙かな未来のために一時の忍従をとか、なんといっても覚醒している人間が少なすぎるとか……。現に存在するものを、その存在を認めつつ批判することと、現実を荘重な修辞で追認するにすぎぬ御用学者の思弁と、いったい、どれほどの径庭があるというのだろうか。

本当は、三崎自身も四階へ行くのが嫌で嫌でたまらなかったのだ。中に割って入るにせよ、常務や局長の背後に雁首をならべるにせよ、机を拳で打ち、言葉激しくやりとりすること自体、彼の疲れきった神経には耐えられないことは目に見えていた。この前の、何ということはないパネル・ディスカッションの傍聴ですら、神経をしぼりあげられるような感じがし、彼の不眠は一層昂じた。事実、医師は入院をすすめ、内臓の検査と神経面の治療が必要だと勧告している。いま一時の行きがかりや、意地にこだわるのは、自分自身を断崖からつきおとすに等しい。だが……やはり、三崎は意地を張った。

「次長が警官を呼ぶんなら、呼んだっていいですよ。しかし、警官がどやどやと社内に闖入してきたということ自体が、明日にはまた、もう一つエスカレートした大問題になる。いま、態度決定に迷っているらしい組合の執行部にも、激しく非難されるでしょう。あなたはその責任をひとりでおとりになれますか」

「じゃ、君が行ってきて下さいよ。あなたなら青年部の連中を説得できるでしょ。あなたならね」

「説得できるかどうか、説得すべきかどうか、そんなことはまだ解りゃしませんよ。しかしともかく行ってみましょう。それから、どなたか組合の執行部の人たちと会ってきて下さい」

佐々木次長が鼻をくんくん言わせながら、あわただしく出て行った。別段彼に頼んだわけではなかったのだ。

「俺はいかんよ。ぐじゃぐじゃしたもめごとなどまっぴら御免だ」白鳥勝が首をねじり白眼をむいて佐々木次長を見送ってから立ちあがった。彼は次長とは対照的に、ことさらにのろのろと歩き、扉のところで立ちどまって振り向く、と三崎の方を見て、右手を挙げ「裏切り御免」と言った。

三崎は真鍋、妻越、柴らの部課長達とともに応接室を出た。エレベーターは使わず、誰が先導するともなく階段をのぼっていった。階段を選んだのは、ほんの暫くの時間にもせよ、頭を整理しておこうという気が皆にあったからだろう。もっともそれは三崎にとっては空頼みにすぎなかった。三階あたりから運動不足の脚ががくがくし、心臓が動悸して却って心が乱れただけだった。四階に向う踊り場に、赤地に白く要求貫徹の四字を染めぬいた腕章をつけた組合員たちが坐り込んでいた。だが、封鎖をしているわけではなく人の通れる通路はちゃんとあけてあるのだった。不法監禁という口実を与えない程度の思慮はちゃんとあるのだ。傍を通り抜けるとき「あ」と青年の一人が何か言いかけ、「む」と有耶無耶な声を三崎はあげた。重役室の扉の前でも同じことだった。四階にだけ絨毯のひかれた廊下に確かに人が立っており、扉の前にも組合員はいて、扉を押すのは一瞬ためらわれた。しかし出入そのものを誰も邪魔するわけではなく、内から扉に凭れていた者も、一度抵抗しておいて、わきに身を避けた。

二十数人はいたろうか。あるだけの椅子に青年部の人たちは腰かけ、余った者は、半ばが床にじかに坐り、半ばは立っていた。桝田常務と高木局長は、窓際の、応接用の椅子に坐っている。

「まだお解りになりませんか。私が尋ねてるのは、理由なんですよ、処分の。処分が正当か不当かを判断するためには、理由をきめることが一番大事なことでしょう。どういう論理があって、こういう苛酷な処分がでてきたのか。賞罰委員会の一員である、桝田常務に答えていただきたいといってるんですよ」

「それは告示にも明記してありますように、木村君をはじめ第二班の人々は、就業規則を犯したからであり、報道部長と副部長の配置がえは、その管理責任を問われたものです。何度言っても同じことです」

「ちがいますよ。そんなことを訊いてるんじゃない。業務規則にあてはめる操作のまえに、あなた方は、まず、今回の事件を処分せねばならないかどうかを相談されたでしょう。有罪、無罪の判定があって、それから、該当する条文探しをした。隠したって駄目ですよ。それぐらいのことは知ってんですから。その時、つまり先にギルティ、オア、ノットギルティを決めた時、どういう論理があったのか、どういう考えが提示されたのか、それを聞かせてほしいと言ってるんですよ」

「それは言えない」高木局長が代って言った。

「どうして言えないんですか」

「会議の結論はいえても、相談の過程は公開できない。それは当り前のことだろ」

「なぜ当り前なんですか。むしろそれが無責任体制の病根じゃないですか。いや、誰がどう言ったのかは、御本人のいない席であかすのは誹謗や中傷になるからいけないというんなら、それはいいですよ。こちらで一人一人の重役にあたりますから。ただ全体としてどういう議論がでたのか、どういう過程を経て処分論が勝を制したのか、言って下さい」

「………」

「じゃ、今回の処分は、処分者をも第三者をも納得させる何らの論理的根拠なしになされたということなんですね」

「業務規定違反である、客観的にそう認定せざるをえない。それ以外にどんな根拠がいりますか」桝田常務が言った。

「真面目になれよ、少し。馬鹿の一つ覚えみたいに同じことばかり言ってやがって」半開きの扉の外から誰かが罵った。

「じゃ質問を変えましょう。この前の団交で木村君の休職処分をできるだけ早い機会に解除するよう考慮することと、新田洋子さんの懲戒免職を依願退職に切りかえるということを約束されましたね。それは一体、どういう理由でそうなすったんですか」

「なにを言ってんですか、君は。組合との団交で組合の要求に全面的には沿えないが、ぎりぎりの譲歩の線として社長が譲られたんじゃないですか。他の仕事に転ずるにせよ、依願退職なら履歴の傷にはならない。処分を受けた者の今後のことを慮って善意でした譲歩にすら難癖をつけるんですか」

「結局それもきっぱりした理由はなくて、ただ恩恵の安売りで罪一等を減じただけなんですね。それだから、破廉恥にもすぐあとで取消せるんだな。いやもっと悪質ともいえる。昔、専制君主がよくやったように、死刑を宣告し、絞首台に立たせておいて、死の苦しみをたっぷり味わわせておいてから不意に恩赦の伝達をさせるという奴だ」

「なにを言ってんですか、君は。役職の違いはあれ、同じ会社で働いていて、そんな馬鹿なことを考えるはずはないじゃないか」

「それじゃ経営者方は、悪意もないかわりに、自分たちのやることに、なんらの人間的な論理もないということですね。それを自認されるんですね」

「君たちが、会社側の譲歩を素直にのんでくれれば、それはそれで通った。しかし、君たちがやみくもに白紙撤回でなければ受けつけぬと言う以上、会社側としても譲歩することに意味はなくなる。それだけのことだ」

「あなた方は、こと人間の生活権に関することにまで掛け値を言うんですか。冗談じゃない。労働者を何だと思ってんですか。商品じゃないんだよ、商品じゃ。掛け値をつけておいて相手側に値切らせる。こそこそと算盤をはじいて袖の下で折れあって、取引にも相手に恩恵を与えたという印象をおしつける。あなた方、それでも人間ですか。われわれはむろん処分の白紙撤回を要求している。その論理は先程説明しました。われわれは、あなた方にも論理があるならそれを聞こうと言ってるんです。はっきり言って下さい。処分の理由、譲歩する理由、それをまた取り消した理由、一貫する論理があるんですか、ないんですか」

「………」

「部長さんたち、ぞろぞろと何をしに来たんですか」と部屋の隅に蹲っていた一人が言った。

彼が尋ねるまでもなく部屋の中の、すべてのものがとっくに三崎たちの姿を見ていたはずだった。だが、その弥次をきっかけに、全員の視線が三崎たちに集中した。ぼそっと為すところなく棒立ちしている三人の姿が滑稽だったのだろう。一瞬、部屋の中が、爆笑の渦で埋まった。

「何か用事ですか?」

「………」

「何故のこのこ入ってこられたんですか?」

三崎は、部課長たちと顔を見あわせた。気負いたってやってはきたのだが、なぜ来たのかと尋ねられようとは予期しなかった。そして人間の行為は、不意に何故と尋ねられても、普通、明快な答は出ないものだ。

一斉に三崎たちの方に向いた顔の中に、城よし子の顔があったのに彼は気付いた。彼女は一瞬表情を歪め、首をもとに戻して常務の方に顔を向けた。小柄で、髪も男のように断髪にしていて、蹲っていると目立たない。しかし、彼女だと解ると、髪の毛が他の者より薄く栗色なのが、三崎の目から離れなかった。

どうしてだろう、一瞬、三崎の心のなかで、不様な振舞いはしたくないという強い願望が働いた。

「なにをしに来たかって。解ってることを解らん振りするな」と三崎は言った。

あはははと数人が天真爛漫に笑う。

「どうしても言えというのなら答えてもいいが、私個人は、二つの理由があってきた。一つは言うまでもない。組合の青年部の人たちが常務と局長を監禁していると聞いて……」

「監禁じゃないですよ。ちゃんと出入口はあいてるし、現にあなた方はこうやって入ってきている」

「いや、そう聞いて、心配してやってきた。幸いそうじゃないようだが、今は勤務時間中だ。一たん各自の持場に戻りなさい。交渉は夕刻から再度はじめればいい」

「はじめここへやってきた時は昼休み中だったんですよ。早く本当のことを答えて下さればなにも勤務時間に喰い込むこともなかったんですよ」

「しかし、君たちは交渉団体として資格があるのかな。会社としても、組合の執行部、組合の青年部、組合の女子部……とばらばらにいちいち交渉してるわけにはいかんよ」妻越市郎が言った。「まず内部で意見を統一してからだな、正式の……」

「まあ待ちたまえ」と三崎が抑えた。「会社側だって、正式な顔触れではない。しかし討議や事前交渉としてそういうこともありえていい。しかし結果的に集団的な職場離脱になっては、なにもならない。ともかく一たん打ち切りなさい。再度の交渉に、火急の御用のないかぎり、常務にも局長にも出来るだけ出ていただくよう私からも頼んでみる」

なんというヌエ的な役割、なんという偽善的な口調、三崎はへどをもよおしそうになった。むしろ不様でもいい、わめき散らす方が、却て自己嫌悪せずにすむのではないか。

「さっき言われたもう一つの用事ってのは、何ですか?」

「それは私個人の用件で、局長に相談したいことがあった」

紛糾を中和するために来たはずの彼が、完全にその場の雰囲気にまきこまれてしまっていた。

「秘密を要することですか」

「いや。秘密にする必要など何もないよ」

「それじゃ、どうぞ。われわれは待ってますから。先にその用件をおすませ下さい」

それは一種愚かなゆきがかりだった。個人的用件など少し時間をずらせばいいことだった。

だが騎虎の勢いで三崎は窓際の高木局長の方に寄っていった。あの瞬間、――城よし子の視線を感じた瞬間、なぜか彼の神経は狂ってしまったのだ。

「かまいませんか」と三崎は言った。

「む」局長は一瞬、額の静脈を怒張させ、大きなどんぐり目で三崎を睨みすえた。だが先に目をそらせたのは局長の方だった。

「三崎君、あとでわしの机から薬を持ってきてくれないかね」と局長は自分の気持を鎮めるように言った。

「ええ、持ってきましょう」

早くこの討議を打切ることが第一義なので、その答え方も考えてみればおかしなものだった。

だが、三崎だけではなく、高木局長の態度もおかしいと言えば言えた。

「なにかね。用件は」と局長はうながした。一座がしんとし、誰かが唾をのむ音が響いた。

「実は私の担当してます時事解説番組についてですが、黒江君と一日交替で、私一人がカメラの前に立ってやってるわけですけれど、公害問題のキャンペインと関連してですね、一度解説室員にも画面に出てもらって、討論形式で時事解説をやってみたいと思いましてね。その相談にあがるつもりだったところ……」

誰に聞かれても支障のない相談事だったが、異常な状態の中で、一種の行きがかり上から、こうした挙に出たことは、必ずあとで問題になるだろう。三崎には解っていた。まず局長に内々に相談し、大よその賛同を得られれば企画会議にはかる。それは一種の慣行にすぎなかったが慣行である故にこそ、それは秩序と根深く関係する。人前で、しかも相談してみせろと言われて持ち出したりすることは、それ自体秩序の擾乱ともいえる。いや見方によれば、一時そういう要求が出ていなくもなかった企画会議への組合の参加を、三崎が混乱に乗じて既成事実にしてしまったともいえる。

「時事解説については、とりあげる課題、その焦点のあて方、解説の論理、それはすべて君の裁量にまかせている。それは君の自由だ。ただ、思い切った形式の変更のようだから、企画会議の了解はえておくべきだろうね」局長は言った。人がいるいないに拘らず、局長はそう言うだろうと三崎が思っていた通りだった。

「有難うございます」三崎は軽く頭を下げた。

「もう用事は終ったんですか」と青年部の一人が言った。

「個人的な用事の方はね」

「それじゃ、出ていって下さい」

「いや、出てゆかない」と三崎は言った。「この交渉も公開のものだろう。一刻もはやく一たん切りあげることを再度薦めるが、まだ問題が残っているというのなら、われわれも立ち合わさせてもらう」

「いいですよ。あなた方にも聴きたいことがありますから」

まずかったな、と三崎は思った。佐々木次長が心配したように、部課長達がのこのこと出ていったために、勤務時間中の前もって約束があったわけではない交渉を容認したような形になってしまった。

いやなによりも、三崎の支離滅裂な態度が一番いけなかった。彼はその頃になってはじめて自分が蒼ざめるのを意識した。これでは常務と局長を救出に来たのか、青年部員を煽りに来たのか、わけがわからない。ただ、伴ってきた部課長たちは、三崎の言動を一種の幕間劇のようにしか意識していないらしく、ぞろぞろと常務と局長の後に位置を移した。彼らははじめから昂奮してしまい冷静な判断力を失ってしまっていたのだ。しかし、それにもせよ、三崎は自己嫌悪から逃れられなかった。自分の言動が結果的に曖昧になってしまっただけではなく、どうするつもりなのか、意志自体が曖昧だったからだ。

第十章

「この注射は痛いですよ」と看護婦がわざわざ念をおした。ベッドの上に上半身をおこし、三崎が顔をそむけて脂汗を浮べていると、意外にあっさりと注射はおわった。

「ほんとに注射がお嫌いのようですね」看護婦は笑いながら跡をもんだ。

「痛いというのは嚇しだったんですか」

若い看護婦は、ペロッと舌を出し、大急ぎで、薬品台を押して消えていった。

部屋の隅で、真澄のために果物をむいてやっていた母が振返った。

「このお隣のベッドは空いてるようだけど、なんならずっと付添っててもいいんだよ」

「いや完全看護システムで、そういうことはできないんだそうだよ」

はじめは二人部屋のベッドが一つ空いているということだったから、枕を並べることになる人はどんな患者かと心配していたのが、入院してみると、二人部屋が一つ空いていたのだった。

いや、手洗に赴く行き帰り、清掃時間に病室のドアーが開け放たれていることがあって、それとなく覗き込んでみると、他にもまだ空部屋がないわけではないらしかった。病院も結構、摩訶不思議な組織体なのだ。三崎のいる病棟は保険はきかず、入院費用はかなり高価だった。

「なにも救急車でかつぎ込まれたというわけじゃないんだから、そう心配して毎日来てくれたりしなくていいんだよ」

「でも、どうしてだろうね。ほかの兄弟はみなそれぞれ賑かな家庭をもってるのに、お前だけは独りぽっちで。……そういえば子供のころから妙に頑なで、仲間はずれな児だったよ、お前は」

「そうかな」

「元気なときはいいけど、こういう風に病気をしたら困るだろ、アパートの独り暮しは。そろそろ本気に考えてくれなきゃいかんわな、真澄のためにも」

「うむ」

お袋の言いまわしには、胸にこたえるものがあったが、しかし彼は人と四六時中の共同生活をいとなむために必要な何かを、もう喪ってしまっていた。忍耐、諦念、思いやり、慈悲……そういった徳義が全く磨滅してしまっているわけではないはずだが、彼にはもう、同じ屋根の下でエゴイズムの角と角をつきあわせる煩雑さには耐えられなかった。それよりは、会社からの帰途、自家用車の尻がはみ出ている生垣の住宅街に灯る団欒の灯がいかに目にしみようと、寒々した孤独の方が気楽だった。もう二度と、互いにどうしようもない存在の業をなすりあって、互いに傷つくようなことはしたくない。

「真澄はどうしたんだね。冴えないじゃないか、今日は」

「昨日、この児の可愛がっていた犬が、ぽっくりと死んでね」母が代って言った。「可哀そうなことをしたよ。お住職《じゅっ》さんに頼んだら、お経はあげてくれたけど」

「それじゃ面会時間はどうせ五時までだし、少しはやい目に出て、犬屋に寄ったらいい。あの百貨店の裏手にあったろ。狆でもコリーでも好きなのを買えばいい」彼は母にロッカーの中の財布をとってくれるように頼んだ。だが真澄は部屋の隅におびえたようにたたずみ、首を横に振るだけだった。

「そりゃ、思い出が残ってる間は無理だよね」母が真澄の顔を見ながら言った。「でもまあ、お父さんがああ言ってるんだから、お金だけはいただいて預っておおき。ほかのものを買ったっていいんだし」

「おれも、四時には出なきゃいかんのだ。少しはやい目に出て、何処かで食事でもしていこうか？」

「せっかく入院していて、病院の食事をちゃんちゃんととりもしないで。そんなことをしていたら死んでしまうよ」

大袈裟に騒ぐなと言ってみても、齢老いた母に人間ドックのシステムを説明するのは困難だった。我慢強い田舎びとにとっては、入院はすなわち危篤なのだから。

ノックの音があって、母があわててシーツの乱れを正している時、小倉医師が入ってきた。

「どうですか、もう大分、検査はすすみましたか」

「ええ、入院した日、血液をとられて肝臓と糖尿の検査、二日目がバリウムを飲んで胃腸の検査、次が心電図と胆嚢の撮影。今日はゴム管をのんで胃液をとって、胆汁をとって……。検査のために絶食がつづいて、入院してから却ってげっそりと痩せたような気がしますね」そばにいる母に説明するために、三崎は詳しく言ったのだ。

「顔色も悪いよ、おまえ」言いながら、母は小倉医師に深々と頭を下げた。内科の主任医師と間違っているのだろう。

「検査の結果も、もうぼつぼつ解るころでしょ」医師は幾度も繰返す母の礼を制して言った。

すでに検査の結果はある程度出ていて、最初の触診ですでに肝臓の肥大を指摘され、胃の検査でも十二指腸潰瘍は間違いないと判定されていた。この病棟の主任医は、自律神経失調という言葉を加えて、診断書を書いていた。

「投薬のはじめに、病巣が顕在化して、一たんどん底に下るもんですから、ここしばらくは本当に注意なさった方がいいですよ」精神科医も三崎の顔色が尋常でないと指摘した。事実、顔色が悪くなるのも当然といえばいえた。入院して定時の出勤を免除してもらっておきながら、青年部と部長クラスの者との非公式の談合が連日深夜に及び、健康そのもののようだった佐々木次長でも頬がげっそりとこけはじめていたのだから。

「真澄、病院の受付けのところに、ジュースの自動販売機があったろ。ちょっとジュースを買ってきておくれ」と三崎は言った。小倉医師を内科医と錯覚している母に、しばらく席をはずしてもらうためだった。神経科の治療も同時に受けていることを、彼はなお肉親にも知られたくはなかった。

理由をのみこめぬ怪訝な表情のまま、しかし気配を察して母は真澄の手を引いて出て行った。

「まあ、私の方はあわてませんけれどもね。もっともあなたの場合、内科疾患と神経は相関的なものだから……」小倉医師は枕許に近寄り、スタンドのそばに置いておいた三崎の書物をぱらぱらとめくった。

「聖書をお読みなんですか？」

「ええ、いや」三崎は照れた。仕事とは関係なく、しかも荷物にならない手軽な書物をと思い着換物を詰めたバッグになんとなく投げ込んできたにすぎなかった。もっとも、入院を機会に、一度全部読み通してみようという殊勝な気持になっていたことも事実だった。だが、聖書を選択したことがよかったかどうか。深夜睡りを招こうとして、却って彼は内部の譴責感を増殖させているようなものだった。峻烈な言葉が、あたかも彼自身を名指しで非難するように並んでいた。

……学者とパリサイ人とはモーセの座を占む。されば凡《すべ》てその言う所は、守りて行え。されどその所作《しわざ》には効《なら》うな。彼らは言うのみにて、行わざるなり。また重き荷を括《くく》りて人の肩にのせ、己は指にて之を動かさんともせず。凡てその所作は人に見られんが為にするなり。

禍害《わざわい》なるかな、偽善なる学者、パリサイ人よ、なんじらは人の前に天国を閉して、自ら入らず、入らんとする人の入るをも許さぬなり。

禍害なるかな、偽善なる学者、パリサイ人よ、汝らは酒杯《さかずき》と皿との外を潔くす。然《さ》れど内は貪慾と放縦とにて満つるなり。盲目《めしい》なるパリサイ人よ、汝まず酒杯の内を潔めよ、然《さ》らば外も潔くなるべし。

禍害なるかな、偽善なる学者、パリサイ人よ、汝らは白く塗りたる墓に似たり、外は美しく見ゆれども、内は死人の骨とさまざまの穢れとにて満つ。斯くのごとく汝らも外は人に正しく見ゆれども、内は偽善と不法とにて満つるなり。

偽善。欺瞞。虚偽……。

「あなたは、情報産業時代といわれる現代の、いわば最先端で仕事をしていられる」小倉医師が窓の方に視線をそらせて言った。病室は街路に面していて、音を殺して走る自動車、そして、道路の向うの濁った川の流れが見えるはずだった。

「私個人はあなたのような職種の方の治療を受けもつのははじめてですが、聞くところでは、あなたのような先端的な仕事をしている方が次々とノイローゼで倒れていってるといいますね。突然男性としての機能を喪失したり、原因不明の嘔吐感に苦しめられたり、不意に自殺衝動に駆られたり……なにか人間の文明のあり方が、根本的に間違った方向に踏み迷ってるのかもしれませんね」

三崎は曖昧に相槌を打ちながら、いつだったか、そう、パネル・ディスカッションのあった夜、話し相手を求めて行った穴倉のようなバーの情景を思い浮べていた。期待通り、白鳥勝がおり、あとで脚本家や俳優とつれだってディレクターの服部博も入ってきて、バーは賑やかだったが、彼らの酒の飲みっぷりは常軌を逸していた。はじめしばらく服部博は真面目に、ディレクター仲間に独立プロを作ろうとする動きがあり、それに参加しようかどうかと迷っていると話していたが、大部屋女優らしい女たちが入ってきて、誰かがギターをひきはじめてからは、ただ叫びをあげるだけで、話などする余地はなくなった。そして時間が十二時を過ぎて、扉が閉ざされ、照明が暗くなってからは、ほとんど目をおおう乱痴気騒ぎだった。芸能畑の人々の一種独特な酒席の荒れようを、三崎は知らないわけではなかったが、彼らが舞台で浴びる脚光が、こうした乱痴気騒ぎしか中和できないとすれば、その存在のあり方自体がすでに一つの不幸だった。絢爛たる衣裳、計算された表情、覚え込んだ台辞、そして客席からの黄色い声とやたらな拍手、そうした空しい営みに疲れた虚構の群れが、深夜の穴倉で、裸の雄と雌に帰って咆哮する。本当の自分、本当の故郷を失った苛立ちが、彼らを頽廃的にし、放埒にする。容姿が整い、声も訓練されているゆえに、身振りは一層大仰に映り、しかもそのととのい過ぎた顔には、悲哀の翳の宿りようがないのだった。恐らくは悲しんでいながら、悲しそうには見えず、ただ原始的な雄と雌のざれあいに我れを忘れようとする。どんなに肉の秘密をまさぐりあったところで、何が探しあてられるというわけでもないだろうに。

そして、そうした乱痴気騒ぎと放心にすら融けこめない三崎は最低だった。集団の人工的な祭に入れない者の逃げ場は、おそらく孤独と狂気しかないのかもしれなかった。

「聖書のほかに、近頃なにか本を読まれましたか?」小倉医師は立ったまま、そっと三崎の脈をとって言った。

「ええ、いろいろと」

「なにか強く印象に残っているものがありますか。無理に思い出そうとしなくて結構です。いま自然に頭に浮んでくるもので……」

「あります」三崎は言った。

「その本のことは既に誰か同僚とか友人に話されましたか」

「いいえ」

「なぜ？」

「なぜというはっきりした理由はありません。その機会がなかったというだけのことです」

「ええ結構です。で、それはどういう内容のものでした？」

「あるアルジェリアの民族解放戦線の党員が、特別攻撃隊に加入して行動するんですが、……」三崎は記憶をまさぐりながら言った。「包囲されてばらばらになってですね、家を離れて潜伏し、結局、長期間他の地域の活動に従事することになるんですね。ところが、しばらくして、彼の妻が逮捕され、夫の行状や仲間の名前を白状せよとせまられた揚句、一人のフランス軍将校に強姦され、しばらくしてからまた他の者が見ている面前で別の男たちに輪姦されてしまうんですね。妻は釈放されてのち、姑にすべてを告白し、姑は夫にそのことをあかして許しを乞うようにすすめます。後に連絡がついて、その夫は直接にではなく隊長からこのことを知らされるわけです。いらい彼は頑固な偏頭痛と不眠症に悩まされるわけです。彼の挙動はだんだんおかしくなり、任務遂行にも上官は不安を感じるようになって精神病院におくられるんですが、そこで、彼は妻と離れていた生活のなかで時おり試みていた性的なアバンチュールにも自分が不能者と化していたことを告白するんです。そして、何度も何度も不眠の床におとずれる夢を語ります。小猫が耐え難い臭気を発しながら急速に腐敗してゆくのをじっと見ているという夢なんですね」

「それは小説ですか」

「いいえ、アフリカの植民地解放運動の闘士で、しかも精神分析医である有名な人の書いた症状報告でした、たしか」

「私がまだ読んでいなかったのは迂闊ですが、そういう本はあまり読まれない方がいいですよ。知識人は自分がノイローゼじゃないかと疑いはじめたとき、むやみに精神分析学の本や精神医学の解説書を読みあさる悪いくせがあります。それは自己診断に役立つより、病状を昂進させることに役立ってしまうんですね。癌恐怖症といった病気がありましてね。癌の症状をしるした本を読みあさることによって、癌ではないと医者が断言しても信用せず、そして癌患者と同じ症状を呈して衰弱してゆくんですね。もうそういう書物はあまりお読みにならないことを薦めますが、ただちょっと、気にかかることがありますね」

「…………」

「精神分析学の書物ならば、いろんな症例がしるされていたでしょう？　なぜ、その症例にだけ興味をもたれたんですか？」

「…………」

「この前三崎さんは、大分以前に奥さんと離婚されたと聞きましたが、その後はたしか独りでアパート住いをなさっているとおっしゃってましたね」

「ええ」

「大変申しにくいが、素直に答えて下さい。あなたは、性的な面の処理はその後どうなすってましたか」

三崎は不意と憤りを感じた。事が個人の秘密に属する領域に触れたからではない。この前は、確かに社会的にも精神的にも対等な人間として三崎に向いあっていた医師が、今日はあきらかに患者として彼を見、一種の実験材料のように彼をあつかっていることを直観したからだった。

「私は恥しい」三崎は怒気を強いては隠さずにいった。「いや、自分が心くじけて入院して、しかも精神科の医師に、相談しているということがです。私は確かに本当に親しい友人、なにもかも、無茶苦茶なことまで、あらいざらいぶちまけることのできる人を持っていないことをなさけなく思います。なにが報道の自由だ、なにが良心だ、なにが革命だ、糞ったれ！　とか、そういうことを怒鳴ったり、わめいたりしてみたいと思いますよ。そうすればきっとすっとするだろうと思う。前の晩、酒を飲んでいて、何が民衆だ、泥鼠ども！　とわめいても、あくる日はそういう風にわめいたことで私を見放すことなく、またこの社会の改変について真摯に論じ合ってくれる友人を私は持っていない。その淋しさが私をこんな病院にこさせてしまった。しかし、私はなにも自分の性的な体験を話して、そこに神経症の原因を探ってもらうことなど欲してはいないんです。そんなものはまやかしにすぎない。これまで、あなたは、そういうことには触れなかった。私の不安を、私の職業と私の思考との関連で把えようとしてくれているようだった。だから私は、自分のことを喋ったんです。分っていながら、どうにもできないのが神経症であり、それをどうにかする手助けをあなたが与えてくれる、少なくとも暗示してくれるのなら率直にその好意は受けようと思ったからです。口はばったい言い方だが、あなたは私の新たな友人となりそうな可能性が感じられたからだった」

「そう思っていただいていいんですよ」医者は落着いた口調で言った。「私も、すべてのコンプレックスを性的な体験の歪みと結びつけようなどとは考えていません。しかし、やはりそれは重大な要素の一つではあります。いや、ま、今日はこの話はやめましょう。ともかく内科の先生の指示を、よく守って下さい。病気の中に逃げ込む患者さんも困りますが、あなたのように、誰しもにあるそういう心の傾きを自覚していて、それが許せず、自分自身に対して一層攻撃的になる人も危いんです。肉体的にも精神的にもどうにもならなくなるまで、自分を追いつめてしまうからです。この聖書に診断書がはさんであるようですが、早くこれも会社にお出しにならなけりゃいけませんね」

医師は二、三度、無意味にうなずいてから、そっと出ていった。診断書をまだ出していなかったのは、なにも意地を張っていたわけではない。およそ書類上の手続きが面倒だったからにすぎなかった。

三崎は素早く起きあがって、洋服を着た。今日は時事解説番組の録画をせねばならぬ日だった。会社内の抗争がどうあろうと、放送局としての機能を麻痺させてしまうわけにはいかない。それに、今日は、普段とは違って、解説番組に、討論形式を生かす最初の日だった。その了解のとりかたが異例だったために、始まらぬ先からすでに局内でぶつぶつ批判の言葉が囁かれている。それを封ずるためにも是非成功させねばならなかった。

彼は服装をととのえ、時間を確かめ、病院の外出許可証をポケットにおさめた。髪も梳らねばならず鬚もそらねばならない。だが自分のみじめな窶れようを目にするのが嫌で、彼は終始、鏡の前には立たなかった。ついで彼は、診断書に添えて出す、不定期出社の許可願いを書くべく、小机の前に坐った。入院費が高いだけのことはあって、病院そなえつけの便箋があった。

私儀、今般疾病のため、入院のやむなきに到り……

依然として、こうした届けや願い出には生きている文章の形式主義にうんざりしながら、脳裡に文案をねり、書き進もうとした時、ちかちかと目の前に銀蠅が飛んだ。そして気付いてみるとさっき指の間にはさんでいたペンがぽろりところげ落ちているのだった。使い慣れぬペンはよくない。彼はそなえ付けのペンをペン立てに戻し、自分の万年筆をとって、もう一度はじめから書きなおそうとした。

私儀、今般疾病……

ぼろっと彼の意志を無視して万年筆は便箋の上をころがった。瞬間、彼は自分の顔から血の気のひいてゆくのを感じた。またはじまった。しかも悪いときに……

「どうしたんえ?」戸口のところに母が立っていた。足音はしなかったから、大分前から彼の様子を見ていたのかもしれなかった。真澄がジュースの瓶をかかえて母の裾に身をかくすように立っている。おどおどと、彼に優しい声をかけてもらうのを必死に待つように。

「会社に電話して、今日はお勤めを勘弁しておもらい。顔色が真蒼じゃないか」

「いや、何でもない。ちょっと目まいがしただけだから」と彼は言った。

第十一章

テレビ局に勤めてはいても、誰もかれもがスタジオで働くわけではなく、ましてや被写体のがわに立つわけではない。少数のアナウンサー、討論司会役、そしてニュース解説者にかぎられる。

解説室長が代表してカメラの前に立つのではなく、解説室員全体の討論を公開する形式の採用は、言ってみれば三崎省吾の独断専行とも言えた。実現するとは誰も思っておらず、かえって解説室員がうろたえたほどだが、いよいよ実際に、スタッフやキャストが打合せのために集まってみると、三崎の感慨は複雑だった。番組編成は毎年、四月を期して大幅な改変があり、三崎の予想では、時事解説番組は三月いっぱいで、新たな形に〈発展的解消〉をするか、少なくとも担当者に更迭があるはずだった。一人の人間のアイディアには限度がある。どんなにバラエティについて配慮してみても半年も同じ番組を受けもてばマンネリは避けがたい。そういう意味では自分が時事解説の表面からやがて消え去るということに、特にこだわりはなかった。

しかし、もし心のうちを隅まで覗く悪魔が存在するとすれば、彼の独断専行には、一種の自爆的な心情が読みとれるはずだった。テレビを通じての言論には、政党やスポンサーなど外からの圧力を別としても、会社内にいつしか出来あがっている自己検閲の枠があり、報道管理課というチェック機関もある。組合の討議や解説室の自由な意見交換をそのまま電波にのせようとすること自体、番組解消を覚悟せねばできないことだった。内と外とでは論議の筋道より先に語彙《ボキャブラリ》それ自体がすでに違っている。三崎の微温的な表現、曖昧な暗喩が辛うじて、干渉の的をはずしチェックをはぐらかしてきたようなものだった。なぜ不意に敢て危険を犯そうとしたのか。三崎自身には、ごまかしようもなく、それが解っているゆえに、とまどいながらも、初めての試みにいくらかはしゃいでいなくもない五十嵐顕や城よし子の顔を、彼は正視できなかった。

「弱ったなあ」と五十嵐顕は正直に音をあげた。「僕のアクセントにはずうずう弁がまじってないかい。多分まじってると思うんだがなあ」

「そんなこと関係ないわよ。日本語なら何でもいいわけよ」

「女の児は度胸があるさ、常時人に見られる意識で行動してるんだから。えらいことに賛成しちまった。こんな提案、通るなんて思ってなかったんだけどな」

「無責任じゃない、そんなこと」

「どうも苦手なんだよ、僕は。昔から、写真をとられるのも厭なんだ」

「聴視者参加番組をみてごらんよ。みなもっと堂々としてるわよ。マイクを向けられたら、どら声でもなんでも、大きな身振りをして歌を唄うじゃない」

「散髪にでも行ってこようか」と五十嵐顕が言い、全員が爆笑した。

「そんなこと、日頃のたしなみでしょ。昔、武士は毎朝、朝風呂に入って体を清潔にして、いつ死んでも恥をかかないようにパンティもとりかえておいたというじゃないの」

「パンティはとりかえてるよ。もっとも三日に一ぺんだけど」

「わあ、キタナイ」城よし子が鼻をつまんだ。

若い二人は自分のはしゃぎを隠そうともせず、まるでこれからピクニックにでも行くような調子だった。社内の闘争でも街頭のデモでも、なにかすること自体が若い生命力にはすべてプラスに働くかのようだった。異例の団交の席上、常務や局長を罵っても、組合運動の方針をめぐる激しい対立が解説室内に持ちこまれても、それはそれとして、あとはけろっとしている。いや内心はそうではないかもしれないが、少なくとも自分をちゃかしたり、頭をさっと切り換えたりする体力をもっていた。そう、それは人柄や才能というよりは、体力の問題だった。

狩野学や田中良夫は、さすがにそうはいかないようだった。青年部の統制違反に対する執行部側の厳しい糾弾と自己批判要求、青年部側の、執行部に対する突き上げと不信任。それぞれの立場の代表者格であるゆえに、狩野学と田中良夫は顔をそむけ合うようにして、ほとんど言葉を交さなかった。三崎にはよく理解できないが、田中良夫と五十嵐顕の意見の間にも、等しくラディカルでありながらあい容れないものがあるようだった。

三崎は病院から必要な時だけ出社していて、報道部第二班の処分問題を境にして急に表面化した彼らの対立と激しい論争には直接は触れていないが、親密で平和だった解説室の内部に亀裂が走り、それを接着することが次第に困難になりつつある気配は痛いほど感じていた。

ひとたび家庭生活に破綻している三崎にとって、職場の亀裂は打撃だった。忙しい忙しいと文句をたれ、時には君らの顔は見あきたなと悪態をついたりしながらも、実は彼は小人数の職場のパーソナルな関係性に大きく拠りかかっていたのだった。指導しているつもりの彼が逆に内面的に支えられ、統括する立場の彼が却って、温かく包摂されていたのだ。考えの違った人間が違ったなりに、共通の目標を思い描き、共通のグラウンドを走る。時折たがいに相手の姿を確認しあいながら彼らは進んでいたはずだった。一日のうち、もっとも貴重で充実した八時間、彼らは一つの絆で結ばれた仲間だった。だが、それは〈政治〉によって一挙に崩れ、そして恐らくはもう戻らない。

番組の録画そのものは、一方で深い危惧を懐きながらも、技術的な面ではそれほど心配することはなかった。皆しっかりしているし、論題も、のびのびになっていて、それゆえに内部の討論は充分行われた公害=私害問題だった。会話がとぎれて薄手になるなどということはありえなかった。三崎自身の役割も、司会を兼ね、最初の問題提起と最後のしめくくりですみ、いつもより楽なはずだった。最初プロデューサーの望月達郎とディレクターの服部博が解説室にきて、画面に出す写真や統計表をととのえ、その大体の時刻割りを打ち合わせた。河川に白い腹を出して浮いた魚、イタイイタイ病患者の骨のレントゲン写真、空港わきの小学校で録音したジェット機の爆音、観光地の有料道路わきの枯れてゆく樹木、そして石油コンビナート地区の住民の気管支炎罹病率や農作物の有機水銀含有量の変化表など。今回だけは、時間は三十分割りあてられて、最初の問題提起は、それらの写真や統計を画面にうつし出しながら、ほぼ五分間と決定した。

解説室員の席の配置や、発言順序をどうするかという段になって、全員が第二スタジオまで出むくことにした。紙の上で考えているよりは、実地に練習してみた方が能率的だったからだ。がらんとしたスタジオには、大きな背景の屏風と、その前の絨緞、そして数脚の円椅子があるだけだった。

「政治討論会や教養番組じゃないんで、ソファーにデンと坐るという配置はやめます。この円椅子に円型に坐って、討論して下さい」服部博は言った。

もの珍らしそうに五十嵐顕は、スタジオを見まわしている。暖房はあまりきいていなくて、スタジオは寒かった。

「どの位置に坐っていただいてもいいんですが、三崎さんには最初、こちらの椅子で問題提起していただきます。それがおわったらすぐ、この真中の椅子に戻って下さい。他の方の席は、そうだな、解説室ですわってられる順が自然でいいでしょ。それとも、城さんには色を添える意味で、三崎さんの隣に坐ってもらいましょうか。今日はカメラを三台使って、喋っている方の表情は、まんべんなくとらえますけれども」

「日頃の解説室の順序がいいだろう」

「最初の発言順だけ決めておきますか」三崎は言った。

「いや、いいだろう。みなさん雄弁家だから、長広舌にならないようにうまく抑えることができるかどうかの方が、心配なんだから」

「まあ、そういうこと」田中良夫が苦笑した。

狩野学は不興げに沈黙している。彼はこの試みにはもともとあまり賛成ではなかった。考えようによっては、この録画自体が、一種の思想調査の材料のようにもなりかねない。率直にものを言ったことだけで、急に反作用が表だつことなどありえないが、あまりに無防備に自分を露呈することは、組織の責任者としては避けねばならないだろう。

再度、解説室に戻るほどの時間の余裕もなく、美術課の人たちが準備をする間、広いスタジオに各自がばらばらに立って時間待ちした。

城よし子はスタジオの隅に寄せられたピアノの前に坐って、たどたどしい「エリーゼのために」をひいている。

温度の変化のせいか三崎は急に立っていられないほどの疲労を感じて、椅子を一つひきずってきて坐った。悪酔の時のように墜落感があり、口腔内に酸っぱい唾液がたまった。

「大丈夫ですか」服部博が近寄ってきて、顔を覗き込んだ。

「いや、大丈夫だ」

「この前はどうも失敬してしまいました。変な連れがいたもんで、ゆっくり話もできなくて」

「ああ、いや」三崎は小声で言った。「もう、あの問題は態度を決めましたか」照明の暗いバーのあわただしい会話でも、彼は今ほされてはいても何時までも続くわけじゃないだろうからと、辞表を出すのには反対したが、それが無駄なことだということは解っていた。人が何事かを相談するのは、すでにある程度自らの態度を決めてするものだ。

「ええ」とどちらに決めたとも言わず、服部博はうなずいた。

考えてみれば、能力のある人が、その能力を生かせる独立の場を作り、あるいはその組織に移ることを阻止する理由はなにもなかった。最近会社は経費削減を名目に、重量感のあるドラマをほとんど企画せず、人手がいり時間のかかる仕事を次々と関連子会社の下請けに出している。独立プロ結成案も理由のないことではなかった。ただ、芸術家肌のディレクターが、そのようにして一人抜け二人抜けていくことは、会社全体の合理化に拍車をかけ、内部に残る〈良心派〉をいっそう孤立させることになる矛盾はあった。しかし、仕事のまったく出来ない状態のまま、とどまっておれと要請することも三崎にはできなかった。

「所属が変るだけで、実際は、このスタジオを借りて仕事をするというようなことになるんじゃないかと思いますよ」服部博も小声で言った。「腐れ縁は続くわけですよ」

「若い人はいい」

「え？　何か言われましたか？」

「いや、いや」

スタジオにぱっとライトが灯った。たどたどしく流れていたピアノの曲がとだえる。

三崎は出向いてきた化粧係の女性に日頃より厚くドーランを塗ってもらった。不眠のやつれと皺を匿すためである。化粧係は彼のあと城よし子に幾分手間どった以外は、簡単にすませたが、それでも、田中良夫と五十嵐顕は互いの顔を眺めあって笑いがとまらないようだった。

「五十嵐、お前は後向いててくれ、お前は。笑っちゃいかん時に限って笑いがとまらんじゃないか」すでに車座の位置についてもなお田中良夫は笑っていた。

「そっちこそ、ドサ廻りの吉良の仁吉だ」と五十嵐顕が応酬する。

ぷっと、城よし子までが理由もなく噴き出す。

しばらく理由のない笑いが、スタジオに蔓延し、処置なしの状態に陥った。三崎にも発作は感染したが、それは却ってよかった。笑いがおさまって、カメラに向ったとき、不安感は消えていたからだ。

「それでは、はじめます」

解説室員が車座になった部分は暗くなり、三崎のいる場所だけが丸いライトに照らされた。

「いいですね。本番三分前」服部博が言った。

三崎は顔をあお向けて、オーディオ・ルームのあたりについている電気時計を眺めた。音は聞えず、しかしコツコツコツコツと時計の秒針がめぐる。

「本番、二分前」ゆったりした服部の声だった。

時計は感情なく正確に秒を刻んでゆく。

「それでは、はじめます。時事解説特別番組、×月×日放送分……はい」

三崎は視線を時計から、テレビ・カメラの赤ランプに戻し、軽く頭をさげた。

「今日は、私たちの日常生活にとって火急の問題であると同時に、世界の先進諸国において等しく政治問題化しつつある公害の問題についてとりあげてみたいと思います。また、これまでは私一人が電波を通じて聴視者の皆さまと対面しておりましたが、事柄の重大さと複雑さに鑑みて、何度か同じテーマでお話しすることになるこの番組の、新しい試みとして、若い世代の人々にも参加してもらい、いわゆる公害というものは何故起るのか、その根本的な対策、為政者に対する要請はもとより、われわれ自身はどういう態度をとるべきかを、討論してもらう手はずにもなっております。

いわゆる公害の問題は、十九世紀において、すでにある学者がイギリスの資本主義の構造を究明しました際に、資本蓄積の諸法則の一部として、作業場内の労働条件だけではなく、生活次元の諸条件、栄養状態や住宅状況をも考慮すべきことを指摘しておりました。……」

……おれは一体何故ある学者などという曖昧な表現をするのだろうか。なぜカール・マルクスが『資本論』ですでに言及していると言わないのか。

「その際はもっぱら公害、ニューサンスは安居妨害という型で受けとられましたが、考えてみれば、現在では、一応の安居がまずあって、それが外側からおかされるというかたちを既に通りこしてしまっていると感ぜざるを得ないのであります。安居の条件である土地と家屋、それすら一般の勤労者にとっては手にとどかないものになりつつあります。六畳の部屋一つに、親子三人が住まねばならぬ形態自体すでに問題であります。また、先日私は万国博の工事現場を参観にまいりましたが、その途上、あることを目撃いたしました。建築技術の粋を集めてなされております華々しい大事業の近辺、ほんの十数分とはなれない傾斜地に開発されました宅地は、造成後一年にしてすでに地くずれを起し、上の家屋は地盤を削りとられ、下の家屋は半ば土砂に埋れるという惨状を呈しておりました。やっとの思いで手に入れうる土地は、そのように雨に崩れ、やっとの思いで居住した新建材の建売住宅は、失火の際に猛毒を含む濃煙の発生によって惨禍をもたらす危険があるだけではなく、日常に屋内で石油ストーブを燃やすことによってすら、建材が有毒ガスを放出し頭痛を起させ、家人の健康をそこねるといった状態であります。居住条件がそうであるばかりではない。私たちの栄養源である食物には有毒染色剤が混入し、有毒甘味料、有毒調味料がまぎれこみ、飲料水は工場廃液に汚濁し、空気すら工場の煙突や自動車のまきちらす煤煙や亜硫酸ガス、一酸化炭素にけがれている。健康をこわして薬に救いを求めれば、その薬が胎児の発育に悪影響し、癌の発生をうながす副作用をうむ。農村地帯は農薬によって害虫のみならずその天敵までが滅び、都市は殺人凶器に満ち、あるいは地盤沈下して水害におびえ、あるいは高層建築に日の光を奪われ、騒音のために小中学生の教育が阻害される。これは一体どういうことなのか。アメリカの大統領はその年頭教書において、いまや人間が自然を滅ぼしてしまうか、自然との調和を回復しうるかの瀬戸際に立っていると言っておりますが、我が国においても人間が人間的に生きかつ存続してゆくとはどういうことなのか、そのためには、人間と人間との関係の仕組をどうすべきなのか、私たちははっきりと態度を定めねばならない時期にさしかかっていると思われます。疎外という言葉がここ一、二年よく用いられましたが、御存知のように、それはもともと、人間が労働によって自然に働きかけ自然を対象化することによって、自然からも反作用的に受ける疎隔をまず意味し、ついで、人間の労働が人間社会の支配構造によって、自分自身の労働過程と労働生産物からも疎隔されるということをも意味します。いわゆる公害の問題は、自然と労働生産物の双方から働き人が隔離される疎外の、もっとも象徴的なあらわれであるといってよいのであります。疎外は自由の反対概念でありますから、つまりはいかにこの公害を克服するかということが、この二十世紀までたどりきたった人間が、いかに自由を自らの許にとりもどすか、自己自身をとりもどすかということに直接つらなっているのだということを申しあげたかったわけであります」

彼を照していた照明が暗くなり、解説室員が待機している車座の部分が明るくなった。カメラが統計表や公害の実例写真をうつしている間に、彼はすばやく移動して円陣に加わった。写真を説明するアナウンサーの声が流れている。解説室員もさすがに緊張して、小刻みに手や足を動かしている。先刻、三崎の顔を写していたカメラが追ってきて、再び彼に焦点を合わした。三台のカメラのうち二台が、車座を、一台が統計表や写真を狙っている。服部ディレクターが、懐中時計を睨みながら、手をあげ、それを彼の方に無言でつきつけた。いよいよ討論の開始だ。最初、誰かに話をもちかければ、彼の役割はほとんど終ったようなものなのだ。

「狩野君は、お見受けした所、不自由な固定具をつけていて、自動車事故にあわれたんだと思いますが、自動車事故というものも、考えようによっては、一種の公害被害といえるんじゃないですか」三崎が言った。「自由に討論していただいていいんですが、あなたには、他人事ではない憤りもあるでしょう」

……うまくいった、大丈夫だと、三崎は思った。

「ええ、そう思いますね」一つ咳ばらいをしておいて、狩野学は言った。「ある商品を、他の諸条件との関連を無視して多量に生産し、不必要に購買欲をあおるということが災害の準備をするということが確かに言えると思うんですね。自動車もそうですし、先程三崎さんが総括的にあげられた例で言えば薬品公害がそうですね。自動車も薬品もそれ自体としては、必要なものです。そして作っている方としては、交通の便、時間の節約、行動半径の拡大などを名分としておりこそすれ、人が人を傷つける為に作っているのではないと言うでしょう。睡眠剤や経口避妊薬の製造元も、なにもサリドマイド児を誕生させ、患者を癌にしようと思ってるわけではないでしょう。しかし、ある限界量を越せば、一つの物が全く違った意味と作用をもつということ、つまり人間を、人間社会を総体として把える考慮がそれら企業には欠けているわけです。予定調和的な市場の自由調節機能というものを、自ら破っておいて、しかも企業体はその観念を楯にとって自己防衛するわけです。僕は生産過程における毒性廃棄物の問題よりは、こちらの方が実は恐ろしいという気がしますね。というのは、廃棄物処理で問題を起すのは、むしろ中小企業ですが、有用らしき生産品それ自体の、限界を越えた量が質的にも転換して、どこに責任をもっていけばよいのかわからぬ厄災を蔓延させるのは、独占企業だからです。僕はふと思うんですよ。自動車がぶつかり合ってこわれたり、ガードレールをとびこしてつぶれてしまうという形の消費をも、実ははじめから計算されているんじゃないか、と」

「いま狩野さんは、いわゆる公害の発生源を、独占企業と中小企業にわけられた。たしかにそういう類別はできるだろうと思う」田中良夫が考え考え言った。三崎が最初、狩野に水を向け、ことさらに問題を一般的にしたために、田中の立場からの発言をしにくくしてしまったかもしれなかった。「ただ問題は、単純に加害、被害関係を分離してしまうことができないことにあると思う。ある種の有害物を、それと知りながら生産している企業、一番はっきりした所で言えば兵器産業がそうですが、そこにもですね、労働者が働いてるわけですね。チクロや有毒添加物に反対する以上は、毒ガスやナパーム弾を作っている兵器産業にまっさきに人は反対せねばならない。しかも困ったことには、そこにも労働者が働いている。む……と、おそらく問題は二つ……あります。一つは、つまりいわゆる公害と称せられているもののうち、大部分は、はっきりと犯罪であるということですね。そしてもう一つ、犯罪に荷担することもまた、犯罪だということです。アメリカの大統領が、国内の諸企業が次々と兵器を生産することを抑制もせず推進しておいて、文明史的に今や人間は自然との関係において重大な設問の前に立たされているなどというのは欺瞞もはなはだしい。そして、日本人も同じことなんですね。日本で作っている兵器が多く外国に輸出され、直接、自分の方に向けられないと安心しているから、人々はそれを見のがしている。しかしそれは、被害が自分におよばねば、放射能汚染物を他国の港で吐きだすのと同じことであり、有毒廃液を工場が川に流すのも同じことなのです。もしどの一つかを見逃すなら、他のものに対して非難する論理的な権利はなくなるわけです。いわゆる公害問題は、被害者や地域住民だけが批判の声をあげているだけでは解決しない。そうした自分に累が及びさえしなければ、あるいは見逃し、あるいは間接的に荷担する労働者をも含む人々の、苦しい自己否定と共犯拒否の精神の確立がなければ、なにひとつ片付かないですよ。では有毒物を廃棄したり、有害品それ自体を生産している企業の内の組合が、なぜ一歩も動き出せないのか、そこに問題がある。独占企業を非難しておいて、そこに働く労働者を無垢のものとして措定する発想、被害者と加害者を単純に分離する発想からは、遂にいかなる行動も変革も産み出せない。むろん、現在の段階では、労働組合は、企画参与権も拒否権ももっていない。これを作れといわれればそれを作る。その商品が社会の中で果す役割に対する価値判断は分離して、人々はやみくもに、あるいはしぶしぶ働く。組合が正論を吐いて、会社そのものがつぶれてしまってはなにもならない、というのがそういう疑念に対する企業の論理でもあると同時に、組合の指導者の心情でもある。そう思うことによって、自分が犯罪荷担者であることをも許容してしまうわけです。僕はこう思う。もし企業が有毒物質をたれ流しており、しかもそれをやめる設備をそなえるためには企業そのものが左前になる、つぶれてしまうなどと恫喝してくれれば、不正を拒絶することによって会社がつぶれるものならつぶそうじゃないかと、労働者は答えるべきだと思うんだ」

「ちょっと待って下さい。それは公害の問題から逸脱してるんじゃないですか」狩野学が言った。

「いや、はずれてはいませんよ」田中良夫が言った。「いわゆる公害問題を、さきほど写真解説にもあったように列挙して、微視的に近因を指摘するだけにとどめるのなら、また別です。三崎さんの最初の発言にもあったように、単に解説するだけじゃなく解決の方法を探ろうとするのなら、入りくんだ加害被害関係を確認し、自分たちも汚染しているその汚染の泥沼から、いかにもがき出るかを考えるのは当然でしょう」

田中良夫の、いくぶん未整理な、重い発言によって、雰囲気は急速に息苦しくなった。だが討論がねばりつくように鈍重になるのと反比例して、三崎の視界の片隅に入っている服部ディレクターの動きは活潑になり、カメラマンに示唆して、三台のカメラがめまぐるしく車座の周囲を移動した。ライトをつけっ放しの討論番組の常識を破って、時には田中良夫にだけスポットが当り、また一方だけからの射光によって、表情に深い隈ができた。近々会社を退くつもりのディレクターが、置土産の制作をする気にでもなったのだろうか。いつもは気だるそうにする足で動く服部博が、カメラマンに付き添って敏捷に動き、口もとに装置したマイクを通じて、しきりに調整室と何かを打合わせていた。

「城さんはどう思いますか」と三崎は言ってみた。

「田中さんの御意見に大体、賛成ですわ」と彼女は言った。

「むろん狩野さんのおっしゃることも解ることは解るんですよ。たとえばチクロ騒ぎの時だって、アメリカで禁止されて、大手製造メーカーはぴたっと製造をやめました。そして大手製薬メーカーの作ったチクロを実際に清涼飲料水や罐詰に使っていた中小企業が厖大な製品の回収にうろたえて倒産するところも出たと聞いてます。あとで回収期限がのばされたりしましたけど……。そのことはあとで論ずるとして、新聞や週刊誌が、これこれのものにはチクロが入っていると名指しであげたのは、中小食品メーカーの製品ばかりで、有毒であることを承知の上でチクロそのものを製造していた大手製薬メーカーの名前は伏せられて出なかったと思うんです。狩野さんが言われるように独占企業と中小メーカーには、そういう面でもあつかいに差があったと思うんです。でも、そういう事実を指摘するだけにとどまっていちゃ何もならないと思うの。ではなぜ、犯罪的な大手製薬メーカーの名前が、どのマスコミにも出なかったのか。

すぐさま回収して謹慎の意を表したから勘弁してあげたのか。そうじゃないと思います。いわゆる公害を産み出しているのと同じ構造が、メーカーと新聞や放送企業との間の関係にもあって、元凶である製薬メーカーの名前が解っていながら意識的に伏せたにちがいないと思うんです。そしてその段階では、マスコミも共犯者なんです。だから公害問題だって、一番の悪者がするっとすり抜けてゆくことだって充分考えられるわけ。そうさせないためにはどうしたらいいのか……結局、そこからも、田中さんの提起した問題に戻ってゆくんじゃないかしら。複雑な被害加害の網の目の中で生きている、私たち自身の問題なんだという地点に……」

「僕はこう思うんですよ」順番を待っていた五十嵐顕は少し吃りながら口を開いた。「田中さんや城さんの自己否定を媒介にする姿勢はいいと思うんです。でもね、それだけでは結局、能動的な運動は出てこない、と思うんですよね」

「そんなことはないさ」

「いや、そうですよ。一つの問題について非常に真摯な反省と、相手に良心がある場合の良心的部分の回心はあるかもしれません。さっき、田中さんが言われた、企業内の組合の良心に期待し、その組合が会社ごとつぶれるならつぶれてみようじゃないかと決意することで、悪への荷担から身をひきはなし、内さえよければよいという家族意識を超克できるかもしれないということも解るんですよ。でも本当はつぶれないわけでしょう。つぶれないんですよ。結局はだから、心に痛みを覚えながら、やってることは前と同じということになってしまう。自分の仕事を総体的にとらえ、その仕事の意味を良心的に問いつめてゆく、それは美しいけれども、そういう余地があること自体、一つの特権なんですよ」

「じゃ、どうすればいいんだ」田中良夫が言った。

「…………」

五十嵐顕は黙り込んだ。しかしその沈黙は思念がとだえたというのではなく、青年らしい短絡にせよ、彼には少なくとも観念的にははっきりと一つの解答があって、しかし、恐らくは二語で言い切れる言葉を出すのに、照れたのだったろう。彼は決して陰鬱な表情はしていなかった。

「三崎さんは、どう思われますか。どうすればいいと思われますか」

「一つ一つ、解決してゆくより道はないと思います」三崎は汗のにじむのを意識した。この録画は到底放送されないだろう。いや放送されるされないより、これでは番組自体の存続、ひいては解説室の存続までが危くなる。一方ではそう思いながら、彼はこれが生放送であり何百万人の視線が自分に集中するようにも感じていた。「出来れば、田中君が言うように、有毒廃棄物を出している工場、害になる可能性のある製品を作っている工場が、それぞれ内部から自発的に改めてくれるならば……と。法律を作り、法的な規制によって、事を解決するという発想には私はもともと賛成ではない。上からの権力を背景にした威嚇によってしか、各企業や企業内団体が自己の矛盾をあらためないと言うのでは、もう絶望なのだから。それではなんにもならないんです、なんにも。たとえ政治の頂点が入れ変ったとしても、それでは駄目なんです」

「三崎さんは、今おっしゃったようなことが実際にありうると思って言ってらっしゃるんですか。各労働団体が突如理想主義的になって企業の矛盾や悪を清算し、そういう団体が和気藹々と連合して、公害もなく過当競争もなく、互いの善意を信頼しあう社会が現出する。……そんなことが本当に可能だと思って言ってらっしゃるんですか」五十嵐顕が言った。

そういう風においつめないでもらいたい、と三崎は思った。本当のことは十に一つ、言えるか言えないかが人間の拙い性《さが》というものであり、もしなにか一つ本当のことに触れられれば、あとは希望的観測や文学的潤色で言葉尻を埋めねばならぬこともある。

「ぼくはやはり三崎さんの発想には、最初にどうしようもない絶望があるという気がして仕方がないんだなア。しかもその絶望は不動のものであって、そこから時おり不可能な美しい幻想がにょきっと筍のようにでてくる」

「そうかもしれない」三崎は言った。「私にはこの現実に向けて、何事かを建策する者が、最低の資格として持つべき、未来性というものに欠けているかもしれない。そうなんだ。いつからとははっきり言えないんだが、私はある時期から、この制度を否定して次にいかなるものをもたらすかというイメージを全く思い描けなくなってしまった。未だそれをありありと思い描きえている人の幸福をこわすつもりはないが、その愚かさに同意するつもりはない。しかも、にもかかわらず、公害問題に限らずこの日本の現状に対しては、心情的にもノンと言わざるをえず、論理的にも否定せざるをえないことも事実なのだ。私は袋小路にはまり込んでしまった。率直に言って私には方向がなく出口がない。私の口調が曖昧であり私の態度がにえきらないのは、おそらくそのせいだと思う。ただ、私に論理的思考力がないからでもなく、私に勇気がないからでもないと私は思っている。私には、いつしか殉教の美学というものがなくなってしまったのだ。いかなる苦難にも人が耐えうるためには、この地上の国を超える世界のイメージと、そこでの再生の観念をもっていなければならない。私はある時期そのイメージを持っていたと思うが、いまはない。いささかは真摯に生きたつもりの半生の、それが苦い報酬だった。結局、こういう状態にはまりこむのなら、もっと気楽に、すいすいと生きておればよかった。愛などはじめから信じなければ愛に傷つかずにすむのと同じように、思想の力など信じなければ、こんな虚無の意識に苦しむこともなかった。……」

おれは奇妙なことを喋っているなと、三崎は思った。この席は、いわゆる公害が実は企業体の流す私害の総和にすぎないことを、その発言の責任を解説室員全体で分担しながら証明してみせるための討論であるはずだった。最初に狩野学に指名したことで、却って問題が拡散しかけ、廻り道をたどりはしたが、それは三崎の司会で元に戻せるはずだった。いや、問題が拡散しようと、ずれようと一向さしつかえないが、ともかく問題は公害論であって、こんな個人的な述懐とは何の関係もないはずなのだ。列席者もさすがに奇妙さに気付き、一斉に三崎の方を見た。

「………」

いや、発言の資格云々の問題は別として、いわゆる公害は実は私害ではないかという問題について率直に語りあってみたいと思いますが、と彼はその時言おうとしたのだった。

だが、どうしてか、お、お、とかすれた摩擦音が出るだけで声が出ないのだった。肺は空気を吸ってふくらみ、それが咽喉を通って口に出てくる。だが、栓が抜けてしまった気筒のように、途中でひっかかるものもなく空気はもれるだけなのだった。

発言の資格の問題は別として……

ハアハアと、語ろうとする最初の語彙の頭子音だけを、繰返していた。いや、それは既に意味のある言語とは関係のない単なる音にすぎなかった。

一瞬顔色をかえた田中良夫が気配を察して、三崎の代弁をした。

「さっき言おうと思ったんだけれども、われわれが使っている公害という表現自体がおかしいと思うんだ。それは害が公けに及ぶという意味と、個人責任に還元しにくい災害という両方のニュアンスをもっていて、そしてその二義的なニュアンス自体が、この問題の責任の所在を曖昧化していると思うんだな、つまり……」

発言者は田中良夫に移ったにも拘らず、カメラの赤ランプは他に転じなかった。田中の顔を一台のカメラが確かに狙ってはいたが、その方には赤ランプはついておらず、五十嵐の肩越しに三崎に焦点をあわしたカメラが、依然として彼を撮影しつづけていた。カメラマンだけではない、その背後に服部博がつきそって、声を失い空しく喘ぎ、空しく脂汗を流している三崎を凝視している。

「…………」

彼はその服部の振舞いに抗議しようとし、そして眩暈に目を閉ざした。誰かが彼の名を呼んだようだった。虚ろにあたりを見廻した彼の目に、城よし子が泣いているのが映った。どうして彼女は泣いているのか。妙によそよそしい気持で彼は再び目を閉じた。やはり誰かが彼の名を呼んでいた。その場の出席者ではない。遠い過去に知りあっていた誰か。かつては親しく交わりあい、いまはその人の消息も知れない人間の……。たしかに聞き覚えのある声が、彼を呼んでいた。

「やめてェ！」城よし子が立ちあがり、あたかも彼を狙う銃器から彼をかばおうとでもするようにカメラの前に立ちはだかるのを、彼は意識した。

第一部了

もう一つの絆

第一章

玄関の扉がひらかれ、いままで聞えていた窓際の樹の揺落の音がとだえた。錆びついた呼鈴が調子はずれに鳴り、苛立たしく鳴りつづけ、やがて静寂に返った。しかし、患者の入ってくる足音はしなかった。調剤室の温度が水に洗われるように下り、スリ硝子を通して、待合室がわにたらされたカーテンの伸縮が微妙な影絵になって映った。扉がためらいがちに再び軋んだとき、戸棚に並ぶおびただしい薬品瓶をおおっていた蒸気粒はすでに消え去っていた。

大山理子看護婦は、目もとのたるんだ水ぶくれの顔を婦人雑誌からあげて立ちあがった。受付をかねる薬局は、勝手口から炊事場に通ずる路地に面した窓を除いて、周囲を壁と薬品棚と待合室側のスリ硝子に閉ざされていた。部屋は薄暗く、ほとんど投げやりになった病院の運営を象徴するように、一つかぎりの窓も埃を積んでいた。この病院の院長の一人娘が指先で落書したらしい英語が、その窓の透し模様だった。路地をはさんで、低い板塀と平家建ての古瓦の列があった。吹きだまりで鳴る枯葉の音がする。

大山看護婦は、柱にかかっている日暦を眺め、受付口を開けるまえに、日暦の下にある短冊鏡を覗きこんだ。府立病院から転勤して一ヵ月、私設の病院の受付で機会あるごとに容姿の衰退を確めてきた鏡は、そのときもやはり濁っていた。いや、濁りは鏡の裏の水銀がはげているためでもなく、埃に汚れているためでもない。真新しい衛生衣を着、ナイチンゲールハットを被っておりながら、縁なし眼鏡をかけたその不潔な三十女の顔は、確かに、昔、彼女がなりたがっていた看護婦の顔ではなかった。そしてまた、彼女の体内を流れる岡山の山奥、その農民の血のつくる野暮さでもなかった。電力会社のダム建設の爆破作業に追いたてられながら、山間の麦畑をはいずりまわり、桑畑で指を緑色に染めていたころ、彼女は痩せて土気色の皮膚をしていたが、水ぶくれはしていなかった。

「ご診察ですか?」

覗き窓をあけ、しかし、なおも背後の柱時計をふりかえりながら彼女は言った。時計は九時十五分を指していた。今日、最初の患者である。背後を顧みる癖は、時刻をたしかめるだけでは満足せず、視線はふたたび、絶望した囚人の瞳のように濁っている窓明りへと移動した。人と対面しようとするとき、彼女はいつも後ろをふりかえりたい欲望にかられる。幾度ふりかえってみても何が見えるという訳でもなかったのだが。——田舎にいた少女のころには、振向くと、そこには切り崩される灰色の山肌があり、空しく輝く紺碧の空があった。時には冴えわたった蒼穹を、雲の破片がひきちぎられて飛んでいることもあった。府立病院に勤めていた頃には、喘いでいる病人や陰口をきいている同僚たちの仏頂面があり、今はふりかえるごとに、柱時計と窓だけがみえた。過去の栄光を全部吐きだして、やたらと大きい図体だけを残した病院は、診療室も病棟も深閑としていた。内科、小児科、外科兼皮膚科、耳鼻咽喉科と、一応、綜合病院風の体裁をととのえながら、ほとんど人の気配もない。彼女はしばらく、小刻みに音を立てて震える半透明な窓硝子を苛立ちながらみていた。

「ご診察ですか？　まだ先生は——」大山看護婦は言った。

「ああ」男は待合室の閾のところで曖昧に微笑した。襟を立てた皮ジャンパーから趣味の悪いマフラーがのぞいている。上半身はサラリーマン風だったが、男は足袋をはいていた。彼女が抜けだしたいと焦り、そして遂に脱出することに失敗した貧困者の卑屈さを、その男は羞らいもなく全身ににおわせていた。きたならしい、と彼女は声にはださず呟いた。男は待合室の片隅に積んだ座蒲団を自分ではこび、大火鉢をかかえこんでうつむいた。壁よりに長椅子も並べられているのだが、待合室そのものは、古風な畳敷きだった。炭火に顔を寄せて無意味に灰を吹く男の髪は、寒気に油気をもぎとられてもつれ、素人目にもそれと解るスピロヘーター性の禿が側頭にちらばっていた。もうすぐ、煙草を一ぷくすうと、彼は待合室の壁を不安気に見まわし、映画や合成酒会社の広告を眺めるだろう。女優が水着姿で酒盃を捧げている季節はずれの、そして恐らくはどの季節にも妥当する宣伝写真に一ときを忘れ、やがて落着きなくカーテンの奥の廊下、その左右の診療室の気配をうかがうことだろう。水洟をすすり、そしてまた深呼吸をするだろう。それが、自分自身に向いあうことを恐れる哀れな人間の、哀れな自己欺瞞の姿なのだ。毎日毎日、彼女はそうした、病気に悩む人間の、同じ動作をみてきた。大山看護婦は、新来者のカードを一枚ぬきとり、年月を書きこんだ。

「保険証はおもちですか?」彼女は言った。

何年か尋ねなれ、習性となった質問は、本当はただ呟かれただけだったとみえ、来診者は火箸で灰をかきまぜる動作をやめなかった。傷ついた肉体、その空虚な容器の中にひめられた傷ついた意識が、灰の上になにごとかを書かせているものとみえる。看護婦はペンを擱き、かじかんだ手をこすりあわせた。不意に、彼女は、ずるそうに動くその男の目に、その男に対してではなく、一人の、もはや彼女のものではない、いや一人ではない、男たち一般への抑え難い憎悪を覚えた。しきりに身につけたがっていた勿体ぶった形式への配慮から、必要なとき、その憎悪をぶちまけそこね、今はもう死灰に等しくなった紫色の感情が、なお死にやらず胸のうちをかけすぎる。没落しつつある私立病院の、人気ない薬局の一室で、暇な時間の合間に、埋葬しそこねた燐が、彼女の孤独のなかで燃えつづけている。いま、休息のとき、彼女が対面できるのは、対面して対話することのできるのは、その非人称な憤怒だけだった。誰に告白することもなく、その意味を問うこともなく、それゆえ永遠に孵化することもなく、非人称な憤怒のままであり続けるだろう。いい気味だと彼女は自嘲した。いい気味だ……。

調理室の方から足音がし、いつも双生児のようにつれだっている内科付准看護婦青木梅代と小児科付准看護婦有高かおるが、入院患者用の食膳を堆高くつんで通りかかった。なにが珍しいのか、変りばえもせぬ入院患者の噂話をしながら大仰にうなずきあう。

「あの三号室に以前から入ってる脊髄麻痺の患者さんね、むかしは女優さんだったんだって。昨日、付添婦さんにはじめてきいたんだけど、その旦那さまは有名な映画監督なんだそうよ」

「知らないなあ、誰なの？　それ」

「それは秘密、だって。なにぶん、あんまり名誉な病気じゃないんですものね。ふふ」

「なぜ？　なぜ？　言ってよ」

互いに甘えあうことが、膿の匂いや現実の叫喚からの自衛手段でもあるかのように、若い二人は声をからませあう。破れやすい若い膜、薄いヴェールをへだてた夢想がどんなにみじめに汚れねばならぬかも知らずに……。

「仕事があるんだが、今すぐ診てもらえないかな。注射してもらえないかな、すぐ」男は立ちあがり、無意味に一回転して受付口に近よった。

「先に名前と住所をおっしゃって下さい」大山看護婦は、後ずさりし、体を覗き窓から横にずらせた。

「名前かね。この近所のものだ」要領悪く男は言った。でたらめか本当か、男の言う通り大山看護婦は診察カードに走り書きする。男の煙草くさい呼気がし、薬局をのぞきこむ、不安にゆれうごく瞳が彼女の鼻先で動いた。

「そこで坐って待ってて下さい」

「別に立ってたっていいだろう」男は冗談を言った。

「それじゃ、立ってて下さい」

「みんな同じことさ。澄しとったって、わめいとったって同じことさ」男は言った。しかしそれは男の言葉ではなく、なにか昔の流行歌の散文訳らしかった。

風呂場で浅野看護婦が洗濯をしていた。看護婦養成所を卒業し、国家試験にパスし、二等看護婦の免状をとってからずっと彼女はここに住みついているという。浅野看護婦はいつも衛生衣をエプロン代りに着ていた。白いエプロンは料理の飛沫で汚れ、廊下を這って拭く膝の部分が不様につぎあてられてあった。

「院長先生はどこ?」大山看護婦はこわれたままの瞬間湯沸器にもたれて尋ねた。

「つめとうて、つめとうて」浅野看護婦は言った。「お湯を一ぱい沸かしといても、すぐ冷えてしもうて」浅野民代は、罪のない、白豚のように肥えた顔をあげて笑った。看護婦から家政婦への位置の転落を、彼女は別段不満にも思っていないのだ。

「今年は葱や白菜がたかいんですって。霜が降りすぎて……。八百屋のおっさんの嘘かな、それとも」

「誰の洗濯をしてるの？　一体」大山理子は薬局にくらべて、几帳面にみがきのかけられた風呂場とその隣の台所の有様をみた。

「先生のと、お嬢さんのと、私のと」浅野民代は電気洗濯機の中から泡に包まれた下着の一つをつまみあげてみせた。原型をとどめないほど、その小さな肉色の肌着にはつぎがあたっていた。

「ありゃ。これは私のパンティやわ。はは」彼女はご丁寧に、それをちょっと鼻先にもっていって匂いをかいでみる仕種をした。

「院長先生は書斎にいるかしらん？」年下の同性の前にでると、大山理子の声は無意識に甲高くなった。

「奥さんが、ああなってから、私が洗濯したげんとする人もあらへんし、先生はまた垢でどろどろになってても、言わんと着換えはらへんし。男は不潔やわあ、ほんまに」彼女には、しかし、自分の位置を打算したり配慮したりせず、受けいれることのできる率直さがあった。どんな家庭にめぐまれて育ったのか、浅野看護婦には、率直さ、親切さ、無邪気さ、そして幾らかの間抜さ加減など、女が身につけていて有利な様々の美徳がそなわっていた。しかも、彼女はそれを意識していない。

「ちょっと呼んできてちょうだい」大山理子は命令するように言った。彼女はこの病院にきてまだ一ヵ月にもならぬ新参者だった。しかし、彼女の方が齢上であり、もとの府立病院では、大山理子は外科第二病棟の看護婦長だったのだ。

「まだ寝てはるかもしれへんなあ。昨夜はおそうまで電気がついていたし」

大山看護婦は病院の二階の一室に住込み部屋をあたえられていて、院長のいる病院裏の母屋の方へはほとんどいったことがなかった。院長といっても、彼の下には、先代院長の代診だった老内科医、若い内科医、耳鼻咽喉科医、薬剤師、栄養士、事務員各一名、そして院長の従妹にあたるという小児科担当の女医がいるだけだった。代診は昔風な町医者タイプの万能選手だったが、およそ治療に対する自信も情熱ももってはいなかった。華々しかった先代の威光に支えられてはいても、患者の方はよく知っている。いまこの病院がともかくも運営されているのは、先代の友人である顧問内科医の名声と小児科の女医の誠実さへの近隣の人々の信頼があるからだった。顧問医師はしかし週に一度診察するだけだった。院長の担当は外科一般、専門は泌尿器と肛門だったが、待合室が一つしかない以上、いまはむしろ、その科は子供づれの主婦たちにあたえる心理的影響としてはマイナスだった。病院の構成はその人員に比して複雑で、新入りの大山看護婦にはまだ充分にのみこめない。病床の絶対数が不足している日本の現状ゆえに、この病院の入院者病棟も一応つまってはいるが、たとえば二階の病棟に、幽閉されたようにしている神経科の患者がなに者なのか、その患者に専従して世話をやいている老婆が誰なのかも彼女にはわからない。病院全体に謎のような排他的雰囲気がただよい、まだ齢若い院長は厭人的な殻の中にとじこもっていて寡黙だった。焦点のあわない、放心したような目差しをそそぐ院長に好意をもてぬまま、用事があっても、母屋の方へいってみる気になれなかった。また今までその必要もおこらなかった。連絡は全部、浅野看護婦兼女中が受持っていた。

「私いま手が濡れてるし、多分、書斎やろと思いますわ」

「あなたが行ってきてください」大山看護婦は冷静にくりかえした。相手は口をすぼめ、つぎに微笑して手を拭った。浅野看護婦の衛生衣は雑巾の役目も兼ねる。

「先生は訳のわからんお人やから、すぐ来てくれはるといいけど」彼女は台所でたいていた染料の釜の蓋をとり、沸き加減をたしかめると、初めて大山看護婦の厚化粧の顔をまぶしそうに見た。

「それで、なんて言うてきますの？」

た。

「クランケです」

「ああ、患者さん」

彼女は下駄をつっかけると、裏戸をあけ、そこから院長の名をよびながら石畳をかけていった。


外科診療室を迂回して待合室にでてみると、派手な縞模様の毛布にくるまり、唇を真赤に隈どった齢若い女がリヤカーの上に横様に倒れていた。尻のところに何枚も敷いた座蒲団は、なぜかみな色も形もちがっていた。女は壁の方に顔をそむけたまま何も言わなかった。先刻から大火鉢の前に坐っていた男は、何本目かの煙草をくわえたまま、新来者の方をぼんやりと見おろしている。

「お怪我ですか？　もしお急ぎなら、御紹介しますから、ほかの……」大山看護婦は閾に立って独断で言った。頭巾をかぶった老人は、長い眉毛をしかめて首を横にふった。水商売でもしているのか、愛想のよい、しかし相手が誰であっても、いつも同じなのだろう類型的な微笑が浮んでいる。

「おい、動けへんのかいな、本当に」

老人はリヤカーの上の女に言った。顔付は似ているけれども、血縁関係があるわけでもなさそうだった。

「痔ですのや。動かれへん、言いよりますねん」老人は毛布を取り、リヤカーにしがみついている女の脚をのばさせた。女は黒いスカートに、薄いナイロンの靴下をはいていた。病気に対する無知からか、女の虚飾欲のためか、それは解らない。大山看護婦は足許の方にまわった。女は、表情のない、ただ苦痛だけが幾らか個性をあたえている目を挙げて看護婦を見、自分で起ちあがろうとした。

「自分で歩けるんやないか」老人は言った。

「静かにして下さい」と大山看護婦は言った。

女が不様な四つ這いの姿勢から上半身を起しかけた時、リヤカーの重心が前にかかり、体ごと前につんのめった。金鎚女の水泳のように、尻だけを浮かした恰好で女はくたばった。誰に意地を張っているのか、しかし女は声をたてず、すべては無言のうちに行われた。

「見ちゃおれんな」先来の患者がスリッパのまま降りてきた。老人がリヤカーを押え、男が女の肩を、大山看護婦が足をもって待合室にかつぎあげた。膿の臭いが、動かした女の体から溢れでた。

「痔なんてものは、そう急に悪うなるもんでもなかろうが。前から悪かったのなら、早う手当をしときゃええんじゃ」リヤカーの上と全く同様に、少し尻を浮かせて俯伏せに崩れた女を見下しながら老人は言った。毛布を手にもったまま掛けてやろうともせず、老人は卑しい、優越感を楽しむような笑いを笑った。

「痛い」と女は言った。

「痔ちゅうもんは、しかし、ひどいことになるもんですな」老人は傍の男に話しかけた。焦点のあわぬ目を女に注いでいた男は、誰に対するとも知れぬ嫌悪を頬の皺に表わしてそっぽを向いた。火鉢の火は男の世話で、徐々におこり始めていた。

「頑固な女や、実際」老人は独語した。その時、女の目がきらりと光り、刺すように老人の着脹れた猫背を見つめた。底しれぬ深淵からもりあがった目の光は、しかし、すぐまた元へと沈んでいった。大山看護婦はふたたび自分の受持場へ戻りながら、今日一日がまた退屈と不愉快のうちにすぎるだろうと思った。回復の見込みのない不愉快さのなかで、崩れゆく幻影の悲鳴をききながら、昨日と同じように今日一日が過ぎてゆくだろう。患者への同情は湧かなかった。彼女の職業的訓練が、その感情を奪ったのではない。ただ、彼女は、彼女が昔あこがれ、彼女の方から歩みよっていったある人物から、いや爬虫類のようにぬらぬらした男たちの群れの一人から、一つの神学を教わった。安静は自己のうちに閉じこもることによってしか得られず、また安静はえられなくとも、自分の中に埋もれる以外に生きる方法はないのだということを。大山看護婦が妊娠したことを、愛人の医師に訴えたとき、眼鏡を光らせながら、「誰の児だね？」と相手は言った。病院の裏庭には藤棚が紫がかった白い粉を散らし、噴水のまわりには、結核患者たちが散策していた。空はたしか晴れわたっていたと思う。街中ではあるけれども、川べりに位置している府立病院の空気は澄んでいた。

「男って、ときどき悪者ぶってみたいのね」田舎弁をまじえずに彼女は言ったものだ。

「夕刻に、外来患者の奥さんが薬を取りにくるからね。外来だけれども、書類の上では入院していることになっている。薬を一週間分つくっておいてくれ」と齢下の医師が言った。

「今晩、ゆっくりお話ししたいわ」

「いま言ったこと解ったかね。一週間分だぜ」

男は急に忙しがりだし、約束を守らなくなった。ときたま、恥も外聞もなく門前で待ちぶせしたときも、相談のための逢瀬は酒のつきあいになった。すでに胎動のはじまったお腹を男が愛撫したとき、彼女は一縷の望みを懐いたものだったけれども、男は未来の生命をいつくしむ為に撫でたのではないことが、次の瞬間にあきらかになった。

大山看護婦はふりかえって柱時計を眺めた。時計は九時四十分を示していた。大きな真鍮の振子がゆっくりと秒を刻んでいる。時間を刻むための道具が、そこでは時間そのものの意味のように物憂かった。誰にきいたのか想いおこせない話を彼女はぼんやりと想起する。朝鮮語では、時計の壊れることをも、時計が死んだと表現するという……と。

診療室から咳ばらいが聞えた。大山看護婦はカルテを二枚もって診療室へ入っていった。なにもせぬ前から神経質にホルマリンで手を洗っていた医師は、看護婦の入ってきたのにちらりと目をやり、なにか呟いた。酒ですさんだ皮膚、頬ははれてたるみ、上瞼は分厚く垂れ、輪郭全体の鈍化した顔を、医師は人目からそらすように、注射器、フラット、軟膏類の雑然と並んだ机にむかった。じじむさく、家の中でマフラーを巻いた古志原医師の頸筋は、垢で穢れていた。何を後悔するのか、常に視線をそらせている。

洗濯したての衛生着を一枚もって、浅野看護婦が入ってきた。何をみるでもなく、窓辺に立っている医師の背後に歩みよって、浅野看護婦は衛生着を着せかけた。

「あーあ、これこれ。先生、一ぺん散髪せんとあかへんわ。衛生着を着とらなんだら、どっちが患者さんや解らへんぞな」

「弓子はもう学校へは行ったかね」

折角消毒した手で、パイプ煙草をつめながら医師が言った。

「ええ、さっき行かはりました」

「患者さんをお通ししましょうか？」大山看護婦は苛だって言った。無能な人間をみて、心に安らぎを覚えるほど、彼女はまだ自分に絶望はしていなかった。そして絶望しきれぬ部分が、見こみのない三流病院に流れついた自己にいらだつ。

「先生！　お酒の臭いがします」ひっかくような調子で浅野看護婦が言った。「朝っぱらから、また飲みはったの？」

「代診はまだ来てないのか？」

「そんな、のんきな事やありゃしませんぞな。ここへ来るよりは、他のところへ就職運動に行ってますやろ。——コーヒーを、コーヒーを」浅野看護婦は診療室の扉のところにいた大山看護婦の方をふりかえった。

「大山さん、すみませんけど、コーヒーを」

「患者をお通ししましょうか？」大山看護婦は視線をからみ合わせたまま言った。善良そうな浅野看護婦の菩薩顔に、一瞬の憤りと、緩慢な悲哀の翳が走った。ぺたぺたと、たたけば音がするだろう肉のたるんだこの女の中にも悲哀の感情が流れているのだろうか。膿のような色の、誰に訴えてゆくところもない憤怒を、果して彼女も知っているのだろうか。

「お願いですから」浅野看護婦はどちらに言うともなく言った。

「いいよ。それよりは茶をわかしておいてくれ。味噌汁だと、なお結構。それからマスクを」

消毒箱を開けて浅野看護婦はマスクをとりだした。

「どうぞ、お入り下さい」と大山看護婦は背後をふりかえっていった。小児科診療室の扉の前で、女医が憐れむようにこちらを見ていた。

最近また流行しだした顕性梅毒を病む男にペニシリンの注射をしてのち、女給風の女を診察台に据えたとき、医師はほとんど立っていられないほど左右に体をゆすっていた。浅野看護婦が持ってきた茶を立てつづけに飲みほし、もの欲しげに周囲を見まわす。医師はうなだれ、目を閉ざし、苦悶の表情をした。安っぽい、通俗的な彼の苦痛の表情はむしろ滑稽だった。妻を友人に寝とられた男だということは、この病院にくる前に聞いて知っていた。ある種の微妙な同情の意識が初めにはなくはなかった。だが、いま、患者を前にして、自信を失い、助けを求めるように看護婦をみ、母屋に走って帰って酒を飲むか、覚醒剤注射をみずからにうとうかと迷っている医者の姿には、同情の余地はなかった。

「準備を」医師は神経質に手を洗いおえると小声で命じた。洗滌器を股広器の下にすえ、器具台にまずガーゼをのせて、彼女はおしやった。

「準備を」とふたたび医師が呟いた。

女給はまだ下着をとっていなかった。

仰向けに寝て、顔を両手で覆った女給の下着を彼女がとってやった。安っぽい、それこそ、とってつけたような香水の匂いがした。分娩位に股を開き、足首を股広器にあずけた女の皮膚は、神経痛患者のように、波状的に腹部から股へとひきつった。医師の目にはそれは一つの物質にすぎなかっただろう。しかし、愚かな愛の代償に、大山看護婦が得た、かつての、そして決して忘れることのないだろう苦痛の形式とそれは同じものだった。

「あなたの子供なのよ。いま私のお腹の中で動いてるのはあなたの子供なのよ」

最後に——そう、その逢瀬が最後であることを確かに彼女は予感していた。——酒をのみながら手を廻した医学士に、彼女は旅館の一室で言った。壁に拙い浮世絵がかかっていた。

「いや」と彼女は言った。

「友人に親しい婦人科医がいる」と彼は言った。

「いやよ」

「仕方がないさ」

「いやなのよ」

「胸をわずらったことはありませんか?」古志原医師が尋ねたが、女は答えなかった。

「胸をわずらわれたことは?」大山看護婦が繰返した。

患部は化膿しすぎていて、すぐには手術はできなかった。まず膿をしぼりださねばならない。医師ははやくも脂汗をたらしながら、大山看護婦のさしだすフラットからメスをとった。女はうめき、洗滌器にどす黒い血と真黄色な膿が流れる。若いころには、麻酔をつかわず、電光石火に手術をおえることで院長は有名だったという。メスを動かす瞬間的な指先の動きには、一種悪魔的なすばやさがあったけれども、メスを汚染フラットに戻す際の震えは、完全にアル中患者のものだった。

「二三日、様子をみましょう」と医師は言った。

そう、二三日様子をみなければ、と大山看護婦は思った。たとえ、いますぐ手術を必要とするものであっても、二三日のばさねばきっと失敗する。

第二章

「例のことを考えといて下すった？」

リンゴを皮ごと立ち食いしながら、遠慮なく小児科医は書斎に侵入してきた。健康と自信、そして人に信頼される適度の俗気を身につけて、彼女は年齢よりもずっと堂々としてみえる。齢はまだ三十三、四のはずだった。何に支えられて彼女はつねに堂々としているのか。独身でいながらオールドミス風の不安定さはなく、不自然な皮膚の艶もなかった。古志原院長は回転椅子を回転させた。不意に眩暈がし、吐き気がする。

「あい変らず顔色がよくないわね。医者の不養生もほどほどにしないと、信用がなくなるぞ」

彼女は齧りさしの林檎を芥籠にすてようかどうかを暫く迷ったらしかった。しかし結局、彼女は最後まで食べてしまう決心をしたらしい。

「信用はもうなくなってるさ」

「看護婦たちのよ。今朝はまっすぐ立ってられないほど酔ってたというじゃないの。そんなことなら、はじめから診療室に顔を出さなきゃいい」

市井多貴子小児科医は古志原院長の従妹にあたる。敗戦の数年後、彼女は大学病院で、当時頻発した病院のストライキを指導した。まだインターン生だったが、彼女は看護婦や事務員、賄婦や掃除婦たちに奇妙に信望があったという。だがその事件のために、医師国家試験の受験を妨害され、辛うじて合格はしたものの彼女には就職先がなくなった。党員やシンパサイザーでかためている診療所に入るか、未解放部落や無医村へゆくか。だが、彼女はそのどれをも選ばず伯父の病院におしかけてきた。牛後につくよりは鶏口という本来男性的な態度が闊達な彼女の性格と結びついていたのだ。そしてその選択は成功だった。公立の大病院などでは、表面の近代性に似ずおよそ封建的な医学界のしきたりに抑圧され、どんなに有能でも女医はしょせんアシスタントでありつづけるだろう。だが没落しつつある私立病院とはいえ、彼女はどんな女医も持ちえないだろう実権をにぎっていた。古志原病院の経営の中心は小児科にあり、しかも彼女は院長の従妹だった。

「問題をずるずるのばしてみたところで、何も解決することにはならないでしょ」

古志原は顔をそむけた。この女医を彼は信頼していたが、彼女のぐいぐい攻め寄せてくるような態度は神経的に耐えがたかったからだ。健康ではりきっており、その表情に苦悩の入りこむ余地がないにせよ、他人を支配してよい権利があるわけではない。

「この間からも、少し本を読んで研究してみようとは考えていた」弁解するように古志原は言った。

問題はこの私立病院を共同経営組織に切りかえることだった。法律知識のない古志原は、従妹の強く要請する事柄を考えようとはしていたが、何をどうすればよいのか解らなかった。共同経営とは要するに、古志原家の資産と彼女の手腕を対等のものとし、一医師としての待遇改善を超えて病院経営に参加させよということだろう。やみくもにそれを拒むつもりはなかったが、具体的に何をどうすればよいのか。有能な弁護士をやとうか、中小企業経営診断所にでも相談すれば、代行してくれるのだろうが、ある事件で弁護士の手をわずらわせながら結局は思わしい解決を得られなかった経験があって古志原の気はすすまなかった。無駄に費用がかさんだだけだったのだ。いや、金銭上のことではなく、彼はすでに他人を信じていなかった。その上、人を診察し救う立場に立ちつづけた矜持のようなものが不意に頭をもたげ、少し勉強すれば、それぐらいのことは解るはずだと彼に命じたからだった。考えてみれば、もっと早くから病院経営に精を出しておれば、組織がえの研究などせずにすんだのだ。だが、浅野看護婦に買ってこさせた法律書も、机の上に放置されたまま、手をつけていなかった。読む気がしないのだ。いや一日に何度かはそういう気になろうと努力はしてみる。しかし嘗ては秀才で鳴らした彼の頭脳も、思い出したくない戦争中のある事件、そして愚かしい女関係のもつれとそれに続く失意と遊蕩の内に風化し、ただ無気力に仮睡《まどろ》みたがった。新たな認識や新たな意欲には、彼の大脳皮質は役に立たなかった。何かの責任、何かの気持の上の負担を意識するとき、彼はやみくもに逃れたがり、ペンを把って数行のメモをとることすら、手がふるえてできなかった。俺はまだ駄目になっているわけではないと彼は思う。ただ二三ヵ月休息することが必要なだけなのだ。どこか静かな山間の湯治場で、朝の霧を吸い、樹々のざわめきと鳥の声に耳を洗い、夕べにはやわらかい温泉に身をひたす生活をすれば回復するはずなのだ。何度か彼は旅を思いたち、浅野看護婦に命じて旅行鞄に着換えをつめさせた。だが彼は行かなかった。そのまえに体が妙に気怠くなり、自分を元気づけるために、ほんの一杯だけと思って酒を飲み、そして飲み続け、渾沌としてベッドに倒れている自分を発見してしまうのだ。ベッドはちょうど彼の体、未だに横向けに足を縮めて寝るかたちのままの窪みを作ってしまっている。それはあたかも、ミイラをおさめる石棺のように彼の肉体をのみこもうとする。

今更あせってみたところで、何が変るというわけでもない。健康そのものよりも健康になろうとする意志の方がなお一層、愚かしく青くさい。何をするにせよ、何を意欲するにせよ、人間が美しいものであると思い込む大前提がいる。その美しいもののために献身し、その美しいもの達のいとなみに参与するという甘い夢想を必要とする。だが彼は知ってしまっていた。人間は徹頭徹尾、打算的で淫乱で、貪欲で愚かで、穢ならしい動物にすぎないことを、彼は知ってしまっていた。戦争や原爆が人間を滅ぼさなくとも、人間は人間の醜い欲望と悪と、疾病と相互不信とによって滅び、薬毒と悪性遺伝、そして憎悪と裏切りによってその肉体も精神も畸型化してゆくだろう。ぞうり虫やゴキブリが背光性をもつように、背徳と滅びへの傾向性は人間にとってほとんど必然的なものであり、仮りに神が存在するとしても恐らくそれをどうすることもできない。

彼は鈍痛のする後頭部を手でもみながら、従妹を無視して窓外の煤煙に汚れた空を見あげた。中央はやや黄色を帯びて曇り、そして天辺は色盲検査図のように複雑に彩られた煙霧の空だった。

「いまのうちになんとかしないと……」市井女医は手をのばして机の上のジンの瓶を手にとり、栓をあけてちょっと嗅いでみてからそれを戸棚にもどした。

「そりゃ従兄《にい》さんの身辺に不愉快なことが一ぱい重なったことは私が一ばんよく知ってる。うさを晴らすのに時には酒びたりになることまでとやかくは言いません。でも従兄さんのはもう中毒でしょ。従兄さんひとりの体なら、それも勝手だけれど、従兄さんひとりの気ままでこの病院をつぶしてしまうわけにはいきません」

……つぶれてしまえばいいんだ、と彼は思った。俺が人の病を癒す外科医から精神病棟の住人となり、あなたが失職し、看護婦たちが酒場の女給になり、病人たちが死者になったところで、それがどうしたというのか。

浅野看護婦が院長のための食膳を運んできた。スープと白身の魚の蒸しあげにほうれん草。そして一切れのパン。軽食でなければもう彼の胃は受付けない。

神妙に俯せた浅野看護婦の清楚な丸顔に、一種優しい後れ毛が垂れさがっている。彼女はパーマネントをあてていなかった。女性に齢をきくのも気がひけるまま、はっきりした年齢は知らなかったが、彼女は古志原病院に勤めはじめてからでももう十年になる。年季から言えば、彼女が看護婦長であってもおかしくはなかった。

「院長先生の御機嫌いかが?」と彼女はいたずらっぽく笑った。「あんまりようないらしいなあ。あいかわらず」彼女は打腱器で膝小僧をうつように、院長の頭を打つ真似をした。気配に振返ると、浅野看護婦はそっぽ向いて小声で流行歌をうたいながら、机の上の書類を整理し、山もりの煙草盆を片付け、部屋の隅のガスストーブの栓をひねった。理由もなく、古志原は、路頭に迷った浅野看護婦の姿を想像し、十二指腸の痛むような物理的な痛みの感情にとらわれた。絶望的な精神状態にも一片の感傷は残る。彼にとっては娘の弓子は勿論、およそ他人のことなどどうでもよかったのだが、にもかかわらず、病院がだめになる以前に、この看護婦にだけはよき配偶者を世話してやりたいと、ふと彼は思った。看護技術に特別秀れているわけでもなく、しかも放っておけばぼんやりと独身で過してしまいそうなところが彼女にはあった。いやできることなら、人は生涯を独りで過した方がいいのかもしれないのだが……。

市井女医はおし黙って、看護婦に席をはずすよう促している。

「いいよ」と古志原は言った。「浅野君ならいてもいいだろう」

「それじゃ言いますけれど、共同経営の件は今月中にでも決めてしまわないと、たとえつぶれなくったって、この病院の殻だけ残って医師も職員も一人もいなくなってしまいます。今日も耳鼻科の横山さんが、やめようかなと私にもらしてました」

「院長は私だ。やめたいのなら、なぜ私に言わん」

「あなたに言えばおしまいです」市井女医の口調が〈従兄さん〉から〈あなた〉にかわった。「私は週二回でもいいから来てくれるようにと言っておきました。そして近く組織がえをして、職務規定や給与の体系も全部一度作りかえるからと言っておきました。小さな病院には小さな病院にしかないいいところがなければ、誰だってかわりたいと思うのはあたりまえでしょう。それぞれに責任をもってもらって、ある程度は病院の経営にも参加してもらうようにすれば、張りあいも出てきます。むろんそれはあくまで経営の一部で、この建物や設備は従兄さんのものです。でも能力や働きに応じて報酬を得られるようにはできるんですよ。そうすれば、来るなと言ったって有能な医師も来てくれます。大病院でお偉方に頭をおさえつけられて、上の者が定年にならなければ、どんなに実力があってもどうにもならない組織よりは、こっちの方がいいという風にすることはできるんですのよ。少くとも、医療だけじゃなく、医療環境も改善しなけりゃと考えてる良心的な人々もいるんですから。今は、このままではどうにもならないところに来ている。今が最後の機会なのよ。銀行だって、こちらが……」

乱雑な書斎のあれこれを片付けていた浅野看護婦が、身を縮めるようにして、そっとドアに近付き、ドアを開けて出てゆくのを古志原は黙って見ていた。浅野看護婦が姿を消すことで、なぜか彼の感覚は外からの刺戟に反応しなくなった。トーキーの故障した映画スクリーンのように現実のすべてが不意によそよそしく彼から遠のいてゆく。白々しい冬の光の中で市井女医の白衣が時計の振子のように揺れてみえ、テーブルの上の花瓶の花が不意に凋れ、壁にかかった油絵の風景画すらが色あせる。最初は、それはむしろ意識的に身につけた護身術だった。最初の妻とのはてしない啀みあいのうちに、うなずいておりながら、自分の思念を教室からエスケープする児童のように逃れさせるすべを覚えたのだ。

——あなたはいつだって自分のことしか考えてないのよ。私を追いつめて追いつめて、そして悪いのは私だということにしてしまう。

——そうだな、そうかもしれんな。

日常の絶え間ない不愉快から逃れ出た思念には、しかし行き場がなかった。彼には家庭の価値を上廻る使命や理想はなにもなかった。人々にとって最も安易な隠れ家である過去にすら、おれはこれだけのことをやったのだという誇りも業績もなかった。こんなに傷ついたのだと居直って社会を糾弾しうる公的な正義との触れあいもなかった。家産に恵まれ、甘やかされて育てられ、病弱で戦争中の軍医時代にも一時満州に派遣はされたが、研究所通いですみ、還ってきてみればまた都市全体が戦災をまぬがれて病院も家も残ったから、戦後の食糧難にもそれほどの苦労はしなかった。戦後一部の医師たちが熱烈に社会矛盾を論じている時、彼はひとり音楽を聴いていた。彼の過去は積極的には何もしなかったゆえに、それゆえにまたたとえ罪はあっても、公的に糾弾されることはなく無だった。そしていま、不意に現実のすべてが自己から離脱し、花がその香りを失い、絵がその色彩を失う幻覚になやまされる。

「いま困ってるこの問題から従兄《にい》さんが逃げだしたら従兄さんはおしまいよ。そりゃ、ちょっとでも何かをかえるってことは煩わしいことに決ってる。でもね、具体的な難問のあるってことが、従兄さん個人の立ち直る機会でもある。そうでしょ。無目的に努力せよ、努力せよと道学者みたいなこと言ったって何もならない。子供じゃないんだから。病院全体のためばかりじゃない。私は従兄さん自身のためにも、共同経営にきりかえることをすすめます。それぞれ責任を持って、しかも人と一緒に力をあわせて仕事をする経験を、まだ従兄さんはしていない。まだ何もしていないのに、なにもかもに絶望したみたいな顔をしてるのは卑怯です。そうでしょ」

言われなくとも解っていたことだった。彼はたしかに父の遺産を食いつぶしつつあったが、それは彼が世間知らずの放蕩息子だったからではない。無能力で人に信頼されない人間だったからでもない。むしろ問題は逆だった。解りすぎてしまったために、何もする気がしなくなってしまったのだ。人間の生命力は無限ではない。限られた寿命、限られた個人の容器の中の限られた情熱。なにかの不運によって、肉体の消滅より先に、その情熱の方が枯渇することだってありうる。

いま無理強いに情熱をかきたてれば、それは病院の再建には向わず、手に触れるもののすべてを破壊してしまうだろう予感のゆえにじっと殻の中にとじこもっていようとしている。

「それに」市井女医は続けた。「あの二階の痴呆性の患者にも出ていってもらった方がいいですわ。ここは精神病院じゃないんだから。そりゃ伯父さんはそちらの方の専門でいらした。頼られればむげには断われない複雑な御関係のある人だってことも知っていますけれど、従兄《にい》さんとは直接なんの関係もないんでしょう。そりゃおとなしい患者だから置いておいて悪いということはないでしょうけれど、大分前から変な噂が流れてます。外科と内科の病院になぜ気狂いが入院してるのかって。小児科の外来にも、率直に言って影響します。子供をつれてくる若いお母さん達には設備だけじゃなく、病院全体が明るい雰囲気をもっていることが必要なんです」

彼の父は皮膚科と精神科が専門だった。皮膚科と精神科に何の関係があるかと人は思うだろうが、離人症や精神分裂病など、精神的な原因によって起る精神病はごく例外的なものであり、ほとんどの脳や神経の障碍は物理化学的な原因によっておこるものであり、亡父の時代にはその大半が梅毒性の脳軟化症だった。父は戦後数年して亡くなり、また抗性物質の急速な発展によって性病患者が激減したことによって病院の看板から精神科は消えた。ただ昔父の愛人だった元女優の患者だけが血液の陽性反応が消えてもすでにおかされた脳組織は正常に戻らぬまま入院患者として残された。いまは廃人である元女優は、父の死後に著名な映画監督と結婚し、名声おとろえたのち突如発病して離絶された。月々、その映画監督から扶養料が支払われ、それがそっくり入院費用にあてられている。患者は二階の特別病室に軟禁状態のまま外に出ることもないのだが、亡父の時代にはむしろ脳病院として有名だった古志原医院も、看板から精神科が削られて長年たつと、ふさわしくない病人がいるということで、他の入院患者に気味悪がられるのもやむを得なかった。

むろん古志原とその患者とは直接には何の関係もない。他の専門病院へ紹介して、生涯閉じ籠められつづける牢獄を他に移すこともできた。

ただ潜伏期が長く、初期に不充分な治療で打切った場合など、ぜんぜん症状が表面にあらわれないまま突如脳をおかされることのあるこの病気の性質からして、罹病の時期が、亡父の愛人だった時期に重なる可能性が大きかった。感染の責任は亡父にはなく、父がむしろ被害者であったとしても、まだ完治せぬものを自己の保護下から手離した道義的責任はのこる。医師は病人の秘密を口外したりはしないが、他の病院に移せば、一応は調査される過去の人間関係の間に亡父の名が浮びでる怕れはあったのだ。

世間の人々のいう〈社会〉つまりは権力や経済や道徳的秩序にもとづく人間関係の外に、人間にはもう一つ別の陰の社会がある。性による隠微な紐帯が――。一人の少女の患者の感染径路を追跡してゆけば、公的な社会関係の中ではおよそ交渉のあろうはずのない、数人、十数人、ある場合には何十人もの異性が浮びあがる。そしてその異性はまた必ずといってよい複雑の性関係をもっており、鼠算式にその夜の連鎖は拡大され、結局は責任のあり場所のわからぬ、あやふやな人間関係の深淵に拡散して消える。古志原は、自分が医師であることによって、さらには二度の結婚の失敗とその苦《にが》い経験から、あることを知っていた。公的な、昼の社会を問題にする社会学が分類してみせる血縁、地縁の共同体から職場や階級や国家にいたる人間の諸集団とはまったく範疇を異にする、陰の人間の紐帯、いわば業の連鎖とでも言うべきものが、厳として存在し、しかもそれぞれの人が奥歯で嚙みしめるより外はない幸福感や不幸の思いなどを左右するのは、むしろその陰の紐帯のがわであるということを。文明や文化は、懸命にその陰の紐帯、自然的関係、生命の再生産を、家族の枠の中にとじこめようとしてきた。だがそれは家庭はもちろん、階級や階層の枠すらつき破って瀰漫する。

公的な社会関係のもつれ、事業の失敗や階級的憎悪などによっては、人はかならずしも発狂も自殺もしない。一人の人が発狂し、あるいは自殺する、その絶望の背後には、必ず暗い、秘められた、業の紐帯がどこかで破綻しているのだ。そして一人の人間の絶望が、表の社会の秩序を乱す行為となって、あらわれたとき、はじめてその巨大な氷山の一角が暗黒の海原から首を出す。だが人々はすぐさまそれをもとの海底におしもどそうとする。苦悩も絶望も、昼の論理に飜訳され、仕事の行き詰りや神経衰弱と解釈されて、死は平静に葬られ、背後にうごめく化物のような人間の姿はふたたび抑圧される。抑圧はしかしあくまでも抑圧にすぎず、陰の人間の紐帯がなくなるということを意味しない。さりげなく、何事もなかったように、それは続いてゆく。自然光線で人体を写真にとれば、その皮膚や髪や瞳がうつる。だがレントゲンで透視すれば、表面の表情の動きとは全く別な骨格と内臓のかすかな動きが映しだされる。もしX線のように、人間の陰の紐帯を社会的規模でうつし出す光線があれば、この人間の社会はまったく別なかたちをとってあらわれるだろう。陰湿な歯朶の葉かげに、瞳をぬらし、肌を爬虫類のようにぬらつかせながら、互いに嚙みあい、抱擁しあい、憎悪しあっている化物の集団が……。生産関係、所有と搾取、地位の序列や、社会の正義といった構図はかげをひそめ、秘密な快楽と、血と漿液の臭いの満ちた世界があらわれる。金銭すらも、商取引や公的な贈与や遺産の継承とは異る流通径路をもっており、意外なところで洩れたり逆流したりしている。あるときは表の権力関係と重なり、ある時は表の秩序を蚕食したりしながら。

「もし共同経営にどうしても踏みきれないんでしたら、自由診療の希望の多い内科と小児科だけでも独立の窓口にすれば、病院全体としての収益はずっと増えます……共同経営組織に切りかえる準備段階として……何を考えてらっしゃるの。聴いてるんですか?」

「解っている」と古志原は言った。その声が幾分煩さそうだったとしてもやむを得ない。彼にとって煩さいのは、市井女医個人ではなく、彼女を含むこの日常と現実のすべてがまどわしかったのだから。

「あなたは何もかもこの世のことが解っているような顔をなさりたがる。でも何も行為をしない人間に何も解るはずはありません」

「そう、私は何もしなかった。少くとも人に対して悪意で接したりしたことはなかった。ただ……」

「まだあのことにこだわってるのね」

「あのこと?」

「人に欺かれるってことは、そりゃこの世の中にはあることでしょう。でもそれは欺いた人の品性が下劣で、欺かれた人が不運だったということを意味するだけで、人間全体が愚劣だときめつけることとは次元が違います」

この女医にはまだ本当のことは解っていないのだ、と古志原は思った。彼の愚かしい生活の破綻は見えてはいても、彼がなぜ道徳的ではありえないのかの理由は解ってはいないのだ。

「従兄さんの自堕落は思想の問題なんかじゃありません。なにかものすごく重大なことのように意味づけをしたがってるだけ。要するにちょっとした男らしさと生活の規律があれば半分は克服できることです。お淋しいんなら犬でも飼って、毎朝早く起きて犬をつれて川原を散歩するだけでも、少しは気分も変りますわよ」

心の傷を肉体の治療で癒すことはできない。個人的な蹉跌を公的次元の栄誉や褒賞によって補償することはできない。その逆もまたおそらく真だろう。彼の失意や苦悩は、人に向って公言できる性質のものではない。それは陰の人間の紐帯にかかわるものだったのだから。そして、それが陰のものであるゆえに、公明正大な従妹の論理とはついに交わることはない。

入院病棟と母屋との間の庭の物乾竿でぱんぱんと毛布をはたく音がし、古志原は廻転椅子をめぐらして庭の方に向きをかえた。淡い日の光が背の低い杉や松の梢にたわむれ、そのたわむれの余映が乾された毛布の上に踊っていた。庭は病棟の窓からも見おろせるが、患者の散策は許していなかった。少し歩けば広々した川原に出られるからだ。だが繃帯や毛布や下着が庭の景観を穢すのはやむをえなかった。誰がはたいているのか、毛布のかげになって人は見えず、舞いあがる埃だけが、風の加減で古志原の書斎の方に流れてくる。その埃の流動を見ているうちに、古志原は不意に人の笑い声を聞いた。庭の樹々を距てた二十数ベッドばかりの病棟から時折り人が大声をあげる音がすることはあった。とりわけ深夜に病苦や孤独を訴える声がする時、それが陰に籠って響くゆえに一たん耳につくと離れない。だが、昼間に人が声をあわせて笑うなどということはない。それはあきらかに幻聴だった。いや、幻聴ですらなく、それ以前の、人に笑われているという強迫症的な意識だった。

古志原は頭を振って立ちあがり、窓を開け放った。果して誰も笑っている者などいなかった。窓の開け放たれる音とともに、毛布をはたく音もとまり、雑役婦の福武なおが毛布のかげから姿をあらわした。皺寄った、しかし健康な艶のある雑役婦の表情がほころび、腰を折って丁寧に礼をする。

「お寒うなりまして」福武なおはモンペの裾をはたきながら挨拶した。

「昨日、お庭の枯葉を全部拾い集めましたのに、またこんなに散ってしもうて」

日当りの悪いせいか、実のならない柿の樹が数株庭に植っていて、秋から冬にかけて夥しい枯葉を散らす。

「婆さんは一日中体を動かしてないと気がすまないんだから、ちょうどいいじゃないの。毎日仕事が出来て」古志原の背後から市井女医が皮肉を言った。理性的な女医が、女同士だと何故そんな皮肉を言うのか。窓をあけた時には、埃をむやみに散らさないでくれと小言を言うつもりだった古志原が却って、「すんませんな」と声をかけた。

「いいえ、もう、本当に好きで動いてるでっさかい」

福武なおは最初からそのつもりでこの病院に雇い入れた雑役婦ではない。二階の特別病棟にいる元女優三枝葦子の付添看護人として三枝の夫だった映画監督に雇われて付けられたのだ。係累のないままに、特別病棟の床に莫蓙を敷き蒲団を敷いて住みつき、隣室や付添人のいない病人の世話をやき、看護婦の手伝をし、いつからともなく病院全体の雑役婦の役割りを果した。善意で働き者で、患者にも好かれ、古志原の娘の弓子も、看護婦のだれよりも、この老婆になついていた。

ある直観があって、庭の樹かげを見まわしてみると、富士錦の白い花が咲いている片隅に、果して弓子が蹲って木の枯枝で地面になにか字を書いていた。

「弓子！」彼はかっとなって娘の名を呼んだ。学校から帰ってきていたのなら、なぜ「ただいま」を言いにこない。浮浪児のように寒い病院の庭の片隅に蹲って、一体何をしてる。

「お嬢さまは、お庭の枯葉拾いを手伝って下さってますんですよ」福武なおがかばうように言った。

「おお寒む」市井女医が横あいから手をのばして書斎の窓をしめた。

「なぜ閉めるんだ」と彼は言った。

「寒いからですよ」と市井女医は言った。

一たん部屋の中の空気が入れ換ることによって、かえってガスストーブの匂いが鼻についた。完全燃焼していないのかもしれない。

「弓子ちゃんも、全寮制をとってるミッション・スクールにでも入れた方がいいかもしれませんわね」優しい声で市井女医が言った。最近奇妙に匂いに敏感になっている古志原の鼻に、窓を閉めるために接近した従妹のかすかな体臭がし、その体臭に混った消毒薬の匂いがした。

「男手一つで育てるのは無理だし、それに、従兄さんが立ち直るまでは、毎日顔をあわさない方がいいでしょ」

戸籍上はたしかに古志原の娘である弓子は、今は離縁した妻の子ではあっても、彼の子ではないことを従妹は知っていた。だが、隠微な、人間の陰の紐帯のもつれと、その結果に関する知識とは別ものだ。

「病院の共同経営のことは考えよう。しかし個人のことには口出ししないで欲しい」と彼は言った。「弓子のことも放っといてもらいたい。なんにせよあの子自身には罪はないんだから」

「それが解ってるのなら、どうして人前でまであんな虐めようをなさるんですか。いつぞやも、外来の患者がつめかけている待合室まで追っかけていって頭をぶったりして。いい齢をしてまるで気狂いじゃありませんか。弓子はおびえてしまって捨犬みたいにおどおどしている」

「もういい、解った」

「なにも解ってやしません」

「いや、励まして下さろうとするあなたの気持だけは解っている」

「しようのない方ね」市井女医は首をかしげ、目を微妙に細めて古志原の方を見た。

第三章

大山看護婦が通りかかると、待合室にいた数人の子供連れの婦人の顔が一斉に何か期待するように彼女を仰ぎ見た。退屈してだらけた表情に装いの意識があらわれ、一人がとりすますとそれが波紋のように待合室の全員にひろがった。古風な畳敷きの待合室にいるのは女ばかりだった。頭中に白くもを作った嬰児を膝の上にあやしていた母親が中腰になった。

大山看護婦はただ、受付が配りそこねた診察カードを小児科の方に届けるために通りかかったにすぎなかった。だが自分の子の順番が廻ってきたのだと錯覚した母親が卑屈そうに口許をほころばせて彼女の方に歩みよった。白くもに頭の皮膚をただれさせた赤ん坊が、母親の腕の中でむずかり、今まで口にくわえていてべっとり濡れた小さな手を、大山看護婦の白衣にすりつけようとする。本能的に身を避けながら、それでも彼女の背筋にぞっと寒気が走った。手術台からしたたる血液や、切開されてうごめく内臓には平然としていられる大山看護婦の神経は奇妙に嬰児がのばす、涎にぬれた手には耐えられなかった。彼女は子供が嫌いだった。いや本来そうだったわけではないのだが、いつしかそうなってしまったのだ。

「もう一時間も……」

何か言いかけた来診者は、女だけの敏感さで卑屈な微笑をおさめ、つきさすような眼で大山看護婦を見た。子供を嫌悪する同性を、いや甘えかかろうとした自分の子供の手をはらいのけた看護婦を許せないのだ。

「何か用ですか」

わざと落着きすまして大山看護婦は言った。たとえ白くもだらけの嬰児でも、親の毒素で目鼻がただれている子供でも、それを捧げるようにして人に示せばすべてが許されるとでも、この女は思っているのだろうか。いや白くもの子の母親だけではなく、待合室に、あるいは大火鉢にもたれて子供に乳をふくませ、あるいは窓際の長椅子に子供を寝かせて襁褓をかえている女たちもみなそうなのだ。自分が子供をつれていることで安息し、世の中から守られ、自分自身でもそれが当然だと思っている。無能で、だらしなく、テレビのよろめき番組に脳味噌がふやけていても、子供を抱いている限り、自足し、崇拝すらされる。まるで処女懐胎した聖母のように。およそ恥ずべきことなど何一つしてこなかったかのように。

同性に対する理由のない憎悪の眼力に、一瞬、白くもの子を抱いた中年の母親の、重そうな化繊の着物がまくれ、たるんでしまった乳房の、子供よりも男に吸われて黒ずんだ乳首や醜く皺寄った下腹が、大山理子には見えるような気がした。いや、寒々した廊下に立ち、待合室から流れだす妙に生暖い空気を頬にあびながら、一瞬のことながら、子供という女たちの大義名分の背後に、幾度びか演ぜられた性の狂態をすら彼女は幻想していた。

白くもの子が不意に黄色い声で泣き出し、母親は何かぶつぶつ言いながら大火鉢の方に戻っていった。またあとで、「あの看護婦さんはいけすかない」「あの人は石女か不感性なのよ、きっと」「あんな澄した顔して男にどんな顔して甘えるのか、見てやりたいわ」「近頃は看護婦さんにもつけ届けしとかないと、ろくにまともにはあつかってもらえないんやて。入院したりした時は大変やそうよ」と口々にはやしたてることだろう。

この世の中から女どもがいなくなったらどれだけせいせいするだろう。とりわけ夢と幸福に頬を薔薇色に染めている阿呆娘や、子供に顔をすりよせ、口うつしに哺食をあたえてやる母親たちが消えてなくなれば……大山看護婦は、閉ざされた小児科の扉の前に立ったときも、まだまるで自分が女ではないかのように腹を立てていた。誰と口争いしたわけでもなく、患者の誰が威張ったわけでもない。いやむしろ、親切にあつかわれたがっている病人の付添いを冷たくあしらったのは自分の方だったのだが、にも拘らず、同性との一瞬の視線のからまりに汚された神経の苛立ちは消えなかった。

小児科の診察室は、玄関を入って左側、この病院のもっとも陽当りのよい南向きの一室だった。つけっ放しのガスストーブにむっとするほど部屋は温かく、窓硝子は曇り、二三条の滴が尾をひいて垂れた跡があった。ビニール製の衝立てが部屋を二つに区切っていて、こちら側には、小児科付の有高准看護婦がちょっとした事務をとる机があり、乳幼児を寝かせる小さな寝台が、銭湯の女湯の脱衣場のように二脚並んでいた。机の上の山茶花は造花のように生気のない花弁を花瓶から垂らし、周囲に手摺のある木製の寝台の一つは、中で子供がむずかっているのか、掛蒲団がもこもこと動いていた。小児科付の有高准看護婦の姿はなかった。

衝立ての向う側で、蒸気消毒器がかすかな音をたてている。市井女医が囁くように患者にさとしている言葉がそのあいまに聞え、そして意外に芳しい珈琲の余香がした。珈琲好きの女医は、いつも昼食事に診察室で珈琲を湧かすのだが、大山看護婦は、まだそのお相伴にあずかったことはなかった。

「だれ、有高さん?」衝立ての奥から市井女医の声がした。

大山看護婦は黙ってひきかえそうとした。間違って配られたカルテを有高准看護婦の机にもどせば、もう用はなかったからだ。

「はい、次の人に入ってもらって」とふたたび声がした。

その時、木製の寝台の掛蒲団がぱっとはねのけられ、院長の一人娘の弓子が顔を出し、幾分わざとらしい欠伸をした。診察を受ける子供いがいにも手離せない乳飲児をつれてくる母親が多く、小さな簡易ベッドはそういう子供のためのものだが、院長の娘は一人でかくれんぼでもしているつもりだったのだろう。もう中学生のはずだが、おどおどいじけていて、体は小さく、しかも容易に人になじまなく孤独な性格らしかった。そばに立っていたのが有高准看護婦ではなく、大山理子だと知ると、いたずらっぽかった弓子の瞳から急速に光が消え、鼻先に皺を寄せて、泣きべそをかくような表情になった。大山理子は元来甘えかかる子供、とりわけ女の児が嫌いだったが、院長の娘の方も彼女にはなついていなかった。

弓子がわざとらしく欠伸した声をききつけて、市井女医が声を掛けた。

「弓子ちゃんなの？　何してるの、そんなところで。診察が終ったら遊んだげるから、お家に帰って勉強してらっしゃい」

「うち病気なんだもん。しんどいわあ、診察してえ」頭の大きさに比して、異様に華奢な腕を、注射の準備のようにはだけて弓子が甘えた。

「だめだめ、順番がありますからね。それにいま頃から薬ばっかり飲んでると……ろくな人にはなりません」

お父さんのようにろくな、と言おうとして省いたなと大山理子は思った。

診察を受けていた嬰児とその母親が衝立の奥から出てきた。嬰児は神社詣りでもするように、白く裾の長い衣裳を着せられており、大山理子に向いても曖昧に会釈した洋装の母の体全体から甘い乳の匂がした。豆腐の腐ったような幸福の匂い。——珈琲の匂いの上に、ごていねいにミルクの匂いまで。ふん。つと手をのばして病気とは思えない赤児の頰をつねるか、その小さな口と鼻を塞いで悶絶させてやりたい悪魔的な衝動と彼女は闘った。

もっともそういう衝動はこれがはじめてではなかった。いまは心うちとけた友もいない彼女だが、かつては同郷の出身であり、同じ看護婦学校に通い、同じ寮にも住んだことのある友達もいた。その友達——高坂浜江といったが——は、岡山県の山奥の中学校時代からつねに大山理子に影のようにつき従っていた。看護婦になってからも、街を歩く時の服装まで大山理子の真似をするか、買物する際に同行を願って彼女の意見を聞いたものだ。だが結婚して、半歳ぶりに病院にたずねて来た時、すでに肥大しつつある腹をはじらいもなくつき出していて、彼女を病院前の昔よく行った喫茶店に誘い、自分はトーストと紅茶を注文し、「あなた何にする?」と言ったのだ。考えてみれば何でもないことだった。少くとも他人の目から見れば。しかし長年の間、喫茶店に入っても、食堂に入っても飲みたいもの食べたいものを決めるのはいつも大山理子の方であり、彼女が「あなた何にする」と尋ねてやり、高坂浜江はきまって「あなたと同じもの」と答えていたのだ。昔、二人が故郷をはなれて都会に出ようとしたとき、ちょうど彼女の村のあった谷間全体にダム工事がはじまっていて、川沿いに激しく屈折する幅狭い道をトラックが轟音を立てて走っていたものだったが、その砂埃にあおられながら、村の停留所前の駄菓子屋で蜜柑水を飲んだ時からして、そうだったのだ。彼女がまず選び、高坂浜江がおずおずとそのあとを追う。何年も、何年も……。一緒に観にゆく映画の選択から、郷里に寄せる手紙の文面まで、いつも高坂浜江の方から相談をしかけていた。それが、結婚して不意に音信が途絶え、今度、はやくも眉毛をうすくして、表情に時折り険のある皺を走らせながらあらわれたとき、高坂浜江は、「あんた何にする」と命令するように言ったのだ。しかも茫然と相手を眺めた大山理子の縁なし眼鏡にちらっと目をはしらせ、「その眼鏡はあなたに似合わないわ」と付け加えたのだ。女の眼鏡はもともと恰好のいいものではない。しかし、彼女の眼鏡は、そのときから、どうしようもなく不様になったような気がする。そう、その時だった。相手の内面におこった不可思議な変化の理由を探ろうとして、奇妙に落着きはらった顔を見つめていて、不意に、相手を仰向けに押したおし、その肥大した下腹を踏んづけてやりたい衝動にかられたのだった。相手はただ、新しい環境、甘い家庭に有頂天になっており、夫に向けて姉さん女房ぶりを発揮していたその語調を不用意に大山理子にも向けたのかもしれない。「私はお紅茶。あなたは、何を飲むの」「あら、あなたのそのネクタイ、その服にはあわないわよ。こちらのにしたら」

だが大山理子には相手の急激な変化が許せず、憎しみはその肥大した女の腹に向い、そして交遊関係は、それ以来ばったりと途絶えた。十数年間、親友だったその同性の友が、いま何処に住んでいるのかすら、彼女は知らなかった。

「そこにいるの、有高さんじゃないの?」

我に返ったとき、患者の母を扉まで見送るような恰好で市井女医が顔を出した。大山看護婦は、自分を裏切った旧友の顔を見るように女医を見た。

「あら、あなたなの」女医は意志的に唇を薄く歪めて、扉のわきに立った大山看護婦とベッドの上の院長の娘とを見較べた。

「どうしたの、あなたたち」一呼吸入れてからの市井女医の口吻は難詰調にかわった。「いまは遊戯の時間じゃありませんよ。それに……」

「何も一緒に来たわけじゃありません」と大山看護婦は弁解した。

実は一昨日も、まったく同様に誤って配られたカルテをとどけに来て、衝立ての向うで顧問医師の松岡と市井女医の密談を、彼女は聞いてしまっていたのだった。むろん盗み聴きしたりするつもりはなかったし、話の内容も断片的にしかわからなかった。それに専属している科こそ違え、小規模な私立病院の看護婦が特別な理由はなくとも、あちこちに流動するのはむしろ当然だった。呼ばれもしないのに別の科の診察の場までのこのこ入って行って仕事の邪魔をしたり器具をこわしたりしたのならともかく、看護婦のいる控え間には、誰だって入っていってもいい。夏や春なら、診察室の戸も、もともと開け放たれているものなのだ。聞かれて困るようなことを話している方が悪いのだ。話の内容は、なにか病院の組織がえについてのことらしく、直観的に現在の院長が棚上げにされる運命にあるらしいことを彼女は悟った。「利用できる間は利用を……」顧問医師は、日頃の人あたりのよさにも似ず、ぞっとするような口調で喋っていた。だが彼女が外科付きの看護婦だからと言って、特別院長の味方をするつもりはなかった。彼女は誰の味方でもなく、流謫されてやむなく流れてきたにすぎぬこの病院に何の義理も愛着もあるはずはなかった。だがその時、彼女が衝立の蔭にいることに気付くと、顧問医は容貌に似ぬ甲高い声で彼女をまねき入れ、市井女医は愛用のコーヒー・ポットで休憩中の茶をふるまった。「少しは慣れましたか」と顧問医は禿頭を撫でながら、まるで自分が彼女の就職の世話をしたような口をきいた。「あなたもこの病院の待合室は模様がえした方がいいとは思わんかね」と当りさわりのない話題に切りかえて、その場をつくろったものだ。「待合室を喫茶店みたいにしたら、コーヒーもおいしいでしょうね」と彼女は皮肉を言い、さっぱり美味しいとは思わぬ珈琲を御馳走になって、早々に退散した。密談の一部が聞えたのは偶然であって、盗み聴きではなかった証拠に、彼女はそのことを院長には告げてはいなかった。誰がこの病院の実権を握ることになろうと、その勢力交替を修飾する大義名分が何であろうと、彼女にはどうでもいいことだったのだ。十数年間も閉鎖的な職場に勤めておれば、誰しも人間が群れをなして集う処には、必ず陰険な策謀があり、勢力争いがあることぐらいは知るようになる。府立病院へいったときも、人々は神経の大半を、公けの、そしてその裏側の人事のかけひきに費していた。男たちは派閥や地位、誰が主任教授に見込まれているかについてひそひそと話を交し、女は異性関係や同性愛、誰と誰が繁華街の横丁を歩いていたか、誰が長期の入院患者からつけ文されたかを噂した。だがホルマリンの匂いに馴れ、患者の愁訴になれたように、彼女はそれに馴れた。いまその二番煎じを見せつけられたところで、驚きの念すら湧きはしない。

しかし一昨日と全く同じように、偶然、衝立の蔭に立っていて、顔を出した市井女医に見とがめられるのは愉快なことではなかった。「カルテが外科の方に間違って入ってましたから」と彼女は言った。だが、市井女医にはそれを信じた様子はなかった。口にこそ出さないものの、部屋を窺っていたのではないかという、猜疑と嫌悪の表情がありありと出ていた。

「外科の方はお暇なようで結構ね」と女医は言った。

「こちらがお忙しいんで、それで小児科のカルテを外科にまわして下すったんですか」と大山看護婦は言った。

「はっはっは」と男のように体をゆすって市井女医は笑った。「あんたは面白い人ね。技術も確かだし、この病院にはおしいわね」

もしこの人が遠からずこの病院の采配を揮うようになるのなら、私は馘だと大山理子は思った。

「院長のことを思ってあげて下さるのはいいけれど、錯覚しては困りますよ。何もかも院長の諒承の上のことですからね。この間言っとこうと思ったことだけれど」

「何のことでしょうか」

「あなたは府立病院じゃ婦長だったそうだけれど、組合の運動もやってたの？」

「いいえ。私は美人じゃありませんけれど、それほど醜女でもありませんから」

「はは、自分でそう言うんだから、間違いないんでしょうね。はは。院長はうらやましいよね。あなたと向いあってると退屈はしないから」そう言っておいて、反撥の隙をあたえず女医は廊下に出て、「お次の方どうぞ」と叫んでいた。

こういうことがなくとも大山看護婦には、市井女医はうちとけることのできぬ相手だったのだ。いやこの病院の中では一番の苦手だった。彼女も鬱蒼たる林にかこまれた山里の中学校ではいつも成績は一番だった。家産にめぐまれ、肉親に理解があれば、大学だって入れただろう。医学を専攻しておれば、彼女だって女医になれたかもしれないのだ。年齢が接近しており、同じ独身で、しかし現在、地位には年功では越ええない距たりがあるゆえに、到底彼女の側からは睦めない。そして現在ある地位の距りは、永遠にそれは越えられないのだ。

不得要領に、大山看護婦は小児科の診察室を出てしまい、裏の棟にある入院患者の病棟へと寒い廊下を伝っていった。渡り廊下のところまで何ということなく後を追ってきた古志原弓子は渡り廊下沿いにある炊事場の蛇口をひねって、流れ出す水に口をつけた。いや、僅か数段のきざはしを登って、入院病棟の、軋む扉をあけて振りかえった時、少女は炊事台にかがみこむようにして泣いていた。

年端もいかぬ少女が、たとえすすり泣いていたとしても、彼女に何ほどの苦悩もありはしないのだが、しかしその唐突さには大山看護婦の胸を隠微にゆするものがあった。屋外炊事場のそばに植えられた椿の樹の分厚い葉が揺れ、病棟の側の窓からつるされた寝巻の干物が悲しげにひるがえるのを、大山看護婦はしばらく見ていた。

いつだったか、病院の消燈時間もすぎて、大山看護婦がひとり待合室のテレビの前で時間つぶしをしていた時、夜おそく帰ってきた院長の娘が、何となく待合室をぶらぶらし、やがて病院のリノリウム敷きの廊下で蠟石を蹴って遊び出したことがあった。チョークで廊下にいくつもの円をかき、とんとん、とんとんといつまでも片足で跳んでいた。たまたま母屋の方の片付けが終った浅野看護婦が、待合室用の週刊誌をとりに来て、それを発見し母屋につれ戻そうとした時も、廊下に書いたチョークの丸を消しながら、不意に泣き出したものだった。その時は単に、甘やかされて育った少女が、何か欲しいものを買ってもらえなくてすねているのだろうと思っていた。しかしどうやら、この陰鬱な病院の雰囲気に適応できないのは、大山看護婦だけではないらしかった。

珍らしくかすかな憐愍の情がわき、何か言葉をかけようとしたとき、少女は身をひるがえして診察室の方へもどっていった。

痔疾の入院患者ばかりが集められている大部屋に、先日リヤカーで運びこまれた女性も五人の男たちと枕を並べて横たわっていた。窓をあけはなつわけにいかない冬のこととて、部屋には鼻を爛れさすような腐臭が漂っていた。一人ぽっちの女性は、相部屋の者が皆男であり、ベッドとベッドとの間隔が狭いのを嫌がり、他の部屋にかえてくれと文句を言ったが、他の入院患者が男ばかりであることをそれほど気にする必要はなかった。手術直後の者は麻酔薬のために、幾度か頰を打っても未練がましく昏睡の世界に逃げもどろうとし、麻酔のさめた者は苦痛のために、自分の皮膚の内側、とりわけ自己の苦痛にしか興味は示さない。同室の者に、彼女の衣裳や外形が女のものとして映っていても、誰も彼女を欲求の対象としての女とは見はしなかったろう。やや快癒して、人に話しかけるだけの元気の出はじめた者も、脂汗を出しながら排泄したその日の朝の便のことばかり喋っていた。

「看護婦さん。今日はうまいこと出よりましたぜ。こ、こつが解ったんだ、こつが。こう腹をもんでおいてだな、くうっと息長うにきばるんだな」

窓際のベッドに横ざまに寝ていた工員風の男が、彼女の顔を見るなり言った。

「……そやけど、本当に元に戻りまんねやろか。あいかわらず、うどんみたいな細い便でっせ。いやうどんやない、そばだ。そばみたいなうんこだ」別の一人が言った。

「笑わしたらあかん。笑わしたら。お尻にひびく」その隣のごま塩鬚の男が言った。手術後一週間は続く苦痛のために、その商人風の男の顔は蒼く憔悴していた。彼は手術後の出血がはげしかった。院長には奇妙に頑固なところがあって、最少限にしか麻酔剤を使わず、病室もわざと二階にもうけて、一日二回階下の診察室まで歩かせて筋肉の運動をさせていた。診察は二回だが、小用のためにも手洗まで歩かねばならず、苦痛に顔をしかめながら、患者は廊下の壁を撫でるようにして何度か往復せねばならない。府立病院では、胃癌の剔出や胆石剔去、交通事故による腹部損傷や結核の外科療法など大手術に慣れ、寝たきりの患者を見なれていたから、盲腸か機械による外傷、さもなくば痔疾の患者ぐらいしかあつかわないこの病院の患者は、あつかいにも気楽だったが、手術患者には出来るだけ苦痛を与えぬ方針をとっていた府立病院の療法に比べて、古志原医師の方法はおそろしく原始的に思われた。事後の経過には麻酔薬をできるだけ使わない方がいいことは彼女も知っていたが、院長の方針には、苦痛を避けようとする精神そのものが気にくわないとでもいった頑くなさがあった。何を苦しんでか、自分は朝から酒に神経を麻痺させておりながら、頑固にその方針は変えようとしないのだった。

「わたし、もう痛みはとれましたから帰らしてもらいますわ」と女が言った。酒場の女給でもしているのだろう、目鼻立ちは人形のように整っていながら、皮膚は不健康に化粧荒れし、目尻や口許はだらしなく崩れていた。彼女は本当に帰るつもりか、ベッドの上に起きあがって、風呂敷包みに着換えをつめはじめた。

「あなたはまだ癒ってやしません。化膿しすぎてたから膿をしぼり出しただけですよ。手術はこれからです」

「え？」きょとんとして女は目を瞠った。

「先生のお都合で、手術は明日になるでしょう」相手の顔はみず、空気を入れかえるために、大山看護婦は押し出し窓の鍵をはずした。

「でももうほとんど痛みはなくなってますけど」

「放っといたら、また同じようにふくれてきますよ」

何度も何度も、腫れてはくずれ、くずれてはじくじくと湿って、パンティが汚れ、そして常時、月経帯を後向けにあてていなくてはならなくなるだろう。どんなに化粧してとりすましても、どんなに香水をふりかけても、そばに近寄れば、蓄膿症患者の吐く息のような悪臭が鼻をつくようになるだろう。もっとも、それがこの女にはふさわしいかもしれない。先日、リヤカーでこの女を搬びこんだ着ぶくれた老人は、きっとこの女の旦那なのだろうが、しみったれた老臭のする旦那のしなびた肉体と腐臭のする妾の交歓図が、この女にはふさわしい。何かの本で、昔の忠義の臣が皇帝の痔をすすったという話を読んだことがあるけれど、なんなら、あの老人に毎日痔をすすってもらうといい。

「でもお金も何も持ってきてやしませんし、一度帰らせてもらいますわ」

「お金はおつれの人が払い込んでたようでしたよ」彼女には保険はなく、老人は国民保険には入っているということだったが、その扶養人でもなかった。

「でも、こんな……」

「お帰りになりたいのなら、どうぞ御自由に」

大山看護婦は、商人風の患者の枕許に、売薬の鎮痛剤を発見して、黙ってそれをとりあげた。

「それは腸の薬ですぜ、看護婦さん」と弱々しい声で商人風の男が言った。

「便をやわらかくする薬もちゃんとさしあげてあるはずです。勝手なことをしてはいけません」

「酒を飲みたいなあ。先生はできるだけ自然に、日頃通りにせよと言うてはりましたやろ。わしは毎晩焼酎を三合は飲んでましたんや。酒でも飲まにゃ、何のために生きてきとるんか」工員風の男が言った。

「痛いなあ、痛いよう」とまだ年若い別の一人が、蒲団をひっかぶったまま呻くように言った。

その時、獣が咆えるような、苛立たしく硝子の面をひっかくような物音がした。病室の全員が一瞬ぎょっとし、大山看護婦は、患者の一人から奪った鎮痛剤を持ったまま二階の廊下に走り出た。廊下は、ちょうど学校建築のように、片側に病室が並び、片方は窓だけだった。もっとも、その窓からは、彼方の鈍色に雲がたれこめた丘陵の麓に五重の塔が黒く見えるだけ、あとはぎっしりとつまった古い都市の甍の波だけだった。どこから悲鳴がしたのか、しばらくの間わからなかった。もう一度物音のするのを窓の外に視線をそらしながら待っていると、廊下の一番北隅の特別室の扉があき、賄婦の福武なおが、顔を恐怖にひきつらせてよろめきながら出てきた。

何か言おうとするらしいのだが、声にはならず、泳ぐように腕をふりながら老婆が歩み寄ってくる。襷がけの上に羽織ったエプロンが裂けており、足には片方しかスリッパをはいていなかった。軽症の入院患者が、あるいは廊下に出、廊下側の窓から顔をつき出している。福武なおは、ちらっと特別室の扉を振りかえり、恥じらうように大山看護婦に向けて微笑すると、よろよろとその場にぶっ倒れた。

第四章

浅野看護婦が、彼独りですませた夕餉の食器を収めにきたのだろうと思って、古志原は人の気配にも振りかえらなかった。事務員が記入し整理した保険診療分の請求書の点数表が、机の上に注ぐあわい冬の夕陽の中で踊って見える。薬剤や医療器具の購入伝票とともに、ただ形式的に目を通すだけだったが、もし病院を本気に立て直すつもりになれば、その煩雑な数字の乱舞に耐える神経も築きなおさねばならない。さらに、投薬してない分まで投薬したように操作し、患者に対してはまた保険外の高貴薬や特別診療といつわって、報告と実収入の差を大きくする必要もある。彼がいま病院経営に投げやりなのは、法的にはもっとも正直なやり方をしていることを意味する。立ち直ることは、むしろ秘かに法を犯すことだった。

背後の足音が浅野看護婦にしては不自然に高いことに気付いて彼は振りかえった。珍らしく大山看護婦が冷たくとりすました目で彼を見おろしていた。

「君もやめたいのか」と古志原は怒りにかられて言った。

「何でしょうか?」ほとんど表情を動かすことなく大山看護婦は閾のところに立っていた。その視線は、女性が入ってきたからには、当然、古志原が立ちあがって、椅子をすすめるべきだとでも言うように、ちらっと安楽椅子の方を流し目にした。

「ああ、そう、特別室の患者の発作はもうおさまったかね」思い当ることがあって、古志原は口調をやわらげた。

「………」

「福武の婆さんはもう元気になったかね」古志原はたずね直した。

「ええ」と相手は簡潔に答えた。

福武なおのことは、浅野看護婦に呼ばれ、彼自身が強心剤を射ったのだからたずねるまでもなかった。だがその老婆が一体特別室で何を見たのか、何をされかけて恐怖したのかは、わからなかった。元女優の三枝葦子はすでにこれまで二三度麻痺狂性の発作をおこしており、突然癲癇症状を呈してぶったおれたり、体の左半分だけを電気にかけられたように痙攣させたりしたことはあった。脊髄も脳もすでにおかされ、聞くに耐えない、卑猥なことを口走りながら、人さえみれば抱きつき、食事をあたえれば喉もとまで一ぱいつまっていても、なお際限なく食い続けたりもした。しかし、従来、人に危害を加えたり、専従付添婦の福武なおを恐怖させたりしたことはなかった。一時は手足にあらわれた落屑丘疹が福武なおを気味悪がらせたことはあったが、現在は外にあらわれた症状はなく、運動不足のまま白豚のように肥えた彼女の容貌は、年齢のわからない妖しい白痴美に輝いているぐらいだった。古志原医師が特別室に馳け込んだときも、別段あばれていたわけでもなく、人間ばなれした形相をしていたわけでもなかった。ただ派手な羽根蒲団の上に裾を乱して仁王立ちになり、目やにをため、口から涎をたらしながら笑っていただけだった。この世にもっとも恐ろしいものは人間の心であるとはいえ、福武なおがまだろくに口もきけない以上、何が騒ぎの原因だったのかはわからなかった。原因がわからない以上、別に打つ手もない。

「用件は特別病室のことかね」

「それもありますけれど」縁なし眼鏡の奥でいつも瞼をはらせている目に薄笑いが浮んだ。

「なにかね?」ふたたび苛立って古志原は言った。

「いま病院の方へお電話がかかりました」

「私にかね?」

「はい」

「何処から」

「お嬢さまの学校からです」

「そういう個人的なことなら、なぜすぐこちらに電話を切りかえない?」

考えてみると、母屋に入ってくるのは浅野看護婦か、市井女医、でなければ時たま判こをもらいにやってくる事務員ぐらいのものだった。大山看護婦と書斎で顔をあわすのはこれがはじめてだった。従来、連絡を要する用件はみな浅野看護婦におしつけておりながら、なぜ今日にかぎって入ってきたのか?

「電話の切り換え装置はこわれていますから」やや間のびした間隔をおいて大山看護婦は言った。

「ああ、そうだったな」目の前の卓上に黒く光る受話器を、彼は見た。「電話は一応切ったんだろう? いま、待ってるのかね?」

「いいえ」

「じゃ、ま、そこに坐りたまえ」

彼は無意味に手をのばして受話器をなでてみた。実は受話器はそこにあるものの、病院が赤字で、医師や従業員に給料を支払うと彼自身の生活費も残らず、家屋はすでに抵当に入り、病院とは別箇にあった自宅の電話の権利は売りはらってしまっていた。しばらくは切換装置を使っていたのだが、彼の愚かな人間関係のもつれの果てに、ひんぴんと嫌がらせの電話がかかり、切換装置も彼自身がぶっつぶしてしまったのだ。

いやがらせの電話の相手はほんのしばらくの期間とはいえ、同じ屋根の下に生活をしたことある二度目の妻の喜代だったから、何が彼をもっとも困窮させ、神経的にまいらせるかをよく知っていた。たとえ深夜ではあっても、病院である以上、かかってきた電話を無視することは許されない。酒にも麻痺させつくせぬ医者としての習性で、世間を呪いながら寝床をはい出し受話器をとってしまう。するとふっふっふという嘲笑的な笑い声がきこえ、巨額の慰藉料、扶養料、別居資金を執拗に要求してくるのだ。相手はどこにいるのかわからない。恐らく彼が最初知りあった時がそうだったような薄暗い酒場か、遊び呆けた帰りの深夜の公衆電話なのだろう。夜の職業に馴れ、昼夜の顚倒してしまった女にとっては、寝つかれぬ夜の退屈まぎらしだったかもしれない。彼は自分の弁明の余地のない愚かさを、捲き舌で喋りかける女の何一つ進展しない言葉に確め、そして受話器をおく。するとまた十分ほどして電話がかかってくる。今度はうすっぺらにすごんだ男の声であり、相手にせずにそれを切ると、一晩中、受話器をとっても相手の出ないいやがらせの電話が鳴り続ける。切換装置をはずして病院の受付けにつないでおけば、夜、迷惑するのは浅野看護婦だった。気のおけない看護婦ながら、あまりにも愚劣な私事のもつれを知られたくない誇りはあり、いずれ相手がいやがらせにもあきるだろうと、酒の酔にまぎらせて二三週間は我慢していた。困ったことに実際、急を要する他の用件も間にはさまるゆえに受話器をとらぬわけにはいかなかったのだ。だが、相手にはたっぷりと暇があり、加担している見知らぬ男も、特別な仕事を持っていない人物らしかった。いや持っているとすれば、むしろそういう脅迫や嫌がらせを職業とする人物のようだった。自分に愛想をつかしてだらけているとはいえ、彼には日々の仕事がある。我慢くらべには勝ち目はなく、古志原はついに電話の切換装置をぶっつぶしてしまったのだ。浅野看護婦はしかし、宿直室で、夜ごとその電話に悩まされただろうに、彼には何も言わなかった。寝不足のはれぼったい目を伏せて、悲しげに微笑するだけだった。

「それでどういう用件だったのかね」既にすりきれた羞恥の思いの上に、なおも冷汗を流しながら古志原は言った。

「学校の先生のおっしゃるのには、ここしばらく弓子ちゃんは欠席続きで全然学校に姿を見せないけれど、病気なのか、という問いあわせでした。病気なら、病院のことなんだから、診断書を添えて早く届けを出しておいてほしい、と」

弓子が病気などではないことを知っていて、大山看護婦は最後まで一気に言った。

予想していた話題に対する気構えを解くのに、しばらくの時間が必要だった。彼はしばらく目を閉ざし、意味もなく網膜の赤みと、そこに浮游する小さな風船の影を見ていた。

「そう伝えてくれというんだね?」間をつくろうためにだけ、彼はそう言った。

「御在宅だとは言ってありますから、のちほどまた掛ってくると思いますけれど」

娘の弓子は早熟ではやく初潮をむかえたが、まだ中学の一年生だった。学校をずるけて不良仲間に入り、繁華街で遊び呆けるという才覚のある年齢ではない。一体どこで授業時間をつぶしていたのか。もしかすると、別れた最初の妻の真理子が……

大山看護婦はすすめた椅子に浅く腰掛けて依然として薄笑いしたままだった。看護婦の胸に不必要な紫色のブローチが光っており、胸のポケットには会食にでも出かけるように折畳まれた絹のハンカチがのぞいているのに、そのとき、彼は気付いた。看護婦が白衣の上にブローチをつける。規律の乱れというよりも、それは彼に対する挑戦のようなものだった。

「その胸の飾りは、誰にもらったものかね」

「………」

弁解しようと思えば出来なくないだろうことを相手は弁明しなかった。不健康に、ほとんど厭世的に白い、たるんだ頰がひくひくと痙攣しただけだった。何を憎しむのか、大山看護婦の態度には想い出したくない不愉快な記憶をかきたてるものがあった。

最初から妙に突慳貪なところがあり、古志原はこの女性を好きになれなかった。最近の人手不足ゆえに、何か失敗をしたのだろうという推測はありながら、府立病院での経験者だということで詳しい身許調査もせずに雇い入れたのだが、彼の治療に対する批判がましい視線や、その気になれば他の病院へすぐにも移れるのだといわんばかりの態度は不愉快だった。だが今にして思えば、彼女が身辺にいると理由もなく神経が苛立つのは、厳しい位階制の中で生きてきた者特有の権威主義のせいではなかった。どこで聞いたのか、この女は彼の過去の愚かしい悶着を知っており、しかもそれを猥褻な赤新聞の記事のような視線で想像している。噂高く他人の秘密を覗きたがり、しかも卑しい好奇心の餌食としてしか人間の苦悩を見ることのできない、その眼付きだった……

「電話はそれだけじゃないんだろう」大人げないと思いながらも、古志原は露悪的に言った。「私に対する脅迫の電話も、君が受けてくれたんだろう」

「………」

相手は肯定も否定もしなかった。

偽悪的な口をききながら、古志原は自己憐愍のために危うく涙を流しかけた。時間にすれば数年、そして二度も、彼は金銭には還元できぬ人間関係を無理強いに金銭で計るもめごとにかかずらわっていた。娼婦との交渉のように、最初に金銭がもち出されるのなら、むしろ傷つかずにすんだ。またあの無規定で、すっぱい匂いのする愛や幻想などが介在しなければ、ことは少し高くついた快楽の代価ということですんだ。エゴイズムも悪意も冷笑も譎詐も、態勢をととのえて臨んだ世界でのことなら、それほど耐え難いものではあるまい。だが、彼は気を許しており、無防備で、素裸だった。便器にまたがっている用便の最中に、不意に戸をあけられるように、彼は防禦しようのない瞬間に裏切られ、恥をあばかれ、ゆすられていたのだ。そしてその愚劣な諍いの因は結局彼自身が作っていたのだ。少くとも、彼の側にあさはかな隙があったことは事実だった。ちょうど、性行為の際にある瞬間まで相手の反応を意識して楽しんでおりながら、いつしか自己の快楽への没入のためにだけ、暗黒を手招くように、彼には目を閉ざしてしまっていた隙があったのだ。

最初の妻の真理子が病院の若い医師と駆落したとき、安堵してうたた寝していて不意に寝首をかかれることの、恢復不可能な不愉快さを、すでに充分味わったはずだった。同床異夢、手をのばせば、ぬめる肌や盲腸手術の傷痕に触れることができるからといって、その人間の内部、血漿や糞尿よりも醜い内心が解るわけではない。口紅でかたどったおちょぼ口が、後ろを向いた瞬間、耳もとまで裂けて、生魚をむさぼり食わないとは限らない。おそまきながら、そういう正当な懐疑を、彼は一矢すら報いえぬくやしさの代償に学んだはずだった。にもかかわらず、彼は酒に溺れ、体はけだるく胸は渇え、酒精とビタミンの匂いの混った汗の匂いにまみれながら、一層愚劣な関係の中にみずからおぼれ込んでいってしまったのだ。相手は愚かで薄よごれているほど、一時の忘我にせよ救いがあるように思われた。そして、思惑通り安手な接客業の中から薄よごれた相手をえらび出したのだが、その女は彼が思っていたほど愚かではなかった。

夜毎の暴飲、酒乱、そしてどぶ鼠のような深夜の彷徨。しかし彼が身分を隠し、酒品は芳しくなくとも金払いの悪くない客として、一夜のうさをはらしているうちはまだよかった。だが外見はなお蔦が覆って由緒ありげにみえる私立病院の院長であり、妻を離婚して独身であることを知ると、女はおしかけるようにして彼の家庭に入ってきた。浅黒い皮膚、引きしまった筋肉、白痴的な愛嬌と、職業的に訓練されたような肉体の技巧のほかには、教養も向上欲も、品位もなにもない女だった。しかも、額が狭く、後頭部の偏平な、何の考えも入りそうにない小さな頭に、実に緻密な計算が秘められていたことを彼は見抜けなかった。ひとたび傷ついた心の空白を埋めるために、肉におぼれ、陰湿な肉の襞にのめりこんだまま、ずるずると彼は女を家に入れてしまったのだ。女の求めていたのは彼の愛でも庇護でも、共苦の感情でもなく、ただ彼の財布の中身、それも父祖伝来の、外見ばかり豪華で一種腐臭を発している財布の中身にすぎなかった。しかもその礼節も日常性もない、肉のただれに時のたつにつれて却って彼の側が執着した。

少しは知られた病院の一人息子として金銭的には恵まれていた彼の青年期に遊蕩の過程がなかったわけではない。白樺派の小説に感化されて、将来の妻は門地や学歴よりも、彼の教化によって人間的に完成される素地があればと甘い夢想をしていた一方、父につけを廻すことのできる料亭で遊興にもふけったものだ。一たびそうした世界に足を踏み入れた女性が窮極のところ何を目的にして媚を売っているかを、観念的には早くから彼は知っていたはずだった。彼が無垢で、夢みがちだった時代には却ってそれに欺かれず、戦争中にあることに加担し、自分に対する信頼感を失い、戦後の混乱と泥濘にも染まり、更に人の心の拠り難さを知り、冷水を浴びせられるような経験をしてのち、却って彼は血迷ったのだ。

際限のない争いと断ち切れぬ執着と。専門は異なるにせよ、医者である彼が妊娠したという女の言葉を真に受け、籍を入れてしまってから、それが計画的に財産の分与を狙ったものだと悟る失策をおかした。「わたしはあなたが好きよ。でもわたしはあなたには似合わないでしょ」今も脅迫電話の最初と末尾には必ず、とってつけたように女はそう囁き、そしてふっふっふと嘲笑的に笑うのだ。人がそういう嘘をつくものだとは、彼は思ってもみなかったのだ。いや相手が相当な教養の持主なら、却って彼はあざむかれなかっただろう。だが二度目の妻の嘘は、あまりに幼稚であり、ほとんど天真爛漫で、何の表情のかげりもなかった。たとえば彼女が三文映画を見てきて、その粗筋をベッドに体を投げだしたまま語るとき、実は以前から関係のあった男が隣の席にいて、ねっとりと汗ばんだ手を握りあっていたのだが、「変な男が横に坐って、わたしのスカートをなでまわすのよ。つねってやったわ」と女は天真爛漫に言う。

女ども……

目の前にいる大山看護婦の、顔面神経痛のように、ぴくぴく震える頬を見ながら、古志原は声には出さずに呟いた。いつも自分のことしか考えておらず、誰かに自分の欠点を指摘されると、青蠅のように飛びまわって、弁解して歩き、肉体を押しつけるようにして嘘をおしつけに来、人の秘密をかぎつけると、したり顔に相談に乗ろうとし、恩恵をおし売りする動物ども……。

「何かまだ用事があるのかね」と古志原は大山看護婦の縁なし眼鏡を見ながら言った。

「この病院のことでお耳に入れようかと思ったことがありましたけれど、それはやめておきます」

「あなたも理想的な建策をしようというのかね。それとも待遇の……いや、私がこの病院から出ていくか、この病院が私から出ていくか、どうなるにせよ……」

「一昨日、応急措置をしたクランケの手術は今日なさるんでしょうか。もう帰ると言ってますが」

うるさいな、と彼は思った。

「どう言っておきましょう？」

「浅野君」彼は書斎の戸をあけて呼んだ。「浅野君はいないの。風呂を湧かしといてくれないか、風呂を」

台所の方から、間の抜けた返事がし、古志原は、大山看護婦が、何か含むところあるような目付を、軽蔑の色に変えて、しかし態度だけは礼儀正しく頭を下げて、立ち去るのを横目で見た。

檻にとじこめられた動物園の獣のように、古志原の行動範囲は、低い塀をめぐらした病院の敷地内に限られていた。いや、そのまた一部分、外科兼皮膚科の診察室と母屋、それも書斎と寝室の二間の間だけを熊のように行き戻りしているだけだった。ここしばらく、彼は一歩も外に出ていなかった。

おれは柵に慣れて檻が破けていても外に出るのを怕がる家禽か、でなければ何時までも幕がおりず、出っぱなしになってしまった舞台の三文役者のようなものだ、と古志原は思った。変化に乏しく、狭苦しい、あきあきした舞台。膿と血糊と消毒液の匂い。しかも外部から、時折り、のこのこと舞台に匐いあがってくる者は、背中や脚に小豆色の肉芽腫や白い茸のような発疹を作り、唇や瞼を面皰で崩し、髪が脱け粘膜がただれ淋巴腺を栗のように腫らせた人間ばかりだった。彼らははじめ羞らうようにおずおずと現われ、しかし一たん患部を露出してしまうとふて腐れてコンジロームのできた陰部や、痔瘻にくずれた肛門をさらすのだ。あらゆる動物の中で、もっとも不潔な存在は人間である。歪んだ好奇心、不自然な快楽、際限のない欲望、そして互いに皮膚や粘膜をこすり合わせる不潔な馴れあい、それが人間から健康を奪い、内臓や皮膚を病ませるのだ。洗滌することによって病菌はおちても、その不潔な印象はおちない。嘔吐をもよおすような毎日の中で、彼の感覚の繊細さ、美の感受、清浄への信仰は崩れてしまっていた。アルコール漬けの標本のようにふやけてしまったのだ。そして彼は確信する。こんな醜い存在に、自然や宇宙に返礼する何らかの価値が芽ばえるはずはないのだ、と。

古志原は福武なおが寝かされている病室の窓から見える煙色の黄昏、その下に並ぶ灰色の瓦の鱗、枯れた柳の枝が触れている、尉《おきな》の能面の皺のような模様の鬼瓦を眺めやりながら、めずらしく漂泊の思いにかられた。もっとも、彼がさまようのは人間の匂いのない世界でなければならなかった。血液の中の汚れた酒精分を蒸風呂ででもしぼり出し、斎戒して、何処か外の、枯葦の葉が風に震え、その根が水に洗われる河原か、雪に覆われた樹冠が白く輝き、動物たちの窖も凍てついた山稜でもさまよいたい。

だが淡い電光が、まだ震えのとまらない福武なおの顔を照らしている室内は、およそ彼の一瞬の夢想とは無縁だった。ポマードでこってりと髪をなでつけその上男性用の香水の匂いを漂わせている内科医の遠藤晴夫は、すでに帰り仕度をととのえた背広姿で、福武なおの、しなびた胸に聴診器をあてていたが、入っていった古志原の姿を見ると、いたずらをとがめられた少年のようにあわてて聴診器をはずした。

「心臓の音がすこし異様なんですがね、明日にでも心電図をとってみましょうか」と彼は言った。

彼は昨年インターンを終ったばかりの大学の医局員であり、先代の代診だった梶尾源三郎と交替に出勤していたが、ほとんど医学に情熱をもっていなかった。いや少くとも、古志原医院は一時の腰かけであり、この病院に対する忠誠心はまったく持っていなかった。しかも彼はそれを内科付の准看護婦青木梅代に広言していた。「どこかいい病院の養子の口がかかるまでの間のことさ。そうなったら、あんたも呼んでやるよ。それとも僕のお妾にならんかね」面倒なことはすべて明日のばしにして、責任を先代の代診におしつける。

勤務時間がすでに終った今、彼は、はやく家に帰ることしか考えてはいないのだ。

老婆の枕許には、まるで臨終の席にのぞむように弓子が控えていて、福武なおの白髪まじりの髪をなでており、扉のそばには浅野看護婦が、持ってきた夕食の置場に困って、アルマイト製の膳を捧げもったまままつっ立っていた。

「青木君は？」

古志原は、浅野看護婦にたずねた。

「先刻、いそいそと着換えして、何処かに出ていきましたよ」遠藤医師が代って答えた。

「それにしてもなぜ、こんなにショックを受けたのかね」と古志原は不機嫌に福武なおに言った。

「さあね」遠藤がバセドー氏病がかった目をむいて、ふたたび代って答えた。その大きな目は伏目がちになるとき、哲学者のように考え深げに見えたが、およそ何を考えているのか解らなかった。いや特別主義主張も持たず、何も考えていないから複雑に見えるだけなのかもしれぬ。

「いや福武婆さんの心臓がこんなにわるかったとは知りませんでしたね。燈台下暗しだ」

働き者の福武なおは、今までおよそ健康診断も受けたことはなかったのだろう。

「弁膜障害かね」と古志原は言った。

「いや、精密検査をしてみねばわかりませんがね、もっと悪いかもしれません。おそらく先天的に心房に穴があいていた。よくこの齢まで生きてられたもんですね」

「先生さま」何かのショックで動転して、まだ口もきけぬはずの老婆が嗄れ声で言った。枕許にいた弓子が老婆の顔をのぞきこむようにした。

「わてはもう死ぬんどすか」と老婆は言った。僅かの間に形相がかわってしまって、福武なおの顔は確かに死相をおびてみえた。

「馬鹿な。あんたはちょっと失神して、脳を少し打っただけだ」古志原は顔をそむけて失笑している遠藤医師の顔を見ながら言った。

「うそを言わんと本当のことを言っておくんなさいな」老婆はまるで長患いした癌患者のように哀れな声を出した。

「あんたの体は、たたいたってまだまだつぶれやせん。二三日したら、やめとけといったって病院中をかけずり廻るようになるさ。それより、あんたは一体何を見たんかね。腰をぬかすほど怕いことがあったのかね」

少し平静に戻りかけていた福武なおの表情に、ふたたび恐怖がよみがえった。

今までがあまりに健康すぎたからだろう。突如あばれ出した脳軟化症の元女優をとりおさえようとし、何かのショックを受けて倒れた付添婦の福武なおは、病床に搬び込まれてから、ベッドがそのまま棺桶に、そして死体焼却場につらなる幻想にとりつかれたらしかった。古志原自身も遠藤医師の聴診器を借りて、老婆の心音を聞いてみたが、なるほど収縮期に異様な雑音がまじってはいるものの、急に死ぬほどのことではなかった。だが、わずかの間の失神の間に、蒼ざめた馬の幻影がこの素直な老婆の胸中をかけすぎたのだろうか。気がついてから「わては死ぬんやろうか、死ぬんやろうか」と医師をつかまえ、看護婦の白衣の袖にしがみつき、執拗に問いかけ、愁訴した。少し腰は前こごみになっていて、耳も少し遠くて時にとんちんかんな返答をすることもあったとはいえ、矍鑠として一日中働き通しに働いていた人だったから、一挙にあらわれた気弱さは意外だった。古志原も他の人にも、彼女が閉ざされた特別病室で何を見て、恐怖したのかにむしろ関心を寄せたが、一たん死の恐怖に憑かれてしまった福武なおにとっては、失神の原因などよりは、ひたすらに自分の命数のおとろえが問題らしかった。すでに家族にも先立たれて愛別離の苦しみにも馴れ、年老いて身を飾る欲望や金銭に対する執着からも厭脱したように見えていながら、自分の人生に何はなくとも存在し続けたい欲望には勝てないのか、福武なおは見苦しくさわいだ。いや、人々は寄る年波に、子供のようになった老婆の無邪気な死の恐怖をあざ笑ったけれども、その人自身にしか解らない何か本質的な直観を彼女は、感じとったのかもしれなかった。

こちらの質問には何も答えず、死の恐怖を節度を失って撒き散らす老婆の醜態から離れて、母屋に戻った古志原は、限りなく憂鬱だった。彼には、理由は何であるにせよ、急に人が変ってみえることが嫌いだったのだ。分厚い札束を前にして思想を変える人間も、酒を飲んでいて急に怒り出す人間も、人前に出ると急にはしゃぎ出して甘い声を出す女も、彼は嫌いだった。いや、そうした変転に対して何かの批判を下せるほど自分は立派ではないにせよ、不意に人間の性格や形相が変ってしまうような光景には触れたくはなかった。それに、他の者はどう思っているにせよ、身寄りのない福武なおが、もし長患いをすれば、もう賄婦として彼女を雇っておくこともできなくなる。彼が言い出さなくても、市井女医が、かならずそれを言い出すだろう。福武なおの病気は死ぬほどのことはないにせよ、一たん気が弱れば以前のように小まめには働けなくなるだろうことも充分に予想できた。そうなれば特別病室の元女優も何とか処置せねばならない。足手まといになる人間を無償でそばに置いておくほど彼は慈悲深くはないが、井戸におちた人間の頭に石を投げつけるような真似も彼は好まない。要するに、あまり変ったことが身辺に起ってほしくはなかったのだ。なぜこう次々と面倒が起るのか。病院の資金繰りに窮して、彼は医師信用組合に融資を依頼してあったが、二カ月前、貸付係の者と面接して、その使途や返済方法を聴かれたきり、何の音沙汰もない。既に市中銀行の信用も失っている以上、小口の資金にもせよ、信用組合に頼るより他はなかったのだが、そこすらが、調査に手間どってと口実をもうけて一向にらちがあかない。市井女医が提案し、顧問医師もそれを薦める共同経営への組織変えも、重く胸にのしかかったまま、彼の決断を促している。もう書類造りや、相談ごとはうんざりなのだ。

いや、彼とても、生きている限りは、たった一人の人間のためにもせよ役に立つことをしてやり、相手を喜ばせ、それを槓杆にして崩れた自分の精神を立て直したいと思う時がないわけではなかった。市井女医が言うように、病院が苦境にあることこそが却って彼には幸運であり、苦境をのり越えようとすることで、自己を鍛えなおすことも出来るかもしれない。人は己れ独りによって崩れるのではないように、立ち直るのにも、自分以外の者のために尽すことが、恐らく最良の方法なのだ。観念の操作の上では彼にも、それは解っていた。いまは憎悪の記憶しかない、最初の妻との生活にも、自己の愚かしさを確認することしか意味のなかった二度目の妻への執着の中にも、実は、(再生)の夢がかかっていたのだ。

再生をはからねばならないほどの大きな罪を過去に犯したつもりはなかったけれども、やはり罪には違いない、ある事実に、昔、彼は関係していた。金輪際、他人に口外することはなく、また神を信じてもいない以上、神に告白し懺悔することもないだろうけれども、彼自身は、自分の日常生活、その生活を背後から支える陰の人間関係において、なぜ人並みの幸いにからすら拒まれているかということを、彼自身がよく知っていた。

かつて、戦争の末期、満州の某研究所に勤務していたが、メスさばきの素早さを見込まれて、一人の患者に彼はある特殊な手術をほどこしたことがあった。その女はまだ二十代の朝鮮人で、いわゆる娘子軍、つまりは前線の慰安所の娼婦だった。華南で発病し、後方の病院で手当てを受けていたが、そこでは処理できず、わざわざ廻送されてきたのだ。女は二目と見られないほどの重症のエスチオメーヌにおかされていた。エスチオメーヌとは、鼠蹊リンパ肉芽腫のある種の転位をいう。病菌は一種のビールス、多く性交によって感染し、感染後、軽微な原発疹やリンパ肉芽腫性の下疳をおこすのだが、あまり苦痛はないままに放置すると、鼠蹊部のリンパ腺が腫れあがり、互いに融合して団塊になり悪性の癌症状を呈する。適当な治療をほどこさないと、やがてそれは軟化し紫色に変じて破潰して瘻孔を形成し、多量の漿液を分泌するようになる。もうこの段階になればズルファミン剤の投与によってだけでは治癒しない。またたとえ外科的手段で治癒したとしても醜い痕がのこる。またそれは時として、直腸や女子外陰部あるいは膣に転位して、慢性的潰瘍となり、しかも附近の組織の増殖をきたす。直腸の場合はリンパ腺腫脹と組織増殖のために狭窄をきたし糞便の排泄も困難となって、人工肛門を必要とするようになる。女子外陰潰瘍となれば、外見は複雑に紫色の肉腫の、隆起した、しかも瘻孔のあるこぶと化し、しかも潰瘍は深部に侵蝕して瘻管を作る。奥では尿道や膣も侵されているのである。たとえ薬剤や注射や塗布によって病菌を殺しても、象皮病状にかたまってしまった局部は、もはやそれ生来の機能は果しえなくなる。こういう極端な症状は、局部を酷使し、他の病菌との合併症をかならず起している娼婦にかぎられるが、戦争中には相当に多発した。

研究所の外科役員や数人の軍医が見守る中で、若い古志原が命ぜられて、その娼婦のくずれてしまった局部をえぐり取り、そこに人工膣を移植する手術を行ったのだ。

　天井にパントフォス型の無影照明燈が輝き、白いタイルの床は、ところどころこわれて水がたまっていた。覗き窓の設備がなかったために、手術室に踏み台を置いて、白衣に身をかためた見学者が目白押しに並んだものだ。季節は厳寒、戸外は水溝も凍るほど寒く雪にとざされていたが、手術室はスチームの熱と人いきれに蒸した。患者は脊椎麻酔をほどこされ、上半身を白布に覆われ、脚首を股広器にしばりつけられて横たわり、彼は見学者の期待に緊張しながら、消毒ずみの帽子に髪を固定し、手術着を着、ゴム手袋をはめてその前に立った。従来、アシスタントでしかなかった彼が、その時はじめて主役を演じ、第一介補、第二介補、器械係や補助看護婦を指図したのだ。

陰毛が剃られてしまってあるゆえに、ざくろのように紫色にはれあがった患部は一層巨大にみえた。もはや生殖器として原型はなく、ただそれが股間にあることによって、かつてそうであったことが解るにすぎなかった。

彼は介補者のさし出すメスをとり……そして二時間半、幾度か額の汗を看護婦に拭きとられるのを意識しながら、切断し、えぐりとり、止血し、入植し、縫合した。

手術は外科的には完全に成功した。宮刑をほどこされた女官のように、女でありながら女ではなくなっていた一人の人間が、人工のものにもせよ、性を回復した。

彼ははじめ得意だったものだ。人工器官の人体移植手術はドイツの方がはるかに進歩していることは知っていたが、この分野での成功は、ことがことだけに公表はされなかったが、日本ではおそらく彼が最初だったろう。主任教授は、自分に代って責任を果たした彼をたたえ、彼の将来を約束し、その時見学していた軍医の紹介によって、研究室に与えられる予算は急激にふえた。いや、人の賞讃やその効果よりも、彼は自分の腕に対してもてた自信だけでも充分幸福だったのだ。

だが、彼はあとになって、同じ手術が、ナチの手によって、疾患からの救済としてではなく、野戦慰安所の娼婦に、無限に兵士の相手をさせるために、ユダヤ人の女に実験的にほどこされていたことを知った。

状況は似ていた。彼が手術をほどこした女は、慰安所の娼婦であり、朝鮮人だった。むろんナチのように健全な器官を実験的に剔去し、感覚なき器官、感覚のない故に疲労することない人工の恥部を移植したのではなかった。悪性の性病を放置して、もはや女としての機能を失った局部を、科学の智慧と技術によって再生させたのだ。彼は一人の人間を、その陰の部分において救ったのであり、その女が回復してからどうしたかという問題は、彼には関係のないことだった。むろん、その器官が実際に役に立つか否かを実験してみる必要はあった。そのために、極秘に彼女は研究所の一室に隔離、監禁されていた。実験？　そう、破傷風におかされ、切断された足にはめた義足が、実際に役に立つかいなかを実験する必要があるように、それはむしろ医学の任務だった。役に立たねば、何もしなかったのと同じことになるからだ。もっともロシア軍の満州国境への侵入と、それにつづく敗戦のために、その実験は、なかばにして放棄され、その番号でよばれていて、名前のなかった娼婦は日本軍の敗走、あわただしい附属機関の引揚げの混乱にまぎれて姿を消した。

彼が命令され、またすすんで行った手術は、少数の関係者が知るだけで、そのまま闇に埋れた。いや、ひそかにそれは記録され、継承されて現在、性転換手術などに案外、生かされているのかもしれなかった。だが、彼は敗戦とその後の抑留の期間に、研究をおしすすめる情熱は失い本土に帰ってからは、ただ肛門の手術を得意とする一介の外科医にもどった。それは、異常な戦時下のことであり、また戦後は抗生物質が進歩して、外科的手段を必要とするまでに病気を放置しておく者もいなくなった。彼の技術は進歩の余技、一時期の迂廻にすぎず、滅びゆく動物の系統図の一分枝のようなものにすぎなかった。他のより苦痛の少ない手段に代替できるものを、固執して誤るつもりはなかった。

かつて梅毒の治療には、半身ごとに水銀を塗り、猛烈な副作用をおこしながらも、それしか方法がないゆえに医師は患者にそれをほどこした。やがてマラリヤ高熱療法がそれにかわり、ついで六六が登場した。より進歩した一つの方法が登場する前の方法にも、しかし相対的な意味はあったのだ。彼の手術にも、相対的な意味こそあれ、決して罪などではないはずだった。病んで剔出しなければ、他の部分もおかす以上、剔出せねばならない。そこを閉塞してしまうわけにはいかぬ以上、代りのものを移植せねばならない。それは骨折した骨を金属でおぎない、特殊樹脂で人工血管を作ることが、罪でないように、罪ではない。失われた感覚は二度と戻らず、子供は産めないにしても、あの女はその気になれば夫を持つことができる。それは、女性としての生活から完全に除外されるよりも、少くともいいことのはずだ。

――だがにも拘らず、戦後、彼は結婚したとき、自分が不能におちいっていることを発見した。最初の妻との結婚は、平凡な見合結婚だったが、当座は愛くるしかった相手に対する愛情はあり思いやりはあり、床をともにすれば欲望もまたないわけではなかった。にも拘らず恥らう妻の性の前に自分を据えるとき、彼は不意に白衣に身をかためた見学者のしわぶきの幻聴になやまされ、つきとおしたメスの隙間からふきでる血の幻想にとらわれ、それから離れることができなかったのだ。彼はあらゆる努力をしてみた。最初は科学的に、のちには、医学的にはまやかしとしか思えぬ秘薬と称するものを飲み、金銭を浪費し、ついには、温泉めぐりを口実に、土俗の社や淫祠に祈ることまでしたのだ。だがすべて無駄だった。

もともとセックスというものが人間の生活や思念活動の中でしめる比重はわずかのものにすぎない。彼は医者であるゆえにこそ、それをよく知っていた。誰しも、人体の解剖をしてみればすぐわかることなのだ。性に関係するオルガンは、消化器系統や呼吸器系統、循環器や何百という筋肉、そして脳や神経の占める部分に比して、それのわずか、下腹部の一部分を占めるにすぎない。だが、人体は、部分を切りはなせぬ有機体であるゆえに、ある部分が痛めば他の部分も病む。彼は性の世界から拒まれていると感じた時、必要以上に性にこだわり、そして、いつしか性的にしか人間を見ることができなくなっていった。

一日一日、自分がいやな人間になってゆくことがわかっておりながら、どうすることも出来ず、最初の妻が妊娠した時も、それが自分の子ではないことを知っておりながら、彼女が病院の若い医師と駆け落ちするまで、黙ってそれを許していたのだ。いや、許すのではなく、彼には非難する権利はなかったのだ。なぜならこと原因は、すべて彼自身にあったからだった。

相手に対する一片の思いやりも愛のなかった二度目の妻との不自然な交情の中で、不意に彼の不能は癒えたのだが、その交接に、相手を一つの人格として尊重する念がなかったことを彼自身一番よく知っているゆえに、いま、多額の金銭を脅迫されていても、彼は、警察に訴えて出ることもできなかった。単に閨房の争いを衆目にさらすことが不名誉だからではない。彼はただ異性を、動物視し、物体視し、いやしめる時にのみ、自分が男性たりうる、その精神の暗黒を、ごまかすすべもなく自覚していたからだった。そしてその仕返しは、子供が出来たという嘘であり、財産の分与請求だった。

二度の悲惨な試みと、その失敗。もう彼は充分だった。病院の経営が立ちなおろうと、このまま破産しようと、もうどうでもよかったのだ。

彼はいまさら激怒したくもなく、闘争したくもなかった。出来ることなら、手術のためのメスもとらず、患者の愁訴や醜悪な患部にふれることもなく、うつらうつらと仮睡んでいたい。麻薬の力を借りてもいい、この世界とは別なもう一つの世界を夢幻のうちにさまよい、そして永遠の安息に憩うことができれば……。あわよくば、病院全体が、長い年月の風化作用に、壁を覆う蔦が枯れ、壁がビタミンCの不足した掌の皮膚のようにぱらぱらと崩れ、絶食した人の衰弱のように、機構も経営も不活潑になって、やがて時間の砂塵に埋れてくれるのが望ましかった。

もっとも、そんなことのありえないことを、古志原は百も承知してはいたのだが。

第五章

嬰児の泣き声がしていた。銭湯の、つるつる滑る床のタイルを踏み、ゆっくりと天窓へ向けて流れてゆく湯気になれて、湯槽に近づいた時、大山理子は、湯の面から掌を出して手招きながら笑っている女がいるのに気付いた。浅野看護婦だった。その隣に、有高かおるの罪のない童顔が並んでいた。ほかに二三人の女たちが模造大理石の湯槽の中に首までつかっている。髪を崩すまいとして、派手な水泳帽のようなハットをかぶった者や、手拭を乳房の前にふわりと浮かせている女、そして二重顎の年増女は湯槽の中で、遠慮会釈なしに体をこすっていた。

ポリエチレン製の盥一つと手拭だけでは、粗探しにたけた女たちの視線から身を守るすべはなかった。大山理子は自分の脚が農民の血を受けて外側に少し彎曲しており、しかも胴長で尻の肉が下つきであることを自覚していた。人間の裸体は醜いというのが、彼女の哲学だったが、それは自分の肢体に自信のないところから来た先入観かもしれなかった。昔、全身を黒い僧衣でまとったカトリックの尼僧や、白い衛生着を着、白い靴下を穿き、マスクで顔を覆った看護婦に憧れたのも、その劣等感のせいだったろうか。彼女が湯槽の縁にしゃがんで洗い湯を使おうとした時、横で体を洗っていた女の石鹸の泡がべったりと頬にかかった。痰を吐きかけられたようにぞっとし、女を睨みすえようとしたのだが、眼鏡をはずした目は焦点が合わず、眩しげに細まっただけだった。

「もう少し静かにお洗いになったら」相手が素知らぬ振りを決めこんでいるのに業をにやして彼女は言った。

「あんたがこんなとこに割り込んでくるからですよ。それにお互い石鹸の泡がはねるぐらい当り前じゃないの」髪を上にたくしあげた女が皮膚を裏側から搔くような声で応酬した。

湯槽の底に噴出孔があって、中央が少しもりあがり、湯は絶えず攪拌されていた。水色がかった模造大理石とともに、水を清潔にみせる詐術だった。湯は流動はしていても、決してあふれてはいなかった。

「何をするの」とさっきの女が振返った。湯につかる時、わざと大きなしぶきを大山理子が立てたからだった。

「この人何を言ってるの？」大山理子は浅野民代に言った。とばっちりを受けて浅野民代も苦笑しながら、頭から湯をかぶっていた。

「浴場は早川町のお風呂屋さんの方が大きいんだけど、帰りに体が冷えきってしまうでしょ」

浅野民代が話しかけた。

「それに髪を洗ってるのに、洗髪代を別に払ってあるのに、そうざぶざぶ湯をつかわんでくださいって番台からわざわざ文句を言いにくるのよ。けち」彼女は卵一つ買うのにも、あちらの市場こちらの八百屋へと遍歴して、一円でも安いものを買ってくる才覚を持っていた。院長とその娘を世話する費用は、請求すればそれだけ出してもらえるのに、そうするのだ。病院を中心とする一帯の街の地理に彼女は詳しく、美容院から銭湯にいたるまで、それぞれの特色を知っていた。

「母屋の方のお風呂を使わせてもらえばいいのに」と大山理子は言った。自分だけの台所、専用の手洗、誰の視線にもさらされない浴室を持つ生活が、長年、彼女のささやかな夢だったが、看護婦養成所の時代も、病院の寮生活でもそれはかなえられなかった。

「自分だけそんな恩典を与えられたら悪いからですって」有高かおるが横から言った。

「でも、冬は本当に風呂掃除が大変やわ」何のけれん味もなく浅野民代は言う。「朝は水がひえきってるし、それに、栓の鎖が切れてしまってるんよ。一度、手をのばしていてざぶんとはまっちゃったことがあった。院長先生は薄情やから、何をほたえとるんだと叱りはるのよ。でもあの時はじめてウイスキーというのを飲んだ」

「栓の鎖ぐらいつけかえてもらえばいい」

「でも、針金の先を曲げて鉤を作ったから、いい」

なぜ浅野看護婦は、こんなに古志原家につくすのだろうか。彼女にとって献身すること自体がすでに一つの生存の形式になっているのか、それとも、秘められた信仰でもあるのか。彼女はたしかにお人好しではあったけれども、愚かな女ではないことは大山理子は知っていた。もしかすると、激しい自覚はないままに、彼女はあの虚無的で憂鬱な医師を愛しているのかもしれない。それも声高く叫んだりわめいたりするのでもなく、意地を張って耐え忍んでいるのでもなく、茶碗を洗ったり洗濯したりする日常茶飯の中にやわらかく溶解している。もっとも、彼女の愛――それが愛情であるとして――は、相手が自堕落で意気銷沈している間だけ輝いているにすぎないのかもしれない。互いに相食みあう自我の修羅場には恐らく彼女は耐えられまい。

「さあ、お先に」

体を茹蛸のようにして立ちあがった浅野民代の臀部は、娼婦のように横に張っていたが、ちらりと振返った彼女の乳房は小さく、その乳首も桜色に染まって清潔だった。有高かおるが、浅野の動くのを待っていたように飛沫をあげて後を追った。

「お先に」と彼女は言ったが、別にあがるわけではなく、浅野と有高は、空いている洗場に坐って、互いに背中の流しあいをはじめた。

「あなたはいつから古志原病院にいたんだったかしら」湯沐みがもたらす開放感に、大山理子の感情も幾分和らいでいた。

「言わなかったかしらん」湯槽の縁台に腰かけた浅野民代はへちまで有高かおるの首筋をこすってやりながら言った。「国家試験をパスしてからすぐ。だから他には何処も知らんわけ」

「昭和何年だったの？」

「何年だったかなあ。私がお勤めしてすぐ院長先生が満州から引揚げてらした。ちょうど私が玄関を掃除してたら、ぬっとリュックを担いで入って来て、今でも覚えてる。押売りかと思ったから、『お断わりです』と言うたんよ。先生に今でも時々からかわれるけど、しようがないわ。この間も朝っぱらからお酒に酔ったりしてたから、そんなにこの病院がお嫌なら出てお行きやすと言うてしもた。それはそうと、確か先生は終戦後三年間、満州で抑留されてはったから、あれは昭和……。なんかラジオでね、『今日も暮れゆく異国の空に』って唄を毎日毎日放送してたころだったわ。あの唄を聞くと、よれよれの軍服姿の先生を思い出すけど」

あの古志原院長が、満州にいたことがあり、しかも抑留されていた。いつも無精髭を生し、爺むさく白衣の上から首巻きまでまいて咳こんでいる彼は、およそ精気に乏しいけれども、もう少し若造のような気もしていた。少くとも社会的な体験や男性的な苦渋などとは無縁な人物のように、彼女には見えていたのだ。だが、終戦時、すでに大学を卒業して、満州の何処かの病院に軍属か、軍医として勤めていたとすると、少くとも四十五歳以上にはなるはずだった。

「こわかったなあ、あの頃の若先生は。じろっと睨まれたら脚が震えてしもうて。患者さんの尿の検査瓶を落してしもうたこともあった。いつも苦虫を嚙みつぶしたみたいな顔してるでしょ。でもあとで聞いたら、リュウマチのけがあったんやて。今もそうなんだそうよ。あれは痛いんですってね」

古志原医師のことを喋るのが、いかにも楽しそうだった。有高かおるは、背中を流してもらいながらこそばがって体をくねらせ通しだった。

「近頃はお酒を飲みはってもすぐ寝てしまはるだけやけど、あの頃はよう消毒貯槽《ケッテル》を蹴飛ばしはったり、メスやコッヘルの並んでる硝子戸棚をぶちこわしはったりした。こわいけど、なんかしらんお気の毒な気がして。自分の中に、自分ではどうにもならん悲しみの虫みたいなものを飼うてはるんやわ。きっと。……奥さんをもらいはってから、しばらくはお元気になってはったんやけど……」

古志原病院に流れついて一カ月、外科の診察室で毎日仏頂面をつきあわせ、万能手術台のそばで、命ぜられるままに手術器具を手渡したり、ガーゼで手術部をぬぐったりする手助けをしておりながら、彼女は全然、院長の人と為りを知っていなかった。むろん知らなくてもことは足りたし、医師と看護婦は職務上の分業位階であり協力者であって、それ以上の人間的接触は別段必須のものではない。手術の最中にも出るちょっとした癖をのみこみ、ちらっと目をあげた時に何を要求しているのかを読みとる勘があればそれで充分なのだ。だがその時、大山理子は、自分でも予期しないことながら、日常生活の次元で院長と結びついている浅野看護婦に、理不尽な嫉妬を覚えた。

嫉妬？　そう確かに、一瞬のこととはいえ自分の領分を侵かされるような、あるいは自分が余計者のような寂寥感にとらわれたことは事実だった。大山理子は犬が身ぶるいするように、体を揺って湯槽からあがり、入れかわりに二人がまた湯槽に戻った。

「気が狂ってしまった人って齢をとらないのね」と有高かおるが湯気にうるおった声で言った。

「この間、テレビの深夜放送を見てたら、どこかで見たことのある女優さんが、奥女中役で出てるじゃないの。台辞はほんの二こと三こと喋っただけだったけれど、特別室の患者さんだってことはすぐわかった。全然変ってないんですもんね」

「そう、大部屋の女優さんだったの。わたしはもっと」

「いいえ、その点はよく知らないわ。わたしがたまたま見た昔の映画が、そうだっただけかもしれないけど。でも、華やかな女優さんがどうしてあんな病気になったりするのかなあ」かまとと振っているのか、まだ本当に何も知らないのか、有高かおるは歎息するように言った。

大山理子は言をはさもうとしたが、浅野民代が、そのお話はよしましょうと言った。患者の秘密を人前で喋ったりしてはいけないのだが、こういう規則意識で後輩をたしなめたのでもなさそうだった。

もっとも、そんなことは、わざわざ話し合うまでもなく解ることだった。恐らく、特別な才能も演技力もなく、女優が、美貌と肉体だけを元手にのしあがろうとし、その肉体に裏切られただけの話だ。陰のつながりで一時の虚名を獲、その陰の部分から病みくずれて舞台から奈落へと転落する。あとに残ったのは、対象のない微笑を画面に売り続けた酬いとして、もはや引き緊めようもなく、二六時中笑っている狂気だったのだ。

「それにしても、あの付添いのお婆さんには、親戚はないのかしら」有高かおるが言った。

「あまりそういうことは言いたがらないみたいだった」浅野民代が答える。

「あの元女優さんとはどういうつながりなの？」

「そりゃお金のつながりです。雇われてるんだから」大山理子が言った。

「いやあね。そんなことを聞いてるんじゃないわ。どうして世話するようになったのかしらて……」

「三枝さんが売れっ児だった頃、福武さんは髪結いさんだったんだって。ああいう気さくな性格だから気に入られたんでしょ。それから付き人になって……」

「で気が狂ってからもずっと世話してるわけね。もと旦那さまから給料が出てるとはいっても、私ならいやだな」

「何がいやなの、資格はもっていないけれど看護婦と同じことじゃない。してることは」

「ちがうわよ。看護婦は職業よ。患者に殉ずる義務などはないわ。どうしてずっとあういう風につき添うのか、よくわかんない」

「ほかにすることがないからでしょ」

わざとひねくれて解釈し、有高かおるの好奇心に冷水をあびせるつもりはなかった。大山理子は、むしろ常になくうちとけて、思った通りのことを言ったのだ。だが有高かおるは困惑し、救いを求めるように浅野を見て湯槽から立ちあがり、ろくに体を拭きもしないで、着換え場の方へ出ていった。有高自身には自覚されていない、貴重な、失われれば二度と還ってこない青春の張りが、手拭を使うまでもなく水をはじいてしまう皮膚にあった。

外に出ると、いつしか細かい雪が降っていて、外燈の下を、頭に手拭を乗せて帰る銭湯の男客の肩のあたりに雪のたわむれるのが見えた。

道路の片側には、自然の川沿にもう一つ掘られた疏水がゆるやかに流れて、向い側の家々の窓からもれる光を帯のように漂わせていた。その流れる自然の川との間の柳堤には、夏には深夜まで、涼み客やアベックが群れるのだが、いまは沈々とした闇の広がりだけだった。片方だけの家並みは、何をして生活するのか、はやばやと紅殻格子の戸を閉め、蹲るような低い軒を雪にぬらして睡っている。濡れたアスファルトの道路に、自転車の車輪のあとが、それも外燈に照らされる部分だけ光ってみえた。

おしるこでもと誘った浅野看護婦の申し出を断わり、銭湯の鏡の前でわざと長い時間を無駄にして、ひとり外に出た大山理子は、ふと自分が病院へは帰りたがっていないことを自覚した。寮生活とは違って古志原病院では彼女は個室をあてがわれていたが、もともとは病室、古い鉄製のベッド一つ椅子一つ、半間はばの洋服箪笥と枕と三面鏡だけ、額に入れて写真を飾る人もなく、白い壁が四方から圧迫するように迫ってくる。入院患者と同じ、カロリーは計算されていても舌を楽しませるわけではない食事をアルマイトの食器でとり、退屈すれば音を小さくしぼってトランジスター・ラジオの音楽に耳をすます。生花や刺繍も一時習ってみたことはあったが、花瓶は技巧をこらしようのない一輪挿し、刺繍のテーブルカバー一つあれば、ほかに飾る場所とてなかった。急いで帰っても、消毒液の臭いのしみついたベッドが待っているだけだった。夜ごと二時三時過ぎても寝つけず、自己嫌悪に悲鳴をあげながら自瀆に汗を流すベッド。あんなところへは、もう帰りたくない。

もっとも、そうは言っても、自分には何処にも他に行く処のないことも彼女は知っていた。

無意味に重ねた齢々は彼女ももう三十、世間知らずの少女ではなかった。ただ内心でちょっとすねてみせただけで、結局は冷たい雪に頬を濡しながら、映画一つみるでもなくとぼとぼと自分が病院に帰ってゆくことはわかっていた。自分のことを心配してくれる者がいてこそ、家出遊びにも意味があり、帰ってゆけば自然の風景のように寛大に自分を受け入れてくれる故郷があってこそ、放浪にも意味がある。

彼女は身を縮めて、暗い雪の道を歩きながら、身を切られるような寂寥感と闘わねばならなかった。彼女の過去は、真面目すぎて融通のきかぬ性格のために、肥料の足らなかった豌豆のように莢だけがあって実がつまっていなかった。実を結んでおれば、はじけ飛んで落ちたところが、たとえ荒野でも糞土の土であっても、それなりの芽が出るだろう。だが、彼女の時間には、生の実感を産む苦悩すらつまっていなかった。たった一度実を結びかけた幻想は、人に訴えるのも馬鹿馬鹿しいほど簡単にやぶれ、しかも彼女はそれしか思い出す種もないのだ。彼女の求めていたのは、むしろずっしりした苦悩だったのかもしれなかったのだが、与えられたのは、体内に異物を挿入されるような生温い感覚と、白々しい囁きの記憶だけだった。

冷たい風の吹く疏水べりの道にも、しかし橋のたもとには屋台店があって、暖簾ごしに赤い光をもらしていた。支那そば屋の車が屋台店に寄りそうようにして置かれてある。酔客にまじって、度ぎつい化粧をした女が二人、わんたんの碗を持って立ち食いしながら通りすごす彼女の方に視線をそそいでいた。いささかの空腹感はありながら、明らかに夜の女と知れる先客のために、そこに立ち寄る気にもなれなかった。それにしても、あの眼窩をくぼませ、アイシャドウをつけた女たちは、何が楽しくあんなに大声で喋りあい、笑いさざめいていたのだろう。

親戚も縁者もいないこの都会に出てきたのが、そもそも間違っていたのかもしれない。親の歩いた道を、もう一度たどって生きておれば、変化には乏しいとはいえ、堆肥の匂う土地に根をおろした生活はあったのかもしれない。大山理子は、感傷的に、長年帰っていない故郷を思った。いや、十年前、父が心臓病と喘息で老衰死した時、一度帰ったのだが、その時はすでにダムも完成して、彼女の育った村も、寺も、分校も立ちのき寸前であり、バスの停留所前の駄菓子屋兼雑貨店は、赤黒くよごれた屋号の旗だけを残して空屋になっていた。閉ざした雨戸も誰かにはがされ、裏に迫る崖がすけてみえた。その部落の数軒の家々も、屋根にぺんぺん草をはやして静まりかえっていたものだ。脚下の川は堰きとめられ、樹木も桑畑も、炭焼小屋も、いまは青々した水の底に沈んでいることだろう。故郷もまた、貧しい回想の中にしか、存在しないのだった。

いや考えてみれば、不意に心弱った今、美化して回顧する故郷や、最後の拠り所としての家族も、実はそれに耐え難かったから脱け出してきたのだった。すべてを許すように見える肉親の関係も、つきつめていけば……彼女が家を出ようと決心する機縁になったのは、冬には、一つの炬燵を中心に、一家が環になって寝ていたある夜、耐えがたいある情景にふれてしまったからだった。男女の生理について知識としては、その頃すでに、知っていたと思う。だが、自分の父母にはなぜかそんなことはあり得ないような気がしていた。だが寝苦しく、ふと目を醒ますと、父は父ではなく、母は母ではなくなっていた。赤い舌を出してからまり合う二匹の蛇になっていたのだ。早鐘のように胸は鳴り、喉がかわき、体が虚空に浮いては無限に沈んでゆく感覚を彼女は味わった。以来、わけもなく彼女は反抗し、仕事の手伝いを命ぜられてもわざと鍬や鋤の柄を折ったり、折角収穫した豆を庭にばらまいたりした。なぜ、あれが、それほどにショックだったのだろうか。彼女は勝手に、人間と人間との絆を、金銭でもなく、力による命令と服従の関係でもなく、ましてや快楽の連帯でもない、なにかもっと別なもののように幻想していたのだったろうか。幻想は、幻想である故に、いつまでも消えることなく尾をひき、しかも幻想であるゆえに、かつて一度も現実となったことはなかった。

高坂浜江との交情も、彼女が結婚することでたちまち崩れた。なにか恐ろしい人間の業のようなものが、せっかく作りあげたものを皆崩してゆく。もっと何かあるはずだと思い込むことで、彼女は孤独になり、いまさら脱ぐことのできない殻をいつしか自分のまわりに築いてしまっていた。もし仮りに、いま彼女が不意に交通事故か何かで倒れ、福武なおのように病床についたとしても、彼女には頼ってゆく処とてなく、献身的に世話をやいてくれるような者一人いなかった。彼女には、人を雇う金もない。

彼女が間違っているのではなく、おそらく世間の人々が間違っているのに違いないのだが……。病んだ獣のように夜の町の一画にうずくまっている古志原病院のざらざらの壁と、薄明るい病室の窓を見あげ、その獣が目を瞬くように立っている二つの門柱の外燈を見ながら、大山看護婦は、どこにも向けようのない憎悪と悲哀にうちひしがれながら、呟いた。

やはり、独りでは、独りでは生きていけない、と。

第一部了

P+D BOOKS ラインアップ

三匹の蟹
大庭みな子
● 愛の倦怠と壊れた〝生〟を描いた衝撃作

冥府山水図・箱庭
三浦朱門
● 〝第三の新人〟三浦朱門の代表的2篇を収録

水の都
庄野潤三
● 大阪商人の日常と歴史をさりげなく描く

抱擁
日野啓三
● 都心の洋館で展開する〝ロマネスク〟な世界

プレオー8の夜明け
古山高麗雄
● 名もなき兵士たちの営みを描いた傑作短篇集

白球残映
赤瀬川 隼
● 野球ファン必読!胸に染みる傑作短篇集

P+D BOOKS ラインアップ

神の汚れた手（上）	曽野綾子	●産婦人科医に交錯する〝生〟と〝正〟の重み
神の汚れた手（下）	曽野綾子	●壮大に奏でられる〝人間の誕生と死のドラマ〟
四十八歳の抵抗	石川達三	●中年の危機を描き流行語にもなった佳品
強力伝	新田次郎	●「強力伝」ほか４篇、新田次郎山岳小説傑作選
岸辺のアルバム	山田太一	●〝家族崩壊〟を描いた名作ドラマの原作小説
マリリン・モンロー・ノー・リターン	野坂昭如	●多面的な世界観に満ちたオリジナル短編集

P+D BOOKS ラインアップ

時代屋の女房　村松友視　●骨董店を舞台に男女の静謐な愛の持続を描く

辻音楽師の唄　長部日出雄　●同郷の後輩作家が綴る太宰治の青春時代

宣告(上)　加賀乙彦　●死刑囚の実態に迫る現代の〝死の家の記録〟

宣告(中)　加賀乙彦　●死刑確定後独房で過ごす青年の魂の劇を描く

宣告(下)　加賀乙彦　●遂に〝その日〟を迎えた青年の精神の軌跡

長い道・同級会　柏原兵三　●映画「少年時代」の原作〝疎開文学〟の傑作

P+D BOOKS ラインアップ

居酒屋兆治	山口 瞳	●高倉健主演映画原作。居酒屋に集う人間愛憎劇
血族	山口 瞳	●亡き母が隠し続けた私の「出生秘密」
家族	山口 瞳	●父の実像を凝視する『血族』の続編的長編
単純な生活	阿部 昭	●静かに淡々と綴られる〝自然と人生〟の日々
青い山脈	石坂洋次郎	●戦後ベストセラーの先駆け傑作〝青春文学〟
夢の浮橋	倉橋由美子	●両親たちの夫婦交換遊戯を知った二人は…

P+D BOOKS ラインアップ

城の中の城　倉橋由美子　●シリーズ第2弾は家庭内〝宗教戦争〟がテーマ

交歓　倉橋由美子　●秘密クラブで展開される華麗な「交歓」を描く

アマノン国往還記　倉橋由美子　●女だけの国で奮闘する宣教師の「革命」とは

遠いアメリカ　常盤新平　●アメリカに憧れた恋人達の青春群像を描く

山中鹿之助　松本清張　●松本清張、幻の作品が初単行本化！

花筐　檀一雄　●大林監督が映画化、青春の記念碑作「花筐」

P+D BOOKS ラインアップ

人間滅亡の唄　深沢七郎　●"異彩"の作家が「独自の生」を語るエッセイ集

アニの夢 私のイノチ　津島佑子　●中上健次の盟友が模索し続けた"文学の可能性"

楊梅の熟れる頃　宮尾登美子　●土佐の13人の女たちから紡いだ13の物語

記憶の断片　宮尾登美子　●作家生活の機微や日常を綴った珠玉の随筆集

幼児狩り・蟹　河野多惠子　●芥川賞受賞作「蟹」など初期短篇6作収録

ウホッホ探険隊　干刈あがた　●離婚を機に始まる家族の優しく切ない物語

P+D BOOKS ラインアップ

海市	福永武彦	●親友の妻に溺れる画家の退廃と絶望を描く
風土	福永武彦	●芸術家の苦悩を描いた著者の処女長編作
夜の三部作	福永武彦	●人間の〝暗黒意識〟を主題に描く三部作
夢見る少年の昼と夜	福永武彦	●〝ロマネスクな短篇〟14作を収録
加田伶太郎 作品集	福永武彦	●福永武彦〝加田伶太郎名〟珠玉の探偵小説集
廃市	福永武彦	●退廃的な田舎町で過ごす青年のひと夏を描く

P+D BOOKS ラインアップ

罪喰い　赤江 瀑　●〝夢幻が彷徨い時空を超える〟初期代表短編集

春喪祭　赤江 瀑　●長谷寺に咲く牡丹の香りと〝妖かしの世界〟

金環食の影飾り　赤江 瀑　●現代の物語と新作歌舞伎〝二重構造〟の悲話

おバカさん　遠藤周作　●純なナポレオンの末裔が珍事を巻き起こす

銃と十字架　遠藤周作　●初めて司祭となった日本人の生涯を描く

ヘチマくん　遠藤周作　●太閤秀吉の末裔が巻き込まれた事件とは？

P+D BOOKS ラインアップ

フランスの大学生
遠藤周作
● 仏留学生活を若々しい感受性で描いた処女作品

春の道標
黒井千次
● 筆者が自身になぞって描く傑作〝青春小説〟

黄金の樹
黒井千次
● 揺れ動く青春群像。「春の道標」の後日譚

快楽（上）
武田泰淳
● 若き仏教僧の懊悩を描いた筆者の自伝的巨編

快楽（下）
武田泰淳
● 教団活動と左翼運動の境界に身をおく主人公

上海の螢・審判
武田泰淳
● 戦中戦後の上海を描く二編が甦る！

P+D BOOKS ラインアップ

残りの雪（上）	立原正秋	●古都鎌倉に美しく燃え上がる宿命的な愛
残りの雪（下）	立原正秋	●里子と坂西の愛欲の日々が終焉に近づく
剣ケ崎・白い罌粟	立原正秋	●直木賞受賞作含む、立原正秋の代表的短編集
サド復活	澁澤龍彥	●サド的明晰性につらぬかれたエッセイ集
マルジナリア	澁澤龍彥	●欄外の余白（マルジナリア）鏤刻の小宇宙
玩物草紙	澁澤龍彥	●物と観念が交錯するアラベスクの世界

P+D BOOKS ラインアップ

都心ノ病院ニテ幻覚ヲ見タルコト	澁澤龍彦	●澁澤龍彦が最後に描いた"偏愛の世界"随筆集
秋夜	水上 勉	●闇に押し込めた過去が露わに…凜烈な私小説
五番町夕霧楼	水上 勉	●映画化もされた不朽の名作がここに甦る!
ややのはなし	吉行淳之介	●軽妙洒脱に綴った、晩年の短文随筆集
焰の中	吉行淳之介	●青春=戦時下だった吉行の半自伝的小説
男と女の子	吉行淳之介	●吉行文学の真骨頂、繊細な男の心模様を描く

P+D BOOKS ラインアップ

虫喰仙次	色川武大	●戦後最後の「無頼派」、色川武大の傑作短篇集
小説 阿佐田哲也	色川武大	●虚実入り交じる「阿佐田哲也」の素顔に迫る
ぼうふら漂遊記	色川武大	●色川ワールド満載「世界の賭場巡り」旅行記
ばれてもともと	色川武大	●色川武大からの〝最後の贈り物〟エッセイ集
廻廊にて	辻邦生	●女流画家の生涯を通じ〝魂の内奥〟の旅を描く
夏の砦	辻邦生	●北欧で消息を絶った日本人女性の過去とは…

P+D BOOKS ラインアップ

眞晝の海への旅　辻 邦生
● 暴風の中、帆船内で起こる恐るべき事件とは

鞍馬天狗 1 角兵衛獅子　鶴見俊輔セレクション　大佛次郎
● "絶体絶命"新選組に取り囲まれた鞍馬天狗

鞍馬天狗 2 地獄の門・宗十郎頭巾　鶴見俊輔セレクション　大佛次郎
● 鞍馬天狗に同志斬りの嫌疑! 裏切り者は誰だ!

鞍馬天狗 3 新東京絵図　鶴見俊輔セレクション　大佛次郎
● 江戸から東京へ時代に翻弄される人々を描く

鞍馬天狗 4 雁のたより　鶴見俊輔セレクション　大佛次郎
● "鉄砲鍛冶失踪"の裏に潜む陰謀を探る天狗

鞍馬天狗 5 地獄太平記　鶴見俊輔セレクション　大佛次郎
● 天狗が追う脱獄囚は横浜から神戸へ上海へ

（お断り）

本書は１９７５年に河出書房新社より発刊された「高橋和巳全小説10」を底本としております。

あきらかに間違いと思われるものについては訂正いたしましたが、

基本的には底本にしたがっております。

また、底本にある人種・身分・職業・身体等に関する表現で、現在からみれば、

不当、不適切と思われる箇所がありますが、著者に差別的意図のないこと、

時代背景と作品価値とを鑑み、著者が故人でもあるため、原文のままにしております。

高橋和巳（たかはし かずみ）
1931年（昭和６年）８月31日―1971年（昭和46年）５月３日、享年39。大阪府出身。1962年『悲の器』で第１回文藝賞を受賞。代表作に『我が心は石にあらず』『邪宗門』など。

P+D BOOKS

ピー プラス ディー ブックス

P+Dとはペーパーバックとデジタルの略称です。
後世に受け継がれるべき名作でありながら、現在入手困難となっている作品を、
B6判ペーパーバック書籍と電子書籍で、同時かつ同価格にて発売・配信する、
小学館のまったく新しいスタイルのブックレーベルです。

白く塗りたる墓・もう一つの絆

2019年5月14日　初版第1刷発行

著者　高橋和巳
発行人　岡　靖司
発行所　株式会社　小学館
〒101-8001
東京都千代田区一ツ橋2-3-1
電話　編集　03-3230-9355
販売　03-5281-3555
印刷所　昭和図書株式会社
製本所　昭和図書株式会社
装丁　おおうちおさむ（ナノナノグラフィックス）

ISBN978-4-09-352364-6

P+D BOOKS